Visionary Journeys

Travel Writings from Early Medieval and
Nineteenth-Century China

Visionary Journeys: Travel Writings from Early Medieval and Nineteenth-Century China, by Xiaofei Tian, was first published by the Harvard University Asia Center, Cambridge, Massachusetts, USA, in 2011. Copyright © 2011 by the President and the Fellows of Harvard College. Translated and distributed by permission of the Harvard University Asia Center.

田晓菲
作品系列

神游

早期中古时代与
十九世纪中国的行旅写作

三联书店

Simplified Chinese Copyright © 2022 by SDX Joint Publishing Company.
All Rights Reserved.

本作品简体中文版权由生活·读书·新知三联书店所有。
未经许可,不得翻印。

图书在版编目(CIP)数据

神游:早期中古时代与十九世纪中国的行旅写作/田晓菲著. —
北京:生活·读书·新知三联书店,2022.3
(田晓菲作品系列)
ISBN 978 – 7 – 108 – 07268 – 9

Ⅰ.①神… Ⅱ.①田… Ⅲ.①中国文学–古典文学研究–中古
②中国文学–古典文学研究–19世纪 Ⅳ.①I206.2

中国版本图书馆 CIP 数据核字(2021)第 192462 号

责任编辑	钟　韵	冯金红
装帧设计	薛　宇	
责任校对	曹秋月	
责任印制	宋　家	

出版发行　生活·讀書·新知 三联书店
　　　　　(北京市东城区美术馆东街 22 号　100010)
网　　址　www.sdxjpc.com
图　　字　01-2020-5470
经　　销　新华书店
印　　刷　河北鹏润印刷有限公司
版　　次　2022 年 3 月北京第 1 版
　　　　　2022 年 3 月北京第 1 次印刷
开　　本　880 毫米×1092 毫米　1/32　印张 10.25
字　　数　205 千字
印　　数　0,001 – 5,000 册
定　　价　59.00 元
(印装查询:01064002715;邮购查询:01084010542)

三联版序言

为自己的作品系列写序言,是一个不可避免的"回顾"的时刻。从 2000 年开始写作《尘几录》到现在,已经过去了二十年。在回顾中,因为时间的流逝和视角的改变,有一些东西变得更加清晰起来。

三联书店出版的这个作品系列,目前收入我 2000 年到 2016 年之间写的四部书:《尘几录:陶渊明与手抄本文化研究》《烽火与流星:萧梁王朝的文学与文化》《神游:早期中古时代与十九世纪中国的行旅写作》《赤壁之戟:建安与三国》。这些书,在主题和结构方式上,各有不同的侧重。在我眼里,一本学术论著的写作,不仅仅是收集材料、列举例证,把得出的结论写下来,也是对研究对象进行系统化思考的方式。写作一本书的过程,是一个探索和发现的过程,是思想得以成熟和实现的渠道。

《尘几录》从一个作者也是一位经典诗人的个案出发,讨论"抄本/写本文化"的特点,和它对文学史以及具体作家作品的巨大影响。相对于在书籍文化和出版文化研究里受到很多重视的印刷文化,这本书呼吁我们注意在抄本文化时代文本传播的特质,对中国写本文化研究与中世纪欧洲写本文化研究做出理论性的联系，提出"新式语文学或曰新考证派"的理念，指出被重新定义了范畴和意义的考证可以为古典文学研究"带来一场革命"。古今中外对写本的研究相当普遍，不过，以"手抄本文化"为题的《尘几录》，却大概是最早归纳"抄本文化"的抽象性质，并就它对作家形象、作品阐释和文学史书写的影响做出探讨的专著。虽然以陶渊明和陶集为中心，但是"写本文化"的意义是超越了个案的，它深深影响到经典的建构和解读。这些想法，在我后来的论著里陆续有所阐发。至于我对陶诗的赏爱，对我们没有一个权威的陶渊明却拥有多个陶渊明的强调，知音读者自能体会和领悟。如果不能，则也无庸再多做解释，就好比任何幽默，一旦需费唇舌进行分解，也就索然无味了。唯一值得一提的是，写《尘几录》的时候，在中国文学研究里还极少有人使用"抄本文化"这一词语，如今，对写本文化和文本流动性的研究和讨论在海内外比比皆是，无论赞同还是反对，都让人欣慰。有辩论，就说明存在着多元性；有不同意见，就说明存在着不同选择，这从哪个方面看起来都是好事。可以继续进行下去的工作，是对上古写本文化、中古写本文化，还有宋元以降印刷与写本的互动，做出更细致深入的区别对待，对"异文"的概念和处理，发展出更敏感、更富有层次感的意识。

《神游》是对中国文化传统中两大分水岭时代的勾勒和比较，同时，也集中讨论了一个我特别感兴趣的问题，也就是说，我们对世界的观看，如何不仅受到观看者的信仰和价值观的限制，而且受到语言——修辞手段、模式和意象——的中介。这里的张力，在观看者不仅遭遇异域，更遭遇到陌生异质文化的时候，表现得尤其突出。因此，这本书把六朝和晚清合在一部书里来写，希望超越对时代、文类和文体做出的孤岛式分隔，看到它们相似中的不似、不似中的可比，一方面细致深入地处理具体的时代和文本，另一方面庶可做出全景式综观。对这本书，曾有论者以为我想做的是所谓的"跨学科研究"，但我自己并不认同这一描述。如我在此书前言中所说，我采取的方法，是把通常被不同学科领域作为专门研究对象的文本放在一起进行考察，把这些文本还原到它们产生的语境中——在那个语境里，并不存在现代学科领域的分界，这么做的目的，是为了探索一个历史时代所共同面对的文化问题，共有的文化关怀。

《神游》一书的引言写道："在高等院校，在学术领域，古典和现代的分野常以各种机构化的形式表现出来……一方面，知识的专门化带来的好处是深与精；另一方面，它也造成学问、智识上的隔阂与孤立，妨碍学者对一个漫长的、连续不断的文化传统的延续和变化进行检视。当古典无法与现代交流，古典学者的研究和教学的重要性与时代相关性受到限制；当现代无法与古典通气，现代学者也不能深刻地理解和分析现当代中国。"这种希望贯通古今的理念，也体现在《赤壁之戟》一书中。《赤壁之戟》在时间跨度上和《神游》有相似之处，但是关注的问题性质不同，而且从建安时代一直写到当代大众文化，包括影视作品和网络同人文学。这部书在微观上试图重新解读某些文本,在宏观上则企图探讨某些具有内在关联的文化现象。"建安"与"三国"在历史时间上本来二而为一,后来却一分为二,二者作为文学和文化史现象,从它们各自的起源,直到今天,都在不断地被重新创造。检视一千余年以来这一传承与再造的过程,是这本书的一个基本出发点,也是我身为现代人,对我们自己的时代、我们当下的文化感到的责任。

《烽火与流星》一书的英文版出版于2007年。它集中讨论一个王朝也就是公元六世纪前半叶的萧梁王朝的"文学文化"(literary culture),被书评称为"西方语言里第一部聚焦于六朝之中一个特定时代的著作"。这本书的正式写作虽说是从2003年开始的,但早在上个世纪九十年代读书期间,南朝就是一个让我感到强烈兴趣的时代,并成为我博士论文的题目:直觉上,我感到它既是中国文化传统可以清楚辨识的一部分,又具有一些新颖的、异质的、和宋元明清一路传递下来的中国大相径庭的因素。它健旺、自信,充满了蓬勃旺盛的创造力与热情奔放的想象力,它也是一个最易受到贬斥与误解的时代;初唐史家对南朝文学特别是宫体诗的论断被"不假思索"地接受下来,一直重复了一千余年。我希望这本书能够帮助读者看到一些观念是如何生成的,并因为了解这些观念的生成过程,意识到很多被视为理所当然的理念并不是"自然的存在"和"历史的事实",而是出于人为的挤压与建构,出于各种服务于王朝意识形态或者纠结于当代文化政治的偏见,出于思想的懒惰或天真。

《尘几录》和《烽火与流星》都曾被视为"解构"之作。在一次学术访谈中,我曾谈到"解构"这个词在中文语境里面常被混用和滥用的情况。解构主义(Deconstruction)本是一种学术思潮和理论,有具体切实的所指;但在中文语境里,它却往往被错误地和"破坏、消除"(destruction)等同起来。展示一台机器的内在结构和它的组装过程是破坏和消除吗?如果是,那么唯一被破坏和消除的,只是这台机器原本"浑然天成"的迷思而已。

给人最大收获的研究,应该是带来的问题比提供的答案更多的研究,因为它不是自足自闭的,而是予人启发和灵感,给同行者和后来者打开一片新天地。它不是为一座孤零零的学术大厦添砖加瓦,而是旨在改变现状,继往开来。对于一个现象,从简单的接受变为复杂的认知,慧心者会在其中看到更加丰富无限的可能。归根结底,我们需要强大的历史想象力:不是像小说家那样天马行空的虚构想象,而是认识与感知和我们的时代完全不同的时代、和我们的世界完全不同的世界的能力。我希望能够和考古学家一样,照亮沉睡在幽暗古墓里的奇珍异宝,使人们能够重新听到一个时代的声音。而《烽火》中最早完成的,就是关于烛火与"观照诗学"的章节。

一般来说,一个年轻学者的第一本书总是基于自己的博士论文,我的情况却并非如此,因为在我看来,在论文刚刚完成之后,暂时转移视线,和论文产生一点时间的距离,多一些积累和沉淀,是一桩好事。但是,积累和沉淀未始不是一个更长期的过程。我目前写作的书，可以说是《烽火》的续篇，一方面回望刘宋与萧齐，一方面向前推进到隋代的宫廷政治与文学文化。这一项研究，与这些年来在专著之外陆续写作的论文，无不是对早期中古文学的继续探索和发现，构成一个带有内在连贯性的整体，借以实现我在博士论文开题前曾经一度想要写作"魏晋南北朝文学史"的心愿。至于《剑桥中国文学史》里我所撰写的"东晋—初唐"章节，由于出版社对篇幅的严格限制，和尊重主编对预期读者的设定，既可以说属于不同的文体（譬如五言绝句与长篇歌行的区别），也可说是"壁画的初稿"。

编辑工作至为重要，而编辑在幕后的辛勤劳动，又很少得到应有的光荣。所以，我要特别感谢三联书店的冯金红编辑对这一作品系列的支持，尤其感谢这几部书的责任编辑钟韵和她的同事宋林鞠细心与耐心的编校。也衷心感谢刘晨、寇陆、张元昕三位译者，特别是在疫情肆虐的时日翻译了《赤壁》全书、对书中"瘟疫与诗歌"章节深有感触的元昕。书中的任何错误，都是作者的责任。

我也想借着这几本书从英文到中文的"回家"的机会，向我在汉语学术界的朋友们表示感谢和致意：不仅为这些年来学术上的交流，更是为了超越时间与空间、年龄与性别的友谊。从北京到南京，从苏州到上海，从香港到台北，许多次畅谈与酣饮，留下了温暖的回忆和对未来的期待。

这些年来，很多读者，无论是青年学子、出版界人士，还是学术圈外的文学爱好者，都曾给我热情的支持和鼓励，包括在国内演讲时直接的互动,或者写来电子邮件。因为学术研究、行政工作和个人生活的繁忙紧张,我不能做到一一回复,但是我的内心充满感激。无论洞见还是偏见,这些书里的见解都是我自己的,代表了我在不同阶段的阅读、探究与思考所得;精彩纷呈的文本,带给我无限乐趣,如果我能通过这些文字和读者分享万一,就足以令我感到欣慰了。

田晓菲

2021 年 7 月

纪念我的祖父
田继光，字荩忱
生于清光绪二十七年
卒于民国二十七年

目 录

中文版前言 1

引 言 3

---第 一 部 分---

导 言 17

第一章 "观想":东晋时代对世界的观看与想象 25
    内照与外观 27
    心与境 36
    想象的山峦 45
    画 山 54
    观想的意象 66

第二章 异域之旅 71

　　历史遗迹：军事远征记 75
　　得失乐园：法显的天竺之行 89

第三章 炼狱诗人 121

小　结 149

间　奏 151

---第二部分---

导　言 161

第四章 "观看"的修辞模式 167

　　功利模式 169
　　"好奇" 176

天堂与地狱　183

　　性别与性　203

　　现代城市版图　219

第五章　十九世纪的诗歌与经验　231

　　文与诗之间的张力，或曰："恐惧与厌恶"在伦敦　236

　　诗歌叙事与诗歌形式　242

　　熟稔化：王韬的苏格兰之行　247

　　同一位诗人的不同声音　256

结　语　293

引用书目　299

中文版前言

我一直对早期中古时代,也就是我们习惯上说的魏晋南北朝时期,有着浓厚的兴趣,因为它既具有可以辨识的"中国"文化特色,但在很多方面又完全不同于宋元以降为我们现代中国人所熟稔的中国。它既熟悉,又陌生,令人心动地展现了中国文化在发展过程中遭遇到的其他一些可能,这些可能没有得到实现,但是曾经一度存在,并仍然潜伏于文化深层。而且,在全方位遭遇异域这一方面——不仅仅是见识到异国的珍奇宝货,更是在精神与文化上发生强烈震动——它和近代中国的情形非常相似:它们都是社会文化经历大迁移大变革的时代,都与异域文化发生了深层的接触。这两个时代,在很多意义上都是"翻译"的时代。"翻译"的英文词 translation 来自拉丁语 *translatio*,本义是把某样东西从一个地方搬到另一个地方。在搬迁的时候,东西随着环境的变化而变化,而产生那样东西的环境和得到这样东西的新环境,也势必都在搬迁过程中发生改变。本书描写的旅程不仅是身体的行旅,更是智力与精神的漫游,是漫游对认知和言说带来的冲击和变化。这本书也可以说代表一个学术旅程的起点,代表了我对两个动荡、活跃的历史时代,做出的一些初步探索。

本书有些章节,在 2005—2011 年之间曾分别在美国、中国、法国的各种学术场合宣读,部分内容以不同形式散见于中英文书刊,从各位先进时贤的提问和评论中受益良多。在写作过程中,哈佛燕京图书馆的郑炯文馆长、马小鹤先生为我获得资料提供诸多便利。门下研究生寇陆和宇文所安教授的研究生刘晨分别帮助我完成了第四章和第五章的中译文初稿。在此一并致谢!

写这本书的时候,我常常想到我的祖父。我的祖父讳继光,字荩忱,生于清光绪二十七年(1901),卒于民国二十七年(1938)。年轻时,祖父曾放弃了一个前往美国求学深造的机会,因为我的曾祖母年迈,而他又是家中的长子。后来,抗日战争爆发,他因拒绝与日据之下的当地政权合作而被投入监狱,折磨而死。此后,一直到九十余岁高龄去世,曾祖母终生都在悔恨当年没有敦促我祖父去国远行。

为了纪念一次只有在想象之中才发生过的行旅,我把这本书献给我的祖父。

田晓菲
2015 年 6 月

引 言

在中国历史上,有两个重要的"错位"(dislocation)时期,在这两个时期所产生的关于行旅与观照的写作,是本书研究的对象。这里所说的错位,不仅仅包括身体的移动,更包括一个人在遭遇异国的、陌生的、奇特的以及未知的现象时发生的智识与情感上的移位与脱节。这两个时期,一个是通常被称为"南北朝"的早期中古时代,另一个是十九世纪的近代中国。在一本著作中考察某一个主题在历史上的源流和发展是很常见的做法,不过,在一本著作中探讨两个中间相隔了一千年的时代,则好像有点违背常规。因此,在引言里,我将介绍本书的主旨,并解释选择这两个时代作为聚焦点的原因。但是,首先我想邀请本书的读者进行一次运用想象力的练习。

假设未来世界的人们回顾一个以往的时代,在那个以往的时代里,中国与异方世界发生接触,而这一接触带来了天翻地覆的巨变:外来语汇进入中国社会生活各个方面,外国人来到中国,与中国人杂居,进行商业交易,或者学习汉语,或者教授和培养弟子;同样,中国人也千里迢迢远涉异乡,有些人就终生居留在那里;大量外语材料被译成汉语，被社会各个阶层在不同程度上吸收。虽然很多概念都在翻译过程中流失了，但是这并没有影响人们不断尝试，不断阅读，并被他们阅读的文本所深深地影响。对这些外来影响存在着很多焦虑，有很多对于失掉文化身份的担心；但与此同时，也有很多人积极地欢迎这些影响，强烈地呼吁宽容精神，呼吁把外来思想容纳进本土的文化体系。在这个时代，疆域变得具有穿透性，界限被跨越；人们从许多地方来，到许多地方去，甚至穿行在不同的世界之间。这是一个激动人心的时代，充满了高瞻远瞩，充满了潜能。无论我们如何评价这些变化，中国是被彻底地改变了。

以上对于早期中古时代的描述，几乎可以原封不动地施用在现代中国。虽然这两个时期，毋庸置疑，存在着极大的差异，但是，早期中古时代的中国所经历的巨变，在十九世纪以来与西方列国发生全面接触的中国，可以看到一个清楚的投影。和这两个时期相比，没有哪一个历史阶段进行过如此大规模的翻译工程，吸收了如此丰富的外来文化因素，或者目睹了如此全方位的文化巨变。更重要的是，新的文本知识，不仅仅依靠水手和商人的远游经历得到补充，而且直接得益于亲身上路的文化精英人士，为充满期待的本土读者写下他们的行旅见闻。

在中国传统里，远道跋涉之后回乡讲述经历见闻自然是极为常见的情形，从南北朝到十九世纪的这一千多年里，产生了无数记载中国本土以及异国见闻的游记。[1]但是,南北朝时期具有几个突出的特点,如本书第一部分的导言所举事例表明的,在这一历史阶段,人口流动性远远大于以往的时期。佛教的发展是一个很大的动力,鼓励人们远涉异乡;为寻求佛法,宗教信徒常常远行到中亚和东南亚国家。相对于商人和中央政府派遣出去的探险者,这些新型远游家往往会带回来很不一样的故事。与此同时,四、五世纪的文化精英对一切遥远和新异的事物都充满好奇。这一时期出现无数各种形式体裁的行旅记载,既源自于这种好奇心,也更加刺激了这种好奇心的增长。很多记载都不同于史籍中对异国风俗物产的客观而枯燥的志录,而是对个人行旅经验的描写,包括以第一人称写下的逸事,作者在具体时地的所见所闻。这些记载不是对异乡风物的抽象总结报告,而是旨在把一个真实的历史人物眼中所看到的世界呈现给读者。

在这一时期,我们看到中国现存的第一部关于中亚、南亚和东南亚的游记。作者释法显(约340—421)是一位僧人,在399年从长安出发,前往印度取经,在长达十四年的漫游之后,他从斯里兰卡搭乘商船踏上了回乡之路,把他的冒险经历写成了一部极受时人欢迎的游记。在这一时期,不必都像法显那样远行才会遭遇奇异和"他者":在南北分裂

---

[1] 这里"中国"指一个想象的华夏政体;在历史上的不同时期,实际的疆域是不断变化的。有兴趣的读者可以参考陈佳荣、钱江、张广达编,《历代中外行纪》;梅新林、俞樟华,《中国游记文学史》;Richard E. Strassberg 编译的中国古代游记选 *Inscribed Landscapes*。

之际，如果一个由南入北的旅客跨越政治地界，他会发现自己既是回到熟悉的文本疆域，也是进入未知的领土。

从317年西晋覆灭，到589年帝国重新统一，中国北方一直处于胡族统治之下，南方则经历了从东晋到宋、齐、梁、陈的一系列汉族王朝。西晋灭亡后南渡的北人后裔，生在江南，长在江南，对中华帝国的著名都城长安和洛阳只在文本中读到过，却缺少像他们父辈那样的初期南渡移民接触过的第一手知识。1786年，歌德初次来到罗马古城，他如是描述他的感受："无论我走到哪里，我都在一个陌生的世界里看到熟悉的东西；一切都和我想象的一个样，一切又都是如此新奇。"[1]那些有机会初次亲眼见到长安与洛阳的南方贵族们，想必也有和歌德同样的感受。

在很多方面，即使江南的景物也代表着一个崭新的世界。在传统上，相对于黄河流域的文化中心地带，南方一直被视为边缘，是一块湿热的、充满瘴气和"蛮夷"的土地，是流人远放之乡。南朝身份等级最尊贵的士人，是四世纪初期在西晋末年永嘉之乱中迁移到南方的北人后代，他们既是流亡者和避难者，也是第一批移民者和殖民者。他们为江南做了一次彻底的文化变形，对这片美丽而奇异的土地进行咏歌、描画、论说。353年春，书法家王羲之与四十余位朋友同好在兰亭聚会赋诗，王羲之为诗集作序，是为著名的《兰亭集序》，可称书法史上最有名的作品。这一集会从此使兰

---

[1] Goethe, *Italian Journey: 1786—1788*, p. 219.

亭出现于中国文化版图上,直到今天还是浙江绍兴著名的一景。从此以后,再没有一个探访兰亭的游客会对此一无所知。发生在兰亭的故事大可视为整个江南的寓言:对南朝贵族士人来说,江南是一道新奇的风景线,他们对之迷恋地凝视,又以文字对之进行再现,是他们的言说把这道风景线载入文化版图。在这一时期,中国山水诗和山水画开始发展,开创了一个语言的和视觉的传统,这些传统在后世被发扬光大,不断变化,但是永远留下了早期中古时代形成伊始的印迹。在这一时期,有"像教"之称的佛教在文化精英阶层产生了越来越大的影响;这些精英人士用经过佛教教义洗礼的崭新眼光来看待他们周围的崭新世界,一种有关"观照和想象"的新的话语遂渐渐得以形成。

观看新世界并对这种观看进行再现,是把中国中古和十九世纪的行旅——更准确地说是欧美之旅——联系在一起的一个中心因素。在考察十九世纪行旅写作时,本书把范围限定在海外行旅,原因很明显:时至十九世纪,中华帝国的几乎每个角落都早已遍布行游者的足迹,而且这些行游都曾在文字中得到记载;就连中国的亚洲近邻,无论日本、韩国还是中亚、南亚和东南亚国家,对于中国旅游者来说,都多多少少失去了它们的奇异情调。在有关这些国家地区的游记里,读者常常可以体会到华族中心主义的傲慢和偏见,最好的也还是难免流露出大国上京的轻蔑口吻。但是这种情况在十九世纪的欧美游记中全然改观。对十九世纪中期初次远涉欧美的中国士人来说,西方世界新而且奇;这种新奇在很大程度上是因为当时的西方世界本身就在经历工业革命所带来的巨变。因此,中国访客在欧美面对的是双重的文化冲击:不仅是稳定的差异,而且是本身即处于急速变化中的差异。在不止一个方面,他们体验到深刻的错位意识,就好像早期中古的先辈一样。

"错位"是本书的一个中心概念:它既是实际发生的,也是象征性的;是身体的,也是精神的。早期中古时代是中国拓展智识与文化视野的时代,作为外来宗教的佛教在文化变形中扮演了重要角色。佛教带来的变化之一,是传统世界观中以华夏为中心的思想受到了冲击。在法显游记中,中天竺被称为"中国",而中国被称为"边地"。法显的游记十分清楚地告诉我们,他必须穿过地狱才能到达中天竺的佛教天堂。我们在十九世纪的欧美行纪中还是能够看到佛教"天堂/地狱"思想结构的影子,因为这些行纪的作者不是把西方世界视为天堂就是把它视为地狱,很少或从来都不把它作为二者的中间地域来看待。然而,当他们把西方世界作为天堂乐园进行描绘的时候,他们缺少法显当年的平衡心态,因为法显是虔诚的佛教徒,在他眼里,印度作为佛祖的出生、传道和圆寂之地,理所当然是远远优于华夏"边地"的净土。十九世纪的中国士人则不然,他们在文化上、政治上和心理上,都早已和法显有天渊之别。就好像在早期中古时代那样,近代中国被外来影响所深深地震撼,但是这一次中国人的反应要复杂得多,不安得多,人们在混乱无序中迫切地寻求精神上的立足点和稳定。

他们所诉诸的方式之一是大量运用佛教语汇和意象。很多来自佛经的词语已经成为汉语日常词汇的一部分,早就失去了它们的新奇外来语味道,但是它们仍有一种"熟悉的陌生感",换言之,曾经一度作为舶来品的佛教,已经完全被纳入本土文化系统,在今天甚至是我们衡量"中国性"的标准之一。它为十九世纪的行纪作者提供了最好的"驯服化"手段,把他们遭遇的新世界变得熟悉,赋予其意义。在这一点上,十九世纪再次和早期中古时代遥遥呼应。

对新疆域的探索,文本、货物、人民的流通,对外来影响有意识的吸收和挪用:这些是这两个历史时期所共有的特征。本书所着眼的,不仅是中国与他者在这两个时期的对面遭逢,而且是中国与他者在这两个时期所产生的格外深广的互动,以及人们在这两个时期对"他者性"的强烈兴趣。具体来说,本书旨在探索观看世界的模式,并试图说明这样一个观点:这些模式在早期中古时代开始建立,到十九世纪,又以新的变形再次出现。

"观看世界"是一件很复杂的事。观看从来都不是被动的行为,它必须有一个观看的对象,必须有一个观看的角度,一个视角。它是观看者积极主动地进行分类、整理和理解的过程。从理论上说存在着一种不经过任何理念思维的"原始"观看:一双婴儿般天真的眼睛对世界进行打量,但是并不试图对看到的东西加以分别、辨析和理解;不过,这样的观看不能向他人展示,是我们永远无法知道与证明的。我们所能够知道的观看必然发生和存在于语言之中。而语言是一个对世界进行分类、整理和理解的符号系统。一个社会的成员,总是依靠一系列法则、规章、信仰和价值观念来理解世界,既然如此,则"观看"不仅受到这些法则、规章、信仰和价值观念的限制,而且受到语言的中介,受到修辞手段、模式和意象的中介。本书的一个主要论点是,早期中古时代首次发展出了一系列观看世界的范式,这些范式对后代产生了深远的影响,一直到十九世纪,当中国士人阶层初次访问欧洲与美洲大陆的时候,在描写欧洲与美洲的文字里,我们仍然可以体察到早期中古时代的观看范式在近代的延续与变形。只不过到这时,熟悉的观看、理解与言说框架已经承受了巨大的压力,到了临近断裂崩溃的程度。在现有的概念和新的现实之间存在着极大的张力,在这种张力里,我们既看到文化传统的延续,也看到它的激变。

本书分为两部分。第一部分探索早期中古时代围绕观看、观照和想象这一系列问题所产生的写作。第二部分重点探讨十九世纪对世界的重新谛视。在每一部分的导言里我会对各个章节做出具体的描述。在这里,我会大致勾勒一下本书写作的理念和方法论。

本书在很大程度上旨在打破学界本身存在的很多界限和框框。在高等院校,在学术领域,古典和现代的分野常以各种机构化的形式表现出来;不仅如此,就连古代研究内部也可以看到很多割裂,对一个"时期"的研究与对另一个"时期"的研究之间存在沟壑。一方面,知识的专门化带来的好处是深与精;另一方面,它也造成学问、智识上的隔阂与孤立,妨碍学者对一个漫长的、连续不断的文化传统的延续和变化进行检视。当古典无法与现代交流，古典学者的研究和教学的重要性与时代相关性受到限制；当现代无法与古典通气，现代学者也不能深刻地理解和分析现当代中国。

本书还会把出现在同一历史时期，但是通常被分置于文学、历史和宗教研究领域的各种材料放在一起进行读析。这是一种有意为之的做法，希望借此消解现代学科划分所带来的一些不自然的后果，因为原始文本的生产并不是发生在一个被割裂划分得整整齐齐的空间里。不能否认在现代学科之间确实存在分界，而且早在现代学科分界之前，就存在分门别类的知识，而且，也不能否认不同类型的写作往往会遵循不同的传统；但是，我们也同样不能否认现代概念往往不能够准确地概括某些历史现象，比如说一个现代人心目中的"文学"就不能和一个南北朝时期士人心目中的"文"相提并论，后者也不能理解现代人的身份概念如"诗人"或"历史学家"。在今天被分别划归不同学术领域的文本，其生产和传播必须放在特殊历史时期的语境中一起加以考察。就好比一个古代士人可以同时担任"诗人、外交家、朝士、官僚、历史学者、地理学家和志怪作者"等种种不同角色，生活在同一个历史时期的人们会共同面对一些大的文化问题，具有相同的文化关怀，这些共有的问题和关怀会出现在被现代学者划分为不同领域和不同类型的文本里面。

在本书里，我把这些不同领域和文本放在一起，希望能够借此照亮它们一些被忽略的方面。第一章把诗、赋、道教写作、佛经与佛经注论放在一起讨论，借以展示东晋时期士人所普遍分享的"观照和想象"话语。第二章讨论出征记载、行旅赋以及法显的佛教游记,借以展现两种相关而又相异的观看模式。第三章把谢灵运(385—433)的诗作放在第一、二章勾勒出来的背景下进行探讨,同时检视谢灵运同时代人关于"入冥／还阳"的记载,以求把读者的注意力引到谢诗的一些隐蔽的特点。第四章利用历史写作、民族志类型记录、地理记录、诗歌、日记和散文游记,探讨几个在遭逢异界时碰到的复杂问题:如何处理种族和性别,如何整理出新的世界秩序,如何为现代城市绘制版图。

简言之,本书关注的是我称之为"文化再现形式"(cultural forms of representation)的写作,试图整理出这些写作中所蕴涵的观看世界的范式。当人们的传统文化观念受到冲击和发生变化,人们如何就"错位"进行交涉?自我与对自我的了解如何构造对他者的看法,又如何在遭逢他者时发生改变?这些问题是本书探讨的中心。我采取的方法是把各种不同的文本放在它们的历史语境里面进行细读。但是我不会总是把这些文本放在它们的常规学术领域里;相反,我把它们并列排置,对它们进行新的交叉组合。这种并列排置的结果应该是一种错位感和陌生感。一位专门家也许会觉得这种方法不符合现代学科的通常规范,比如说一位佛教学者也许会不习惯我对法显《佛国记》的文化解读和探索《佛国记》的文化语法规则的尝试;但是我希望达到的目的是以非常规的方式对待这些文本,把这些文本还原到它们产生的文化语境中,在那个语境里,并不存在现代学术领域的分界。

归根结底，这本书的预期读者，不仅仅是只对早期中古或者晚清中国感兴趣的读者，也是对文字再现、行旅、观照和现代性这些抽象问题感兴趣的读者。在不否认专门化知识和学科分界的基础上，我以为有必要让一些不同类型的学术写作和那些更专门性的学术写作并驾齐驱。

最后，本书还旨在探讨文体类型的问题。书中讨论的很多材料都是通常被称为"游记文学或旅游文学"的写作，但是游记文学是一个宽泛的、以内容为准的分类，它包括各种不同文体类型。本书所特别关注的一个文体类型是诗歌。本书第一部分的最后一章专门探讨五世纪的伟大诗人谢灵运，他的诗描写诗人主体与奇山异水的交涉，基于天堂／地狱的观看模式而又突破了这一观看模式；本书第二部分的最后一章则特别探讨通常被视为前现代最后一位伟大诗人的黄遵宪（1848—1905），他的诗描写自我与他者的遭遇，同样代表了一种突破，把具有弹性的传统观看范式伸张到了极致。

无论在中古时代还是在现代中国，物与人都在不断移位，界限被打破，文化被混杂和融合。一个反复出现的主题是游历：头脑中的游历，身体的游历，无论是前往异国他乡，还是从北到南或从南到北，无论是进入佛教的乐园净土，还是游观幽冥。把行旅经验记载下来，使作者得以把这个世界的混乱无序整理为有序的文字，在这一过程中找到意义，找到一定的图案和规章。因此，本书的标题《神游》（*Visionary Journeys*），指的是那些精神之旅：充满了创造性和想象力，以一种高瞻远瞩的视野所做的漫游。

第一部分

导言

在四到六世纪的江南，无论是智识方面，还是地理方面，人们的眼界都在不断地扩展。文化精英阶层沉浸于精神追求，对各种玄学问题进行论辩言说。这是佛教发展的黄金时代，中国本土思想传统受到佛教教义的刺激，也变得日趋复杂和精微。五世纪的知名人物张融（444—497）曾经要求在他死后，棺里左边放《孝经》《老子》，右边放《法华经》。[1]在这一时期，强调"三教"的分离独立并不符合历史的实际；对这一时期的思想史，一种更为有效的态度是考虑一系列重要的、流行的文本——《论语》《老子》《庄子》，还有佛经，特别是《维摩诘经》、《法华经》、净土三部

---

[1] 萧子显，《南齐书》。

经等——并把当时的思想智识话语视为一种对这些文本进行自由混合运用的新话语。这一话语既体现在书写文本里，也体现在士人日常生活的口头言说中。

四世纪初期，西晋王族南渡，用东晋王朝的奠基人晋元帝的话来说，他们从此成为"寄人国土"之人。[1]江南地区向来被中原人士视为蛮夷之乡，东晋朝廷必须面对并不总是诚心归顺的江南本土族群，包括以前的东吴旧族。280年，在西晋征服吴国之后，南北文化曾经发生很大冲突，对此很多学人都做过探讨。[2]这种文化冲击在四世纪初叶东晋建立其"殖民统治"之后并未消失。[3]很多南方本土人士对北方洛阳贵族的清谈玄言以及蔑视社会常规的作风感到深恶痛绝，他们热衷于务实的学问，比如仪礼问题和儒家经典。虞预（约270—330）、干宝（？—336）和葛洪（283—343）都是对"清谈"批评最力的人物。[4]但是，对一心效仿洛阳

---

[1] 刘义庆（403—444），《世说新语笺疏·言语第二》第91页。
[2] 参见林文月，《潘岳陆机诗中的"南方"意识》；康达维（David R. Knechtges），"Sweet-Peel Orange or Southern Gold"等。
[3] 宇文所安，《下江南：关于东晋平民的幻想》，见王尧、季进编，《下江南——苏州大学海外汉学演讲录》，第27—41页。
[4] 《晋书》卷八十二，第2147页。葛洪，《抱朴子外篇校笺》卷二十五，上册，第625—638页；卷二十六，下册，第11—19页。干宝，《晋纪总论》，严可均编，《全上古三代秦汉三国六朝文·全晋文》（以下均用简称，如《全晋文》《全三国文》）卷一二七，第2192页。葛洪对洛阳风俗攻击尤为激烈，特别反对南人效仿"中州"风尚。见《抱朴子外篇校笺》卷二十六，下册，第12—17页。唐长孺对此早有论述（《读〈抱朴子〉推论南北学风的异同》）。康儒伯（Campany），"Two Religious Thinkers of the Early Eastern Jin," pp. 183-186, 220-221。

风度的时人批评得越激烈,就越可以看出南渡的北方贵族在当时的江南产生了多大的影响。南北文化之间的冲突成为南北文化相互滋润和丰富的机缘:北方人士也深受南方流行文化和物质文化的影响,同时北人对玄言讲论的兴趣一直在南朝延续下来而从未衰歇。

除了文化与思想眼界的扩展,这一时期的南北分裂和连年征战导致了人口的大量流动。有时人口迁移是迫于政权的转移。[1]但通常来说,在南北之间不断变动的疆界来回穿行者有以下三种人。一是传播教义、求师访经或者瞻仰遗迹的佛教僧侣。[2]慧皎(497—554)《高僧传》记述了四百多年来大约五百位高僧的事迹,其中只有少数人不曾四处漫游。很多僧人都非常明确地提倡游方弘道。僧弼(365—442)本是吴人,前往长安师从鸠摩罗什(344—413),学成之后"游历名邦,奋瞻风化"。当时有请弼为寺主者,僧弼拒绝了,说:"且当随缘致益,何得独善一寺?"[3]北方僧人宝亮(444—509)十二岁出家,成年以后意欲游方观化,但对所在僧寺多有留恋,其师谓:"沙门去俗,以宣通为理,岂可拘此爱网,使吾道不东乎?"[4]可见

---

[1] 南北朝史料对此有很多记载,也有很多学人对此现象做出研究,如李剑农,《魏晋南北朝民户大流徙》;曹文柱,《中国流民史》;葛剑雄、吴松弟、曹树基,《中国移民史》第二卷。
[2] 参见刘跃进《六朝僧侣》一文,以及尚永琪《3—6世纪僧人的流动与地理视阈的拓展》一文。
[3] 《高僧传》,第270页。
[4] 同上书,第337页。

中国佛教在这一发展阶段,格外强调远游弘道。

第二种人是外交使者。[1]五世纪中期之后,南北朝建立起了较为正常化的外交关系,双方时常互派使节,充当使节的一般来说必须具备出色的学问、文才和口才,在政治和文化上起到双重作用。著名诗人谢朓(464—499)就曾以自己口才不佳为理由,试图谢绝担任接待北使的主客。[2]一位北朝官员甚至曾因没有及时做出机智的答对而被投入监狱。[3]最后一种人是商人,虽然官方使节以及他们的从人也有时私下进行交易牟取利润。[4]

在这一时期,妇女也比前代更为频繁地出门远游,而且不总是因为伴随丈夫或儿子。比丘尼特别享受到一定程度的行动自由。僧人宝唱编撰于517年的《比丘尼传》记载了一系列四处漫游的比丘尼。比如在348年,明感和十位比丘尼一起南渡来到东晋都城建康;四世纪末,道仪,名僧慧远的姑姑,听说建康佛法兴盛,遂动身前往观化。慧玉(活跃

---

[1] 蔡宗宪《中古前期的交聘与南北互动》一书的序言,对这方面的研究概况做出了很好的介绍。
[2] 《南齐书》卷四十七,第826页。
[3] 按:此即魏收(506—572),《魏书》的编纂者。李延寿,《南史》卷六十二,第1523页。
[4] 参见陈金凤,《魏晋南北朝中间地带研究》,第219—232页。关于使节及从人的交易活动,见堀内淳一,《南北朝间的外交使节和经济交流——马匹与柑橘》。堀内以为南北朝期间南北交易限于边境地带,淮河沿岸的贸易往来被禁或受到严格控制,这一点值得考究,因为禁令并未得到严格遵守,贸易者常常超越边境地带,相对来说较为容易地在长安和襄阳之间往来。见《晋书》卷六十二,第1696页;《宋书》卷九十五,第2354页;僧祐(445—518),《出三藏记集》卷九,第333页。

于约437）本长安人,"常游行教化,历履邦邑,每属机缘,不避寒暑。南至荆楚,仍住江陵牛牧精舍"。[1]

商人和佛教僧侣的行游足迹并不限于汉地本土,而是远涉南亚、东南亚、中亚、西亚和欧洲。当时在中国与拜占庭帝国之间存在着各种交流,二十世纪出土的银币和金币可以证明。[2] 同时,异国商人和僧众也纷纷云集汉地。《高僧传》中记载的僧人很多都是胡人,有些精通汉语,有些依靠译者与汉地人士交流。[3] 429年,斯里兰卡比丘尼来到建康,逐渐通习汉语。五年之后,又有十一位斯里兰卡比丘尼在铁萨罗率领下搭乘商船前来。这些相貌异常的尼众在当时一定构成了相当轰动的景观。她们与建康尼众进行交流,在她们的影响下,三百余位汉人比丘尼重新受了佛戒。[4] 其中一位名叫僧敬的比丘尼甚至也发心"乘船泛海寻求圣迹",并一直行至广州。虽然由于"道俗禁闭"而"留滞岭南",她的孤身远游在前代是不可想象的。[5]

在本书的第一部分,我们会检视早期中古时代对游历的记述和阅读,以上即为第一部分的讨论勾勒出一个大致的背景。四至五世纪是地理写作和游记文学包括所谓的山水诗特别兴盛的时代,而导致这一现象发生的部分原因就在于当时

---

[1]《比丘尼传》卷一,第15页;卷一,第40页;卷二,第52—53页。
[2] 石云涛《三至六世纪丝绸之路的变迁》对此有详细论述,第202—245页。
[3]《高僧传》卷一,第30页。
[4]《比丘尼传》卷二,第88页。
[5] 同上书,卷三,第124—125页。

的社会、政治和宗教条件：人口、文本和思想的流动性，疆界的不断划分与突破，文化冲突导致地方身份的构成和强化，游历者所讲述的异域故事激发对远游的渴望。这一时期的人们似乎体验到认知世界的无限可能性：不仅针对可见的世界，而且针对不可见的世界——无论是佛教的天堂乐土，还是幽冥之乡。四至五世纪一个最突出的特点，就是当时的人们对新事物和新视界表现出一种强烈的渴望和需求，一方面希望亲身远行有所见闻，一方面不断把自己的见闻经历写成文字寄给殷切期盼的本乡读者。

第一章以南朝人士对山水的观照作为切入点，探讨早期中古时代对观看世界所做的言说与思辨。在这一时期，以"心眼"而非肉眼进行观看被赋予最高的价值。"想"这个字在此后的文化话语中获得丰富的意义，也是理解这一时期文化思想和美学思想的关键。在这一章，我还会探讨佛教对"观想"的强调对中国本土世界观和文学传统产生的影响，远远不止于提供一些丰富多彩的故事和意象。

第二章描述观看世界的基本范式，大致分为"历史模式"和"天堂／地狱模式"。两种范式都分别存在辩证的张力：在前一种模式里，空间以"今／昔"相对的历史景观进行呈现；在后一种模式里，遥远异地被视为天堂或者地狱，但罕居其中。当然遥远总是相对于"此地"而言。一个形容遥远的词是"边远"，表示远离中心的边缘地带，但是中心和边缘是一对具有相对性的、互相依存的概念，在这一时期中心和边缘常常移位。

"天堂/地狱"的观看模式是佛教与本土文化传统的联合产品，但在这一时期很多佛教记载中，游历佛教天堂或地狱都是真实而非比喻性的。这些"异域"记述就像异国记述一样，构成这一时期游记写作的一个重要部分，会在第二章里进行论述。

第三章在异国和异域游记的背景下讨论谢灵运诗歌。这些诗歌就和那些在游览天堂或者地狱之后重返人世的"第一手"记述材料一样，充满了不同寻常的视角和眼界。事实上，谢灵运的诗歌常常临近地狱边缘但又总是避免跌落。他的诗在白日最后的光线即将沉沦和夜幕完全降临之间徘徊，是乐土与冥界之间的诗，黄昏的诗。在佛教信仰系统中，"炼狱"指死亡与来生转世之间的阶段，称为"中有"或者"中阴"。[1]谢灵运的诗可以被描述为炼狱的诗。诗人永远在寻寻觅觅，有时他以为自己能够在山水中辨识出来意义，在图案里找到精神的安宁与解脱。谢灵运的游历用佛教语言来说乃是"中有之旅"：一个永远在路上的旅游者，永远困于具有过渡性的中间地带，不断地寻求新的栖身之地和下一轮投生。

---

[1] 基督教的"炼狱"概念直到七世纪之后才逐渐形成，甚至有学者认为要到十二世纪。关于欧洲的炼狱概念，参见 R. R. Atwell, "From Augustine to Gregory the Great: An Evaluation of the Doctrine of Purgatory" 一文；或 Jacques Le Goff, *The Birth of Purgatory*。如果说基督教的炼狱是亡魂准备升入天堂的处所，那么置身于佛教"中有"的亡魂一般来说会经受轮回之苦，或者会被送入某一层地狱，虽然死者家人可以借助法事、善行等手段帮助亡魂获得解脱。

第一章 "观想"——东晋时代对世界的观看与想象

四世纪，在主观意识和物质世界之间，或者，更确切地说，是主观意识与山水景观之间，发生了一系列错综复杂的互动。四世纪也就是东晋王朝统治时期，是中国历史上比较少见的政治断代与思想史、文化史的断代互相契合的时代。盛行于四世纪的玄言诗，既深受老、庄思想的影响，也受到佛教经典和教义的浸润，而山水乃是玄言诗的重要组成部分；山水画的发展，以及关于山水画最早的记录，也可以追溯到东晋。东晋士人如何看待和感受山水景观？他们独特的感受模式又如何受到当时各种复杂文化因素的影响？这些是本章所要讨论的问题。

在探讨东晋时期表现山水的文本时，我们注意到，有一个字常常和观赏山水联系在一起，这个字就是"想"。

"想"这个字在早期中古时代有特定的含义，它意味着在头脑里，以"心眼"而非"肉眼"，观看沉思冥想的对象。二世纪晚期的一个定义清楚地让我们看到"思"与"想"的不同，并十分突出后者的视觉性质：

> 意所存曰思，仿佛如睹其容之处前曰想。[1]

"想"的概念和"相/象"（形象或者意象）紧密相关，并为我们提供了理解东晋南朝文化和美学思想的关键词。对于南朝士人来说，山水即是"象"，对山水之"象"的感受、诠释和建构完全有赖于个人主观意识的运作。因此，"想象"意味着积极主动地进行"造象"，而四世纪山水写作的兴起在很大程度上是一种内向而不是外向的运动。换句话说，这一时期人们对山水的兴趣并不一定意味着人们突然开始注意外在的自然景观，恰恰相反，它显示了人们对内心世界发生新的重视，对现象界的兴趣乃是对个人心灵活动的外向延伸。正是因此，在东晋文学中，以心眼观看到的山水，反而比肉眼观看到的山水具有更强大的吸引力。

下面，我准备检视东晋时代一系列世俗和宗教文本中关于"想"的复杂表现，展示这一概念在当时文化话语中的重要性，以及它对我们理解东晋南朝的文化与美学思想究竟具有怎样的重大影响。

---

[1] 陈慧，《阴持入经注》卷一，第11页，《大正新修大藏经》（以下简作《大藏经》）第33册。此经为安世高（约148年在世）所译。

内照与外观

在二世纪传入中国的大乘佛教，特别强调一切事物缺乏"自性"，有待于各种因缘和条件得以存在。在179年到408年之间前后三次分别由支娄迦谶、支谦和鸠摩罗什译成汉语的《道行般若经》（也称《小品般若》）有一段话以回声为比喻，对此解释得十分清楚：

> 譬如山中响声，不用一事，亦不用二事所能成，有山，有人，有呼，有耳听，合会是事乃成响声。[1]

回声的比喻，展示了现象赖以存在的物质条件和主观条件：没有山、人、呼叫，就没有回响；但是，如果没有一只聆听的耳朵，回响也可以说不存在。物的世界有待于认知的主体。

认知主体的重要性在东晋时代最为流行的一部佛经《维摩诘经》中得到进一步发挥。[2] 在《维摩诘经》第一章《佛国品》篇里，释迦牟尼宣称佛国不是遥不可及的所在，就存在于当前与眼下："跂行喘息人物之土，则是菩萨佛国。"菩

---

[1]《道行般若经》卷十，第476页，《大藏经》第8册。
[2] 此经从三世纪到五世纪初叶二百年间被翻译四次，译者分别是支谦、竺法护（239—316）、竺叔兰（约三至四世纪在世）和鸠摩罗什。支敏度（约三至四世纪在世）则曾把支谦、竺叔兰译本合为一本。见保存在僧祐《出三藏记集》中的支敏度《合维摩诘经序》卷八，第310页。

萨如欲净土，必须首先净心："菩萨以净意故得佛国清净。"当时听讲的舍利弗心里不由得想：既然如此，是不是世尊做菩萨的时候心不净呢？否则为什么眼前佛国如此不净呢？释迦牟尼立刻知道了舍利弗的想法，对他说："于意云何？日月岂不净耶，而盲者不见？"舍利弗回答说："不也，世尊，是盲者过，非日月咎。"释迦牟尼说："舍利弗，众生罪故，不见如来国土严净，非如来咎。舍利弗，我此土净，而汝不见。"这时螺髻梵王插进来对舍利弗说道："勿作是念，谓此佛土以为不净，所以者何？我见释迦牟尼佛土清净，譬如自在天宫。"舍利弗还言道："我见此土，丘陵坑坎，荆棘沙砾，土石诸山，秽恶充满。"螺髻梵王愤然还嘴道："仁者心有高下，不依佛慧，故见此土为不净耳。"正在二人拌嘴之际，释迦牟尼以足趾按地，于是突然之间，三千大千世界皆显现珍宝装饰，一切大众都坐在莲花宝座上。这时释迦牟尼对舍利弗重申他的教训："我佛国土，常净若此，为欲度斯下劣人故，示是众恶不净土耳……譬如诸天，共宝器食，随其福德，饭色有异。如是，舍利弗，若人心净，便见此土功德庄严。"[1]鸠摩罗什的高足弟子僧肇（384—414）在其《注维摩诘经》中简洁地宣言："净土盖是心之影响耳。"[2]

---

[1] 参见鸠摩罗什所译《维摩诘经》卷一，第537—539页，《大藏经》第14册。《长阿含经》："若福多者饭色为白，其福中者饭色为青，其福下者饭色为赤。"卷二十，第134页，《大藏经》第1册。
[2] 僧肇，《注维摩诘经》卷一，第337页，《大藏经》第38册。

《佛国品》不容置疑地强调了"心"的力量。这里值得注意的是舍利弗对人间世的坦率描述：

> 我见此土，丘陵坑坎，荆棘沙砾，土石诸山，秽恶充满。

有趣的是，舍利弗的描述正好构成了一幅"山水"图。"山水"到底是美是丑，是好是恶，一切取决于山水的观者。

对早期中古时代的人们来说，自然界并不仅仅只是充满"秽恶"，而是充满了神仙、精怪、灵芝异草。隐士在山中寻求静谧；道士在山中寻求成仙要道。这两种身份常常难以截然区分，因为在三、四世纪，很多隐士入山都是为了炼丹采药以求长生不老。[1]王羲之（321—379）曾与道士许迈一起游名山"采药石"。[2]嵇康（223—262）"尝采药游山泽，会其得意，忽焉忘反，时有樵苏者遇之，咸谓为神"。[3]在玄言话语中，"得意"是一个内涵非常丰富的词语，意味着得到某种至高的真理。"得"是关键词，因为"得药"、"得仙"和"得意"都属于同一个意义范畴。无论是得意、得药还是得仙，都意味着得到山水的精髓，这和

---

[1] 参见康儒伯（Campany），*To Live as Long as Heaven and Earth*，pp. 25-30。
[2]《晋书》卷八十，第2101页。
[3] 同上书，卷四十九，第1370页。

樵苏渔父只能得到山水之皮毛或者"糟魄"（借用庄子的词汇）形成了鲜明的对比。

嵇康的故事格外意味深长：虽然这位贵族隐士尚未"得仙"，在村野的樵采者的眼里，他已经是"神"了。樵采者很可能再去四处宣扬他们在山中遇到神人的故事，而这想当然地会吸引更多的贵族隐士入山寻找（他们自己）。对贵族的神化反映了早期中古时代严格的社会等级：士庶之间横亘的鸿沟，并不比人神之间的分界宽松多少。即使是在士人阶层之内，社会群体的界限也十分森严（如九品中正制所显示出来的）；这种社会现实，在当代文化思想中得到反映：著名的僧人支遁（314—366）在阐释庄子《逍遥游》的时候，强调只有"至人"才可以得到真正的精神自由[1]；这和早期注释《庄子》的郭象、向秀以为物无论小大，只要满足一己的欲望，就可以得到精神自由的诠释构成了颇有意味的反差。[2]

樵采者也许会把山中漫游的隐士先生错当成神仙，但是漫游的隐士自己也可能对世界产生错觉：找到仙草不仅仅需要受过训练的眼睛，更需要许多的内在修行，否则哪怕仙草近在眼前，采药者也认它不出。葛洪在《抱朴子内篇》中对此探讨甚多。在《仙药》篇中，他描述了各种神奇的菌芝，这些菌芝可以使人长生不老，至少命延千年，其形状或如车

---

[1]《全晋文》卷一五七，第2366页。
[2]《庄子集释》卷一，第1页。

马,或如宫室,或如龙虎飞鸟:

> 此诸芝名山多有之,但凡庸道士,心不专精,行秽德薄,又不晓入山之术,虽得其图,不知其状,亦终不能得也。山无大小,皆有鬼神,其鬼神不以芝与人,人则虽践之,不可见也。[1]

葛洪的讨论从另一个角度验证了《维摩诘经·佛国品》中释迦牟尼宣讲的道理:山水的灵秀精髓不是任何人都可以得到的,它只对满足一定条件的人才显现出来。最主要的条件,是心之"专精"。

心之"专精"在佛教教义中有丰富的体现,特别和两个概念——"止"与"观"——密切相关。前一个概念指停止一切行为和欲望,达到平静专注的状态;后一个概念指慧眼观照事物的无常本质。"观"有其专门技术性的内涵,譬如说"观想",意谓在头脑中看到冥想的对象。一个人可以观想佛的三十二相,可以观想净土,也可以观想死尸以领悟万物之无常。观想的重要性,在于人们相信观想就是实现。换句话说,即使是释迦牟尼佛祖也无非是人心灵和想象的一部分,人心在凝聚注意力时具有强大的力量,可以把佛陀及其净土变成现实,但是,这种现实本身又是空幻不实的,正如法与法身在根本上空幻一样。这一公式——观想等于实现,

---

[1]《抱朴子内篇校释》卷十一,第183页。

实现本身乃空幻不实——显示了佛同时所具有的真实性与空幻性,而这正是大乘佛教的基本教义。

在东晋以前就已经至少翻译过三次的《佛说般舟三昧经》,对这一公式有精彩发挥。在这部经文里,释迦牟尼宣言,如果一个人专心冥想净土七日七夜,净土就会显示在他眼前:

> 譬如人梦中所见,不知昼不知夜,亦不知内不知外,不用在冥中故不见,不用有所弊碍故不见。飚陀和,菩萨当作是念。时诸佛国境界中,诸大山须弥山,其有幽冥之处,悉为开辟,无所蔽碍。是菩萨不持天眼彻视,不持天耳彻听,不持神足到其佛刹,不于此间终生彼间,便于此坐见之。[1]

梦的比喻,既强调了视觉图像的即时性,也强调了观想对象的空幻不实。

释迦牟尼接下来说,见佛就好比在镜中见到自己:

> 譬如人年少端正着好衣服,欲自见其形。若以持镜若麻油、若净水、水精,于中照自见之,云何宁有影从外入镜、麻油、水、水精中不也?飚陀和言:"不也,天中天,以镜、麻油、水、水精净故,自见其影

---

[1]《佛说般舟三昧经》卷二,第899页,《大藏经》第13册。

耳。影不从中出，亦不从外入。"佛言："善哉颰陀和，色清净故，所有者清净。欲见佛即见。"

归根结底，佛既不存在于人心之外，不净之心也不可能感受到佛。如果心和明镜一样清净，自然会映现佛的形象。

反映万物之真相的明镜意象对东晋高僧慧远（334—416）影响甚深。慧远笃信冥想与观照的力量，在《念佛三昧诗集序》里，他对明镜意象进行发挥：

> 故令入斯定者，昧然忘知，即所缘以成鉴，鉴明则内照交映，而万像生焉，非耳目之所暨，而闻见行焉。[1]

因为《佛说般舟三昧经》常常用"梦"的比喻来描述观想时之所见，对佛祖和法身皆为虚幻不实的大乘教义常常感到不安的慧远，就入定之时对佛的观想，向他甚为尊敬的鸠摩罗什提出一系列问题。慧远认为，如果观想所见确是佛的化身，那么用梦的比喻来描述这一体验就似乎很不合适，因为"梦是凡夫之境"。对相信佛之本体存在的慧远来说，在"我想之所立"和"梦表之圣人"之间应该有清楚的区分，前者乃生自主体的幻觉，后者则是来自观想者之外的真实存在。换句话说，慧远想要通过观想入定的体验所实现的，是

---

[1]《全晋文》卷一六二，第2402页。

佛送来的"真"相,而不是一己头脑中产生的"空"象。

在他的答复里,鸠摩罗什解释梦的比喻只是为了说法之方便,佛没有"决定相",任何决定相都不过是"忆想分别"的产物,是虚妄不实的。[1]鸠摩罗什的详尽回答展示了两位思想家之间的深刻区别,任继愈对此作过非常深入和清晰的解说,并把这一区别描绘为慧远的玄学背景与鸠摩罗什佛学思想基础之间的分歧。[2]玄学以无为体,以有为用,但无论体用都具有本体真实,这样的观点与鸠摩罗什佛与法身皆为虚空的佛学思想格格不入。玄学家如王弼(226—249)指出言可明象,象可明意。虽然说得意之后言、象可弃,但"意"毕竟是真实与恒在的。很多东晋贵族士人都深谙佛经,但他们对佛教的理解常常以玄学概念和问题作为框架。在某种程度上,可以说慧远对鸠摩罗什的误解很典型地代表了他的时代,因为他所追寻的是变化多端、虚幻短暂的宇宙万物背后某种真实的、实在的、永久的实体。慧远与天竺般若学派的分歧可以暂且不去管他,因为从我们的角度来说,慧远写作中最突出的一点是他对"观想"与"象"的强烈兴趣。在慧远看来,凝思观想、昧然忘知的主观意识仿佛一面明镜,放出的光辉映亮现象世界之"万象",而这首先包括山水。对慧远来说,只要一个人具有"正见",山水绝非"秽恶充满",而是蕴涵着终极真理的大象。

---

[1]《鸠摩罗什法师大义》或《大乘大义章》卷二,第134—135页,《大藏经》第45册。
[2] 详见任继愈主编《中国佛教史》第二卷,第676—701页。

慧远住在庐山三十余年,有很多机会游历山景。一般认为他是公元400年有三十余名僧人参与的石门之游的发起者和领头人。《游石门诗序》记载了这次出游。[1]序言开始,介绍石门山的位置、名字的来历,以及此山少为人知的原因("将由悬濑险峻,人兽迹绝,径回曲阜,路阻行难,故罕经焉")。作者随即记叙他们游历石门的因由:释法师"因咏山水"而来到此间。在历经艰险达到顶峰之后,他们举目远望,极言山水之美、同游者之乐。这时,作者开始思考乐从何来:

> 当其冲豫自得,信有味焉,而未易言也。退而寻之,夫崖谷之间,会物无主,应不以情,而开兴引人,致深若此,岂不以虚明朗其照,闲邃笃其情耶?并三复斯谈,犹昧然未尽。俄而太阳告夕,所存已往,乃悟幽人之玄览,达恒物之大情。其为神趣,岂山水而已哉?

这一段落让我们再次清楚地看到,是观者自身的态度,而不是山水景观,是欣赏山水的主要因素。这段话最令人瞩目的是,它强调欣赏山水的非情感性("应不以情"),是观者对审美对象的理性的观照才使其感知物质世界之美,是"玄览"才能揭示万象的真谛。因此,只有在太阳落山之后才可能产生"悟"的体验:僧人在青天白日感到"昧然"的

---

[1] 逯钦立辑校,《先秦汉魏晋南北朝诗·晋诗》(以下均用简称,如《晋诗》《梁诗》)卷二十,第1086页。

道理，反而在山水没入黑暗之后被照亮。只有当肉眼失败的时候，心眼才能打开。

考虑到石门之游与文学创作的密切关系（僧人为"咏山水"而出行），这里应该指出"玄览"一词曾出现于西晋诗人陆机（261—303）《文赋》："伫中区以玄览。"赋以这样的开端展示了一个作者站在宇宙中心驰骋想象、神游八方。与此相反，石门释法师讲述的是在一个真实世界发生的真实游览和体验，这份体验构成了吟咏山水的必要基础。然而，即使在这个真实世界，肉眼的观览必须同时也是心眼之玄览。换句话说，美不是山水本身的属性，而是源于山水和观览者的虚明朗照之间的互动。

最后需要指出的是，《游石门诗序》强调对现象界做出非情感的回应，和《礼记·乐记》里面提出的人心"感物而动"的模式形成了值得回味的反差。石门释法师提出以"闲邃"来回应"无主"（没有主体）的现象世界，这不是说观者应该心如死灰、毫无感情，而是说应该以"闲邃笃其情"，观者最终从山水中体会到的应该是一种心智的愉悦，而非情感之喜乐，这种愉悦归根结底源自对山水真谛的解悟。我们会看到这一主题后来在慧远的景仰者谢灵运的诗作中重现。

心与境

《维摩诘经》指出，个人的素质决定了个人眼中所见。东晋贵族士人对此体会颇深。孙绰（314—371）在《太尉庾亮碑》中说，庾亮在世时，往往"以玄对山水"[1]。"玄"是四世纪广泛应用于哲学、宗教和文化话语的概念，既描述终极真理，也描述栖息于真理之中的心态。对东晋士人来说，仅仅面对山水是远远不够的，必须用正确的态度来对待山水。孙绰曾经和庾亮、卫承一起游白石山，孙绰轻蔑地评价卫承："此子神情都不关山水，而能作文？"[2]在孙绰看来，把一个人放在山水之间并不意味着这个人就必定会和山水发生任何的深层关系："神情"是人与山水开始相"关"的首要前提。

更进一步说，"神情"可以超越和克服物质环境。陆机在《应嘉赋》中说："苟形骸之可忘，岂投簪其必谷？方介邱于尺阜，托云林乎一木。"[3]晋简文帝入华林苑，对左右人说："会心处不必在远。翳然林水，便自有濠濮间想也，觉鸟兽禽鱼自来亲人。"[4]王羲之《兰亭诗》表达了同样的情绪：

三春启群品，寄畅在所因。
仰望碧天际，俯瞰渌水滨。
寥朗无崖观，寓目理自陈。
大矣造化功，万殊莫不均。
群籁虽参差，适我无非亲。[5]

---

[1]《全晋文》卷六十二，第1814页。
[2]《世说新语笺疏·赏誉第八》第478页。
[3]《全晋文》卷九十六，第2012页。
[4]《世说新语笺疏·言语第二》第120—121页。
[5]《晋诗》卷十三，第895页。末句一作"适我无非新"。

这首诗强调"我"的重要性:"我"之目看到万象之"理","我"之聆听感受到万籁之音。虽然万籁参差,但"适我无非亲"。诗人自我主体的观览和倾听在这里是关键。

对玄学家来说,理想的君主是所谓的"内圣外王",精神自由的实现,无论身份或地点。[1]恰如一位晋代诗人所说:"小隐隐陵薮,大隐隐朝市。"[2]这样的观点,正好契合当时大乘佛教宣扬的教义:菩萨应该在红尘世界中度人济世,而不是远离尘嚣。《大品般若经》(又称《放光般若经》,291年译为汉语)如是说:

> 若在山间树下独处寂无人中,未必是为远离之法……若在人间随我寂教者,虽在城傍,为与山泽等无有异。[3]

这样的话和东晋诗人陶渊明(365?—427)的著名诗句异曲同工:

> 结庐在人境,而无车马喧。
> 问君何能尔?心远地自偏。[4]

---

[1]《庄子集释》卷十下,第1069页。
[2]王康琚,《反招隐诗》,《晋诗》卷十五,第953页。
[3]《放光般若经》卷十四,第96—97页,《大藏经》第8册。
[4]《晋诗》卷十七,第998页。

当我们把陶诗放在这样的思想与文化背景下,我们才能清楚地意识到陶渊明是多么典型地代表了他的时代。

在四世纪,"心无宗"是活跃于南方的六大佛教理论派别之一。这一理论派别在四世纪二十年代为支愍度所创立,把"心"的作用提升到前所未有的高度,认为只要心无执着,万物即空;换句话说,并非万物本空,乃是心使之空。这一理论受到竺法汰(320—387)、慧远以及僧肇的激烈批评。但是这一理论曾经一度颇为盛行,尤其是在荆州地区,即使到了四世纪六十年代,慧远在一次著名的论辩中驳倒了"心无义"的信徒道恒之后,这一理论也并未像慧皎在《高僧传》里宣称的那样立即衰落。[1] 著名宰相王导的孙子王谧(360—407)曾致书桓玄(369—404),挑战"心无义",桓玄则在答书里对之进行辩护;刘程之,也就是刘遗民,曾著有《释心无义》。虽然这些文字现已不存,但它们的题目都保存在僧祐的《出三藏记集》里。[2] 刘遗民是陶渊明的好友之一,陶渊明留下两首致刘遗民的诗,二人在思想上一定有契合之处,包括对心与境的关系、心对境的影响等问题。

不过,远离人境仍然常常被视为精神超越的前提。葛洪曾抱怨说,虽然他不去拜访别人,但别人会来拜访他,使他不能专心修行。"山林之中非有道也,而为道者必入山林,

---

[1]《高僧传》卷五,第192页。参见汤用彤,《汉魏两晋南北朝佛教史》,第186页。
[2]《出三藏记集》卷十二,第429页。

诚欲远彼腥膻，而即此清净也。"[1]虽然"境"取决于"心"，但是"境"也不是完全无关紧要，更不是说应该特意寻找最尘嚣芜杂之所进行修道："或云：上士得道于三军，中士得道于都市，下士得道于山林。此皆为仙药已成，未欲升天，虽在三军，而锋刃不能伤，虽在都市，而人祸不能加，而下士未及于此，故止山林耳。不谓人之在上品者，初学道当止于三军都市之中而得也。"[2]

在这样的思想史背景下，张翼（君祖，约344—361）和康僧渊（约300—350）之间的一组赠答诗可以为我们展示对待"心"与"境"的两种态度。张翼在东晋以书法闻名，是王羲之书法已知最早的"伪造者"，其仿作连王羲之自己都难辨真假。[3]张翼写了一组诗赠给一位名叫竺法頵的僧人，在诗的序言里，张翼解释说因为竺法頵决定远还西山，故写诗送别并"因以嘲之"。第一首诗的开始赞美山水景色，诗的结尾却对竺法頵的选择表示怀疑：

外物岂大悲，独往非玄同。
不见舍利弗，受屈维摩公？[4]

张翼和很多同时代人一样，混合使用佛经与玄学概念。

---

[1]《抱朴子外篇校笺》卷五十，下册，第694页。
[2]《抱朴子内篇校释》卷十，第187页。
[3] 见虞龢，《上明帝论书表》，《全宋文》卷五十五，第2730—2731页。
[4]《晋诗》卷十二，第893页。

他强调，超脱尘世并非"大悲"之举，也不符合"玄同"之教诲。"玄同"是老子《道德经》中的词语，"大悲"却是佛祖的特征，它与普通的同情心之区别在于，不仅对他人感到悲悯，更以实际行为解救他人脱离苦难。维摩虽非僧人而是居士，但他选择住在人间世，对大乘佛教的领悟远远胜于代表了小乘佛教自救精神的舍利弗。张翼对《维摩诘经》的引用特别适合他写诗的目的，因为《维摩诘经》极力赞美像维摩诘这样不离红尘世界、自己得道也帮助他人得道的居士，而维摩诘和舍利弗也正好与身为居士的张翼和身为沙门的竺法頵形成了一种幽默的对照。

在赠给竺法頵的第三首诗里，张翼明确地表达了他的观点。他诉诸宣扬普度众生的大乘佛教教义，与强调自修自救的小乘教义对立。虽然现代佛教学者对大乘与小乘的区分有所怀疑，但大小乘的分歧乃是《维摩诘经》本身就采用的修辞模式，张翼也在自己的诗里对之加以利用：

> 苟能夷冲心，所憩靡不净。
> 万物可逍遥，何必栖形影？
> 勉寻大乘轨，练神超勇猛。[1]

"勇猛"是菩萨的特征之一，菩萨是自己实现了解悟并发誓度脱一切众生的修行者。在《维摩诘经》里，文殊菩萨

---

[1]《晋诗》卷十二，第893页。

用了一个优美有力的比喻来说明只有在尘世中才能寻求觉悟:"譬如高原陆地不生莲华,卑湿淤泥乃生此华。"[1]同样,张翼在诗里宣称,如果可以修心,则所在皆是净土,未必一定栖形西山。

竺法頠可能不善于作诗,因此,康僧渊,一个生在长安、长于汉地的康居人,代竺法頠写作答诗,为竺法頠进行辩护。在答诗里,康僧渊暗示出家修行胜过在家修行:

> 幽闲自有所,岂与菩萨并?
> 摩诘风微指,权道多所成。
> 悠悠满天下,孰识秋露情?[2]

张翼再次答诗,诗中特别指出"想"的重要性:

> 三法虽成林,居士亦有党。[3]
> 不见虬与龙,洒鳞凌霄上。
> 冲心超远寄,浪怀邈独往。
> 众妙常所晞,维摩余所赏。
> 苟未体善权,与子同佛仿。
> 悠悠诚满域,所遗在废想。[4]

---

[1]《维摩诘经》卷七,第549页,《大藏经》第14册。
[2]《晋诗》卷二十,第1075页。
[3] 三法指经、律、论,也可指佛法的三个方面:教、行、证。
[4]《晋诗》卷十二,第894页。

此诗与康诗针锋相对，强调"冲心""浪怀"远远超过形迹上的"远寄"和"独往"；指出虽然天下悠悠，但是对"想"的忽略是众人的通病。

康僧渊不肯罢休，他的答诗是这组赠答诗现存版本里的最后一首，看来康僧渊依靠他不屈不挠的毅力最终在辩论中占了上风：

> 遥望华阳岭，紫霄笼三辰。
> 琼岩朗壁室，玉润洒灵津。
> 丹谷挺樛树，季颖奋晖薪。[1]
> 融飙冲天籁，逸响互相因。
> 鸾凤翔回仪，虬龙洒飞鳞。
> 中有冲漠士，耽道玩妙均。
> 高尚凝玄寂，万物忽自宾。[2]
> 栖峙游方外，超世绝风尘。
> 翘想睎眇踪，矫步寻若人。
> 咏啸舍之去，荣丽何足珍。
> 濯志八解渊，辽朗豁冥神。
> 研几通微妙，遗觉忽忘身。
> 居士成有党，顾盼非畴亲。[3]

---

[1] 这里"薪"通"新"，"晖薪"即晖光日新。张华（232—300）《励志诗》云："进德修业，辉光日新。"《晋诗》卷三，第615页。
[2] "王侯若能守，万物将自宾。"《老子校释》，第130页。
[3] "成"，通"诚"，诚然之谓。

借问守常徒,何以知反真?[1]

这首诗在结构上可以分为四个部分。第一至十句描绘了一幅充满灵妙气氛的山水图景,下面六句则把耽道静修的僧人直接置于这一山水图景中。诗人接下来宣称他想要追随僧人的足迹弃尘高蹈。张翼的诗强调以"想"超越环境,康僧渊之"想"则是追踪隐居的僧人,"遗觉"与"忘身"。在流行于三至四世纪的游仙诗、招隐诗中我们常能看到这样的结构,就连"中有××士"这样的句型也十分熟悉,一般描写一位得道高士,无论是仙人还是隐者;诗人发誓要追随这样一位高士隐遁出世也属常见。诗的最后四行把张翼的居士社群和出尘的生活进行对照。张翼的诗里提到"众妙常所晞",这里的"常"意谓长久、经常;但康僧渊的诗句却机智地扭曲了"常"的意思,"守常"之"常"意谓平凡和平常,指出只知道固守平常生活方式的人不可能知道如何"反真"。张、康二人的赠答诗构成了四世纪玄言和清谈的一部分。[2] 这组诗让我们看到在东晋社会人们对"心"与"境"关系的重视,以及大小乘佛教教义对待宗教生活的不同态度。

---

[1]《晋诗》卷二十,第1076页。
[2] 这组诗收录在道宣(596—667)《广弘明集》(《大藏经》第52册)中。此集还录有张翼三首《咏怀诗》(卷三十,第359页),其中第一首反问:"何必玩幽闲,青衿表离俗?"这里的青衿当非指学子而指僧人缁衣。诗人随后表示,在尘世之中,"区区虽非党,兼忘混砾玉",归根结底"要在夷心曲"。《晋诗》卷十二,第891—892页。

想象的山峦

生活于四、五世纪之交的谢道蕴,是当时著名的陈郡谢氏家族成员之一。她留下一首题为《泰山吟》的诗作:

> 峨峨东岳高,秀极冲青天。
> 岩中间虚宇,寂漠幽以玄。
> 非工复非匠,云构发自然。
> 器象尔何物,遂令我屡迁。
> 逝将宅斯宇,可以尽天年。

虽然诗的题目不能完全确定,这首诗开宗明义第一句就提到东岳,吟咏的是泰山没有太大的疑问。[1]问题是:谢道蕴有没有见到过泰山?

"器象尔何物,遂令我屡迁"这样的句子似乎表明,诗人确实亲眼见过泰山。然而,在四世纪,泰山大半时间都处在北方力量控制之下的疆域。384年,谢道蕴的兄弟谢玄(343—388)率军北征,曾短时期占领泰山地区。后来,东晋将领刘裕(363—422)也曾在410年占领泰山地

---

[1]《晋诗》卷十二,第912页。《泰山吟》是乐府题目。《乐府诗集》载有两首《泰山吟》,但不包括谢诗在内。此诗最早见于《艺文类聚》,但没有标题(卷七,第123页)。在冯惟讷(1512—1572)《古诗纪》中,这首诗题为《登山》(卷四十七,第389页)。查志隆(1559年进士)所编、张绪彦(1631年进士)修订的《岱史》也收录此诗(卷十五,第83页)。见《道教要籍选刊》第七卷。

区。不过谢道蕴的丈夫王凝之在399年死于孙恩之乱,自此之后谢道蕴一直孀居会稽,不太可能于410年前后有机会前往泰山。所以,她吟咏泰山的诗更有可能是384年左右受到谢玄北征的影响而写下的。但即使如此,谢道蕴身为贵族女性,也未必就会在这样战火连天的局面下游历泰山。

事实上,谢道蕴不必亲临泰山才写下这些诗句。在四世纪,以心眼而非肉眼想象与观照物质世界构成了当时主要的文化话语。孙绰的《游天台山赋》就是一个著名的例子。只不过孙绰的天台山之游完全是想象之旅。在赋的前言中,他极言天台山之险峻,登山之艰难:"举世罕能登陟,王者莫由禋祀,故事绝于常篇,名标于奇纪。"他告诉读者,他对天台山的想象,乃是受到了山水画的影响:

> 然图像之兴,岂虚也哉?非夫遗世玩道,绝粒茹芝者,乌能轻举而宅之?非夫远寄冥搜,笃信通神者,何肯遥想而存之?余所以驰神运思,昼咏宵兴,俯仰之间,若已再升者也。方解缨络,永托兹岭。不任吟想之至,聊奋藻以散怀。

所谓"驰神运思""俯仰之间,若已再升",分明表示孙绰并未亲自登攀天台,《游天台山赋》是孙绰对天台山不舍昼夜的"遥想"和"吟想"的结果。这里的"想",正是"仿佛如睹其容之处前曰想"的"想",是"昼咏宵兴""驰神运思"的结果。虽然赋作本身详细描绘了作者的登攀经历,但是序言为赋作搭建了解读框架:一切经历都发生在想象之中,是精神的而非身体的朝圣旅程。

赋作从一开始的原始山水——

>太虚辽廓而无阂,运自然之妙有。融而为川渎,结而为山阜。

进而转向一个具体的地点:托基于牵牛星宿下之越地的天台山:

>荫牛宿以曜峰,托灵越以正基。

由于地处遥远,缺乏想象力的人们不去游览,或有动身前往游览者不得其路而上。孙绰对这些人感到轻蔑,同时表示自己矫翼登攀的愿望:

>邈彼绝域,幽邃窈窕。
>近智者以守见不之,之者以路绝而莫晓。
>哂夏虫之疑冰,整轻翮而思矫。

在孙绰看来,只要愿望足够强烈,就可以神游灵山,这样的神游胜过登仙:

> 苟台岭之可攀，亦何羡于层城！[1]

在神秘的精神之旅中，诗人登上山巅，和石门僧人一样，得到超越的体验。"冥观"一词，和"玄览"异曲而同工：

> 浑万象以冥观，兀同体于自然。

值得注意的是，孙绰的友人支遁曾经写过一首相同题材的诗，歌咏天台山的想象之旅。孙绰的赋与支遁的诗，会让我们看到赋与诗的不同文体特点，但同时这两篇作品都是东晋文化话语的产物，展现了东晋人对观想与想象的强烈关怀。支遁的诗在结构上与前引康僧渊诗非常相似：一开始描写山水景观之美，随即提出"中有寻化士"（这种句型"中有××士"如前所言在早期中古游仙诗、招隐诗中十分常见），最后表示希望追寻这位隐士的足迹。这首诗的不同寻常之处在于它的开头：

> 晞阳熙春圃，悠缅叹时往。
> 感物思所托，萧条逸韵上。
> 尚想天台峻，仿佛岩阶仰……

诗人对天台灵境的铺叙和描写，以一个至为普通、家常

---

[1] 按，层城乃传说中的昆仑山绝顶，泛指仙乡。

的环境作为开始，而这一环境奠定了全诗的基调。诗人坐在春日的小菜园中，在春天阳光温暖的照耀下，感叹春天的回归和大自然的循环不息，时间的流逝和人生的不可重复，从而渴望超越，沉思精神之"所托"，开始对高峻、神奇的天台进行想象。下文描写的天台神境，完全存在于一个想象的空间：

> 尚想天台峻，仿佛岩阶仰。
> 泠风洒兰林，管濑奏清响。
> 霄崖育灵蔼，神蔬含润长。
> 丹沙映翠濑，芳芝曜五爽。
> 苕苕重岫深，寥寥石室朗。
> 中有寻化士，外身解世网。
> 抱朴镇有心，挥玄拂无想。
> 隗隗形崖颓，冏冏神宇敞。
> 宛转无造化，缥瞥邻大象。
> 愿投若人踪，高步振策杖。[1]

如果说"赋"/敷在描写一地或者一物时总是尽量做到铺张详尽，譬如说一篇山赋对一座山的每个方面都会尽情铺陈渲染，那么早期中古诗歌则越来越倾向于歌咏具体的场景和个人化的情境。支遁诗的戏剧化效果并不在于诗的主体，

---

[1]《晋诗》卷二十，第1081页。

而完全依靠诗一开头的叙事框架，把诗人放置于一个具体的时间和地点。诗人的小菜圃和生长着兰林、神蔬和芳芝的天台神境，神奇和家常，超越和尘俗，形成了鲜明的反差。诗人的身体被局限在卑微的环境里，但他的精神却升腾高举，远游神山。是"想"——心眼的观照——把两个如此不同的世界连在了一起。

诗人把其心眼观看到的山岳比作人的身体：山崖好比具有形质的肉体，而中有修行者的石室则是内在的精神。这样一来石室中的修道者就真的成了山"神"，找到他，也就意味着"得道"与"得仙"。但是，当"形崖"崩颓，"神宇"开启，我们意识到诗人所要寻找的并不是山洞中一个真实的人物，肉体的存在，因为诗人一心想要实现的，是与"大象"相邻，而"大象"如老子所说乃是"无形"的。当诗人表示"愿投若人踪，高步振策杖"，他所计划的不是身体的旅程，而是精神的旅程，他需要做到的是"镇有心，拂无想"（这里的"无想"指"'无'之想"）。石室不过是诗人心灵之象；身体之山崖必须首先崩颓，"神宇"才可以豁然敞开。

支遁的另一首题为《咏怀》的诗，也强调了精神进程的重要性。[1]

　　端坐邻孤影，眇罔玄思劭。

---

[1]《晋诗》卷二十，第1080—1081页。

偃蹇收神辔,领略综名书。
涉老哈双玄,披庄玩太初。
咏发清风集,触思皆恬愉。
俯欣质文蔚,仰悲二匠徂。
萧萧柱下迥,寂寂蒙邑虚。
廓矣千载事,消液归空无。
无矣复何伤,万殊归一涂。
道会贵冥想,罔象掇玄珠。[1]
怅怏浊水际,几忘映清渠。[2]
反鉴归澄漠,容与含道符。
心与理理密,形与物物疏。
萧索人事去,独与神明居。

在诗的开始,诗人在孤独中阅读和思考。诗人所读之书,是《老子》与《庄子》:对一个佛教僧人来说似乎有些奇怪,但是在四世纪的语境中并不令人惊讶。"仰悲二匠徂"让人想到《庄子》中轮扁对齐桓公所说的话:轮扁把齐桓公所读的古书称为古人留下的糟粕。但是这一点在此诗中不是一个问题,因为诗人最终不是通过阅读古人之

---

[1]《庄子·天地》:"黄帝游乎赤水之北,登乎昆仑之丘而南望,还归,遗其玄珠。使知索之而不得,使离朱索之而不得,使吃诟索之而不得也,乃使象罔,象罔得之。"《庄子集释》卷五,第414页。
[2] 庄子说:"吾守形而忘身,观于浊水而迷于清渊。"同上书,卷七,第698页。

第一章 "观想":东晋时代对世界的观看与想象　51

书而是通过"冥想"获得了开悟。就像孙绰宣称"浑万象以冥观"一样,支遁相信"道"之玄珠只有"罔象"("无象")才能采得。

这首诗展现了一个过程:诗人从开始的"玄思",转向阅读("终日而思,无益,不如学也"),又从阅读进一步转为"冥想"。这里"思"和"想"的区别令人回想起二世纪的定义:"意所存曰思,仿佛如睹其容之处前曰想。"诗的结尾重新回到诗开始时描写的孤独,但是如果诗人原本与孤影为邻,现在则进入更高一层境界:"独与神明居。"

支遁关于孤寂的阅读与冥想的诗,在很多方面都构成了陶渊明《读山海经十三首》的先驱。在这组诗里,我们可以清楚地看到支遁的影响。《读山海经》其一为我们介绍了诗人读书的时间与地点:时间是初夏,地点是诗人的家。绕宅树木扶疏,众鸟有托;支遁诗中的温暖春日,在这首诗中化为孟夏之好风微雨;支遁诗中的菜圃,在这首诗中化为伴随春酒供诗人食用的园蔬:

> 孟夏草木长,绕屋树扶疏。
> 众鸟欣有托,吾亦爱吾庐。
> 既耕亦已种,且还读我书。
> 穷巷隔深辙,颇回故人车。
> 欢言酌春酒,摘我园中蔬。
> 微雨从东来,好风与之俱。

> 泛览周王传，流观山海图。
> 俯仰终宇宙，不乐将何如。

从第一首诗中描绘的亲切、温暖、日常化的生活场景，诗人开始了他的宇宙之旅。传说中周穆王乘八骏遨游四海，诗人在这组诗中则以奔腾的想象漫游《山海经》里神奇曼妙的仙境。组诗的前半，描绘了一幅光明、和谐、气魄宏伟的神仙境界；第八首是一个转折点：

> 自古皆有没，何人得灵长、
> 不死复不老、万岁如平常、
> 赤泉给我饮、员丘足我粮、
> 方与三辰游、寿考岂渠央？

这里的现代标点是为了凸显这首诗的特点：整首诗只是一句话，从第二句"何人"开始构成一个一气呵成的反问句，其答案是显而易见的：自古皆有没，没有人可得灵长、不死、不老、万岁如常、赤泉给饮、员丘供粮、与三辰同游、寿考无央。自此之后，组诗急转直下，我们在第九首诗中看到半神半人的英雄夸父；我们在第十首诗中看到志在复仇、精诚不灭的女娃。无论夸父还是女娃都具有神性，然而和组诗前半赞美的快乐神仙不同，他们的命运都是悲剧性的。组诗的第十一、十二首则描述人间帝王因不能明辨是非而导致国家混乱，以曾经称霸诸侯的齐桓公的悲惨死亡结束。诗人的宇宙漫游就这样从神话进入历史，从仙境落入人间。[1]

* * *

无论支遁的《咏怀》，还是陶渊明的《读山海经》组诗，还是孙绰的《游天台山赋》，从文学传统来看，都继承了《楚辞》的"远游"主题。但是，在这些东晋文本中，远游都是在头脑和想象中进行的。陶渊明的才华表现在他对阅读经验的独特表述。他是作为一个读者，凭借文字的力量，被远远带到一个不同的世界里，那个世界并不比孙绰、支遁以及谢道蕴想象的山峦更加虚幻或者更加真实。

画 山

在她的诗作里，谢道蕴用"器象"二字来描述山水。在东晋，"器象"这一概念每次出现，都意味着道或玄的反面——真实可感的物质世界。[2] 如果真山真水不过是"器与

---

[1] 详细评述参见拙作《尘几录》。关于对中古中国阅读体验及其文学表现的精彩讨论，参见陈威（Jack Chen），"On the Act and Representation of Reading in Medieval China"。
[2] 如庾阐（约339年在世）《虞舜像赞》："至道玄妙，非器象所载。"《全晋文》卷三十八，第1680页。道恒《释驳论》："道风玄远，非器象所拟。"《全晋文》卷一六三，第2406页。

象",那么画山水就一定更是如此。东晋不仅是像教流行的时代,也是视觉艺术发达的时代。[1]这两种现象之间存在着绝非偶然的联系。

乍看起来,画山水应该比想象中的山水更真实,因为绘画必须动用笔墨纸张,具有物质基础。但是《道行般若经》里正是用绘画来阐述条件和因缘:

> 贤者复听:譬如画师,有壁、有彩、有工师、有笔,合会是事,乃成画人。[2]

绘画必须依赖种种条件和因缘才能实现,缺乏"自性",因此属于虚幻不实。此外,绘画虽然可以表现一个人、一匹马、一座山,但是它并不是那个人、那匹马、那座山,因此从这一意义上来说,绘画也是虚幻不实的。一个在中古中国流传的佛经故事讲述了画师和雕塑师以他们的作品互相欺骗,充分展现了艺术作品的虚幻性。在故事里,一个著名的雕塑师跟他的画师朋友开玩笑,他请画师来家做客,给他展示一个非常美丽的木雕女子;画师以为是真人而爱上了雕像,后来得知实情后非常懊恼,决定报复他的朋友,于是就画了一幅自己上吊自杀的画挂在屋里,次日早晨,雕塑家从窗户里看到画大为惊慌,直到后来真相大白。二人从此领悟

---

[1] 详见张可礼《东晋文艺综合研究》一书对东晋艺术的出色介绍。
[2]《道行般若经》卷十,第476页,《大藏经》第8册。

世俗生活的虚幻不实，终于一起出家。[1]

对绘画的反思可以在几种意义上使人解悟：一方面，绘画的虚幻性在观者心中引起色空之联想；另一方面，画的内容本身也可以成为有意义的观想对象。譬如说观看佛祖画像是"观想念佛"的重要手段，更不用说造作佛像是很大的功德。

东晋时期有关佛像的写作很多，证明当时造像甚盛。支遁写过两篇画赞：阿弥陀像画赞和释迦牟尼像画赞。[2]慧远的《佛影铭》是最有名的例子。[3]402年9月11日，慧远带领122位僧俗弟子誓生净土，这一仪式就发生在庐山般若台精舍阿弥陀佛像前。[4]这座般若台精舍的墙上很有可能有一系列以《放光般若经》中《萨陀波伦菩萨品》或曰《常啼品》为题材而创作的壁画。慧远集团的成员之一王齐之就曾为这些画作过画赞。萨陀波伦菩萨为了追寻佛法而常常哭泣，因此得名常啼。他放弃家庭入山求道，得到佛祖的指示，让他东行寻找昙无竭菩萨。他为获得财物供养昙无竭菩萨而卖身，帝释遂化身为婆罗门，要求得到人血人髓人心，常啼闻言毅然舍身，但就在挖心之际为长者女以金宝赎救，帝释使常啼创伤平复，常啼也终于见

---

[1] 此则故事收录于梁武帝（464—549）在516年下令编纂的佛教类书《经律异相》卷四十四，第229页，《大藏经》第53册。
[2] 《全晋文》卷一五七，第2369—2370页。虽然这些画赞收在《全晋文》而不是《晋诗》里，事实上它们与五言诗并无不同。
[3] 《全晋文》卷一六二，第2402页。
[4] 同上书，卷一四二，第2279页。

到昙无竭菩萨而证得三昧。

王齐之写有《萨陀波伦菩萨赞》《昙无竭菩萨赞》《萨陀波伦入山求法赞》《萨陀波伦欲供养大师赞》，最后一赞描写的壁画似乎呈现了视觉上极为戏剧化的萨陀波伦举刀自刺出血破骨取髓之情形，其中有云："神功难图，待损而益。信道忘形，欢不期适。"[1]"神功难图"有神功难以谋取之意，但"图"也有"绘画描摹"的寓意，暗示神功难以用图画表现出来。

王齐之还写过一首《诸佛赞》，有注云："因常啼念佛为显像灵。"这篇画赞很好地总结了作者对佛教造像的态度："化而非变，象而非摹。"在此以动词出现的"象"，除了"描摹"之外还有"类似"的意思，它意味着超越了表面的相象（"摹"），达到对佛的临界，就好像"像法"意味着与"正法"相像的佛法一样。

支遁的《咏八日诗》为观者与佛祖画像的关系提供了最好的解说[2]：

> 缅哉玄古思，想托因事生。
> 相与图灵器，像也像彼形。
> 黄裳罗帕质，元服拖绯青。
> 神为恭者惠，迹为动者行。

---

[1]《全晋文》卷一四三，第2286页。
[2]《晋诗》卷二十，第1078页。

> 虚堂陈药饵[1],蔚然起奇荣。
> 疑似垂曬微,我谅作者情。
> 于焉遗所尚,肃心拟太清。

这首诗描写的是四月八日佛诞日的"行像"仪式——以宝车载着佛像巡行城市街衢。著名艺术家戴逵(?—396)为这一仪式所画的佛像非常著名。[2] 佛像是"灵器":但它是否能够真的灵动起来、把恩惠施与观者却全要看观者的态度。佛像只是佛之"迹",在"行像"仪式中,"迹"保存了足迹的原始意义,它向观者显示:留下足迹者同时缺席与在场。只有那些在实际意义上和象征意义上能够亦步亦趋地追随佛祖足迹的人,才能够真的使佛之迹获得生气。

观看画山水可以帮助观者获得超越。山水画家兼佛教徒的宗炳(375—443)在《画山水序》中称"山水质有而趣灵"[3]。他把曾经游观过的山水绘成图画挂在墙上,说:"老疾俱至,名山恐难遍睹,唯当澄怀观道,卧以游之。"[4] 在这里,看山与观道已经浑然一体。但卧游是精神之游而非身体之游,虽然肉眼很重要,但它是次一等的。此处山水画和佛像起到的功用十分相似:它们都是观照和修行的

---

[1] "药"通"乐":"乐与饵,过客止。"《老子校释》,第141页。这里指对佛的供养。
[2] 见《世说新语笺疏·巧蓺第二十一》第719页。
[3] 《全晋文》卷二十,第2545页。
[4] 《宋书》卷九十三,第2279页。

手段。一方面，绘画的虚妄性决定了画山水不比想象中的山水更真实，而且还为想象中的山水提供了最好的说明：前者是"相"——图像和表面现象，后者是"想"，头脑和想象的图形。另一方面，想象的山水和画山水就和物质山水同等真实，因为物质山水是短暂无常的、虚幻的存在。宗炳甚至在《画山水序》中宣称画山水优于真山水，因为在山水中寻找的是山水的精神，一种更高的原则，如果在观看画山水时可以得到这一原则，那么"虽复虚求幽岩，何以加焉？"

著名画家顾恺之（约345—409）《画云台山记》为我们呈现了一幅双重虚幻的山水，因为它既是画山水，又是想象的山水。这里的云台山位于四川，据说是天师道的祖师张道陵（34—156）在此试验徒弟赵升之处，这一故事就构成了顾画的题材。顾恺之很可能从未去过四川的天台山，而且，从行文来看，作者似乎在描述应该如何画这座山，而不是在描述一幅已经存在的画。换句话说，他是在观想一幅画，而不是在观看一幅画。

顾恺之的文章让人想到《画记》（*Imagines*），它的作者费罗斯特拉图斯（Philostratus）是一个希腊人，生活在三世纪的罗马。这部作品描述了一个富裕的艺术爱好者所收藏的画作，但是这些画作到底是否曾经真正存在过，还是一个未知数。正如诺曼·拜森（Norman Bryson）所说："如果这些画作不曾存在过，那么事实上《画记》所描述的就是以一个相当纯粹的形式存在的观看的法则：一系列左右了绘画观看的程式、期待和文体规约,几乎是从它的实际对象中抽象出来的。如果这里描写的画作确实曾经存在于新城艺术爱好者的画廊中,那么,这些观看的法则就可以稳定地放置在罗马艺术生产的实际语境中。"[1]这一论述非常适合顾恺之的文章,而且,顾文和《画记》不过相差一个世纪而已。

保存在张彦远《历代名画记》中的《画云台山记》文本,到九世纪已经舛错甚多。现代版本常常在标点上有分歧,造成不同的解读。[2]但即使以这样不完美的版本出现,《画云台山记》依然是一篇精彩绝伦的文字,它所描述的画作并不是什么"自然主义"或者"现实主义"的山水再现,而是一个人为构筑起来的、充满了神仙人物的奇妙幻境。这是只有用心眼才能看见的山水。

这是文章的开头:

> 山有面,则背向有影。可令庆云西而吐于东方清天中。

起首一句,便凸显了山的物理质地。影是受到阻碍的光,最

---

[1] Norman Bryson, *Looking at the Overlooked*, p. 18.
[2] 参见 Sakanish Shiho(坂西志保)trans., *The Spirit of the Brush*, pp. 30-33; Michael Sullivan, *The Birth of Landscape Painting in China*, pp. 94-101; Susan Bush and Hsio-yen Shih eds., *Early Chinese Texts on Painting*, pp. 34-36; 陈传席,《六朝画论研究》,第81—93页;《历代名画记译注》,第290—297页。此处引文基于俞剑华主编的《中国画论类编》中的版本(第581—582页),但我对文字句读做了一些改动。

好地表现了山的厚重,同时影的位置也标识了一天中一个具体的时间。这样一来,云台山立刻获得了时空层面,给它带来一份"现实"感。文章的第二句非常奇兀:我们当然知道作者谈论的是"造作"一幅画,但是他的句子给人的感觉就好像是他在发"令"给云彩,画家使事物显现和消失的能力完全和造物者相同。"庆云"是五彩祥云,暗示神明的出现与在场,对那些能够辨识的人来说,它构成了一个预兆。在这幅想象的山水中,没有任何偶然和意外的因素,一切都是一个精心策划好的整体的一部分,有助于整个画境的象征意义。[1]

> 凡天及水色尽用空青,竟素上下以映日。西去山,别详其远近。发迹东基,转上未半,作紫石如坚云者五六枚夹岗,乘其间而上,使势蜿蟺如龙,因抱峰直顿而上。下作积岗,使望之蓬蓬然凝而上。

有意思的是,画家不仅给了观者非常详细的指示,告诉观者怎么样去看画,而且甚至试图调控观者对画的反应:"下作积岗,使望之蓬蓬然凝而上。"这里"凝而上"

---

[1] 正如蔡振丰所说,在这幅画里,人物、山水和物象之间具有错综复杂的关系,这样一个充满了关联和感应的世界,是此画意义的重要组成部分。见其文《顾恺之论画的美学意义试探》,第143页。这种把大自然视为"建筑性的,有意识地结构出来的,带有神性的光辉,并且每一个部分都有助于整体的实现"的世界观,是非常具有中古精神的体验。见 Stephen Owen, *The End of the Chinese "Middle Ages,"* p. 37。

三字对动与静的结合是非常突出的，因为作者试图传达出山峰既具有厚重的实体又充满动势的形态。同样的做法也可以在对紫石的描述中看出，因为这里的紫石在颜色和质地上都与前面的"庆云"相应。在一个令人难忘的诗意比喻里，作者把山石比作"坚云"，一方面浮云凝结为固体，另一方面又保持了动势。在上面这一段引文里，一个反复出现的动词是"上"："转上"，"乘其间而上"，"直顿而上"，"凝而上"。读者得到的印象是强烈的动感，好像云台山本身就在升腾。画家灵动的笔势和山水的生气密不可分，而这一切又都是依靠身兼画家的作家的想象和文字传达出来的。

顾恺之接着讲述了画作要表现的故事情节：

> 次复一峰，是石，东邻向者峙峭，峰西连西向之丹崖，下据绝磵。画丹崖临涧上，当使赫巇隆崇，画险绝之势。天师坐其上，合所坐石及荫。宜磵中桃旁生石间。画天师瘦形而神气远，据磵指桃，回面谓弟子。弟子中有二人临下到身，大怖流汗失色。作王良穆然坐，答问，而超［赵］升神爽精诣，俯眄桃树。

这里描绘的是张天师试验赵升的故事。据说张天师告诉他的弟子能够从悬崖桃树上摘取到桃子的人就可以得到修道秘诀，弟子中只有赵升敢于尝试。画家选取的显然是赵升跳崖之前的时刻，因为这一时刻充满张力，其他弟子的"大怖流汗失色"和赵升、王良的平静形成戏剧化的反差。

后来,在赵升摘到桃子回到山顶之后,张天师宣称自己也要去摘桃,弟子纷纷劝阻,只有赵升、王良默然无语。天师故作失足坠崖,赵升、王良随之跳下。这一跳崖好像构成了下文"又别作"云云所描述的内容。但是"又别作"的行文让人难以确定这是同一画作的另一构图可能,还是意在把两种情景同置一图,还是说根本另起炉灶别构一图。如果顾恺之是说把两种情景同置一图,那么就像苏立文(Michael Sullivan)所说的那样,他是受到了"典型的印度'连续叙事'的影响"[1]。这种连续叙事的构图模式常见于壁画,把不同时间框架放置在同一绘画空间。时间和空间的关系变得复杂化,画山水也就更脱离"现实主义"表现手法。

> 又别作王赵趋,一人隐西壁倾岩,余见衣裾,一人全见室中,使轻妙泠然。凡画人,坐时可七分,衣服彩色殊鲜微,此正盖山高而人远耳。

"泠然"在《庄子》中用来描述列子御风而行的轻妙状态,在这里暗示了赵升、王良的跳崖行为终将帮助他们得道成仙。

---

[1] Michael Sullivan, *The Birth of Landscape Painting in China*, p. 97.

> 中段东面，丹砂绝崿及荫，当使嶕栈高骊，孤松植其上。对天师所[ ]壁以成磵，磵可甚相近。相近者，欲使双壁之内凄怆澄清，神明之居，必有与立焉。

丹砂是道家炼制长生不老药最重要的成分，松树象征个人的坚贞品行，也象征长寿。二者都增强了山水的象征意义。神明也许是指神仙，也许是指山中的道士；就像在支遁诗里那样，他们构成了山水的"神明"。

下面一段文字有些问题，一方面读来好像作者/画家对冥观之山水的构想，一方面读来好像对真实山水的描述：

> 可于次峰头作一紫石，亭立以象左阙之夹高骊绝崿。西通云台以表路。路左阙峰似岩为根，根下空绝。并诸石重势，岩相承。以合临东磵。其西石泉又见，乃因绝际作通冈，伏流潜降，小复东出。下磵为石濑，沦没于渊。所以一西一东而下者，欲使自然为图。

画家的视线穿透了事物表面，看到石泉的隐秘途径。这样的安排让人想到谢赫（约500—535年在世）所说的"经营位置"[1]，虽然这样的人工安排最终目的是"使自然为图"。

在画作的最后两部分出现了神奇的生物——凤凰与白

---

[1]《全齐文》卷二十五，第2931页。

虎,使自然山水顿成奇境。文章结尾段落做出抽象总结。

> 云台西北二面可一图冈绕之。上为双碣石,象左右阙,石上作孤游生凤,当婆娑体仪,羽秀而详,轩尾翼以眺绝磵。后一段赤岅当使释弁如裂电,对云台西凤所临壁以成磵。磵下有清流。其侧壁外面作一白虎,匍石饮水。后为降势而绝。
>
> 凡三段山,画之虽长,当使画甚促,不尔不称。鸟兽中时有用之者,可定其仪而用之。下为磵,物景皆倒。作清气带山下三分倨一以上,使耿然成二重。

清流倒影的现实细节反而更突出了画境的奇幻。这篇文字表现的是心眼而非肉眼才能达到的"洞见"(in-sight)。赤色大石上的缝隙应该像"裂电",既是一个生动的视觉比喻,又是作者/画家期望画作为观者带来的心理效果和感受。正因如此,画作的理想将永远超过画作的具体实现,因为顾恺之的文章不仅描写了画作应该是怎么样,而且还描述了一个理想的观者应该如何观看此画和应该产生怎样的反应。这篇文字具有内在的自足性,它在自身当中已经包含了画作产生的效果(没有任何一幅真正的画可以做到这一点),因此,文字的描述不可避免地会胜过视觉的描摹。[1]

---

[1] 画家们一直不断地尝试创制顾恺之的想象画作。最有名的例子是傅抱石(1904—1965)1941年的创作。傅氏还写有《晋顾恺之画云台山记之研究》一文,见《傅抱石美术文集》,第413—428页。

有意思的是，六世纪的画论者谢赫对顾恺之的画作多有不满，批评顾恺之"迹不迨意，声过其实"。现代艺术批评家也往往随声附和，感叹"顾恺之《画云台山记》中洋洋大观的描述，和在大英博物馆可以看到的顾氏画作中的山峦片段相对微弱的成就对比，构成了巨大的落差"[1]。张彦远看到过一些六朝的山水画，曾经作过如下颇为喜剧化的评述：

> 魏晋以降，名迹在人间者，皆见之矣。其画山水，则群峰之势若钿饰犀栉，或水不容泛，或人大于山，率皆附以树石，映带其地，列植之状，则若伸臂布指。

这样的评说和顾恺之画记之间的反差确实相当惊人，几乎令人有些悲哀，因为它似乎向我们显示，现实永远都比不上画家的想象。但是如果我们以东晋时期的观想话语模式来看待这些画作，那么可能就并不是这些画作本身有多么笨拙。张彦远仅仅使用了他的"肉眼"，没有看到六朝绘画的辉煌，就像面对佛国庄严的舍利弗，却只看到了荆棘、沙砾和土石。

观想的意象

这一章探讨了以"想"为中心的种种相关问题：观想，观照，用心眼达到"洞见"。为什么"想"在东晋时期具有如

---

[1] Sherman E. Lee, *Chinese Landscape Painting*, p. 17.

此重要的地位？也许就像庾阐在《虞舜像赞》里所说的："若乃废其轨景，洞其玄真，虽冥照之鉴独朗，天下恶乎注其耳目哉？"[1]

真理必须经由具体可感的物质媒介进行显示。就连"想"本身也必须以视觉和文字图像来表现。最好的例子是支遁的《咏禅思道人》一诗，这首诗基于孙绰的一幅画作，可以视为在后代变得非常重要的"题画诗"的前身。题画诗和前文提到过的"画赞"很不一样，因为后者一般来说以人物画为题材，而且聚焦点在歌咏赞颂画中的人物，而不是歌咏画作本身的视觉特质。我们可以看到，支遁的诗在很大程度上仍然停留于对画中人物的赞颂，但是因为画中人置身山水，诗作也就花了很大篇幅描写山水景物，这让我们能够多多少少了解原画作的面貌。

在诗序中，支遁解释写诗的机缘：

> 孙长乐作道士坐禅之像，并而赞之。可谓因俯对以寄诚心，求参焉于衡轭；图岩林之绝势，想伊人之在兹。余精其制，美其嘉文，不能默已，聊著诗一首，以继于左。[2]

"求参焉于衡轭"用了《论语》的典故：

---

[1]《全晋文》卷三十八，第 1681 页。
[2]《晋诗》卷二十，第 1083 页。

子张问行。子曰:"言忠信,行笃敬,虽蛮貊之邦行矣;言不忠信,行不笃敬,虽州里行乎哉?立,则见其参于前也;在舆,则见其倚于衡也。夫然后行。"子张书诸绅。[1]

这段话的关键词是"见"。朱熹(1130—1200)在此注云:"言其于忠信笃敬念念不忘,随其所在,常若有见,虽欲顷刻离之而不可得。"[2]支遁对《论语》的引用和孙绰画作所要传达的信息直接相关:画作表现的是坐禅和观照,是以心眼见佛与佛国;对坐禅道人进行图写,这本身即是对这一观照的视觉表现,而这又会反过来帮助观者进行自己的修行和观道。

据诗序所言,僧人置身山水中,也许在山崖绝顶,被树林环绕。支遁用"想"字来描写孙绰对"伊人之在兹"的想象。诗作则向我们展示"想"是我们唯一可以看到坐禅僧人的方法,因为他置身于峥嵘极险飞鸟绝迹之地。下面是诗的第一部分:

> 云岑竦太荒,落落英岊布。
> 回壑伫兰泉,秀岭攒嘉树。
> 蔚荟微游禽,峥嵘绝蹊路。

---

[1]《论语注疏》卷十五,第137—138页。
[2]《四书章句集注》,第162页。

中有冲希子，端坐摹太素……[1]

"太素"指世界之原始状态，但是"素"和"摹"也是绘画词语：素是白色生绢，绘画的原始材料；摹指依样绘制。[2] "摹太素"一方面是对坐禅道人的描写，另一方面也可视为对孙绰表现坐禅题材的画作本身做出的评论。

诗作接下来对坐禅进行了详尽的描写。诗的第二部分除了把道人比作老松之外，基本上是抽象的叙述，没有任何意象。这样的写作手法——从具体可感的山水，进而纯粹抽象地描写坐禅之太素状态——是诗人以其诗作文字本身来展示诗的结尾所要表达的思想：

逝虚乘有来，永为有待驭。

换句话说，坐禅者驾驭"有待"（老庄用语，依赖某种条件而存在，与绝对自由的"无待"相对），乘"有"入"虚"。"有"和"有待"都是实现精神自由的必要途径，这就正好像孙绰借用纸、笔、颜料、文字来描绘精神的旅途一样。在画山水中"端坐摹太素"的道人，是这一时期"观想"话语的完美的寓言。

---

[1]《晋诗》卷二十，第1083页。
[2]《论语》记载了孔子与子夏之间关于绘与素的对话，见《论语注疏》卷三，第26—27页。"摹"作为绘画用语，参见《汉书》卷一注，如韦昭（204—273）云："摹者如画工未施采事摹之矣。"

第二章 异域之旅

虽然东晋士人重视主观想象的作用,但他们深知,真理必须经由具体可感的物质媒介进行呈现。对观想和卧游的重视并不影响当时人对亲身游观的热情。众所周知,南朝人士特别喜欢谈到对山水的爱好,山水在当时几乎获得了一种宗教地位。在人物传记中,"性好山水"的描述作为赞语屡屡出现,其频繁程度是前所未有的。这也成了南朝士人求官时的一句时髦的借口。[1]

同时我们也看到人们对遥远异域进行探索的欲望。347

---

[1] 如孙统(约326年在世)"性好山水,乃求为鄞令,转在吴宁。居职不留心碎务,纵意游肆,名山胜川,靡不穷究"。《晋书》卷五十六,第1543页。王弘之(365—427)"性好山水,求为乌程令"。《宋书》卷九十三,第2281页。

年,桓温(312—373)征蜀,克成汉王国,王羲之兴奋地写信给一个随桓温远征的朋友:

> 省足下别疏,具彼土山川诸奇,扬雄蜀都、左太冲三都,殊为不备。悉彼故为多奇,益令其游目意足也。可得果,当告卿求迎,少人足耳。至时示意。迟此期,真以日为岁。想足下镇彼土,未有动理耳。要欲及卿在彼,登汶岭峨眉而旋,实不朽之盛事。但言此,心驰于彼矣。[1]

如前所言,赋这一文体要求对描写对象进行详尽的铺叙,据说左思(约250—约305)甚至花了十年的时间为写作《三都赋》搜集资料。然而,尽管如此,王羲之宣称在看了朋友来信之后,把信中目击者的一手资料和书本知识进行对比,才发现扬雄(公元前53—18)《蜀都赋》、左思《三都赋》"殊为不备"。对于王羲之来说,最好莫过于亲身前往,"游目意足"。但是,意识到亲身游历可能是不现实的想法,王羲之祈求他的朋友"及卿在彼,登汶岭峨眉",几乎好像希望朋友成为他的替身。引人瞩目的是,他把登汶岭峨眉描述为"不朽之盛事",而这正是曹丕(187—226)在其著名的《典论·论文》里对文章的描述。登高远望原本是写作文章的机缘,就像汉代俗语所说:"登高能赋

---

[1] 此信及下文所引均见《全晋文》卷二十二,第1583页,卷二十五,第1604页。

可以为大夫。"[1]可是在这里,登山本身却替代文章成为不朽之盛事,手段变成了目的。

在他的信里,王羲之凡两次用到"奇"字:他的确是一个"好奇者"。王羲之是晋室南渡之后在江南成长起来的第一代移民,对于一个像他这样的人来说,蜀地乃是传奇之地:他只在书本里面读到过蜀地山水,却从未亲临其境。当桓温克蜀的消息传到东晋首都建康,这消息一定轰动一时。王羲之有数封信件,显示了他渴望了解蜀地的急切心情,比如下面这封信:

> 知有汉时讲堂在,是汉和帝时立此。知画三皇五帝以来备有,画又精妙,甚可观也。彼有能画者不?欲摹取,当可得不?须具告。

在另一封信里,他询问蜀地先贤的后裔:

> 云谯周有孙,高尚不出,今为所在其人有以副此志不?令人依依。足下具示。严君平、司马相如、扬子云皆有后否?

就好像在王羲之心目中,蜀地先贤的子孙可以构成现在和过去之间的活生生的联系。另一个关联是成都的古迹:

---

[1]《汉书》卷三十,第1755页。

> 往在都见诸葛颙,曾具问蜀中事,云成都城池门屋楼观皆是秦时司马错所修,令人远想慨然。为尔不信,一一示,为欲广异闻。

司马错是战国时代秦国将军,他主张攻蜀,秦王采纳了他的建议。公元前316年秦灭蜀后变得更加强大。公元前301年,司马错被派往蜀地镇压叛乱。[1]对于王羲之来说,成都也许还保存着秦时的建筑,而且为一个著名的历史人物修造,是一条重要的信息,因为这让他得以把成都,一个陌生的、他从未亲眼见到过的城市,放在一个熟悉可辨识的秦汉帝国的文化版图上进行"远想"。远既是空间的距离,也是时间的距离,但是,物质痕迹的遗存足以向王羲之证明文化和历史的传承和延续。

"广异闻"三字在另一封信里原封不动地出现,在这封信中王羲之询问四川的盐井和火井,这两种事物都在扬雄和左思的赋里出现过[2]:

> 彼盐井火井皆有不?足下目见不?为欲广异闻,具示。

---

[1] 详见《史记》卷五,第207、210页。
[2] 扬雄在《蜀都赋》里提到"火井"和"盐泉",《全汉文》卷五十一,第402页。《汉书》提到蜀地商人"擅盐井之利",卷九十一,第3690页。左思《蜀都赋》:"火井沈荧于幽泉","家有盐泉之井",《全晋文》卷七十四,第1882—1883页。

这里最引人注目的是王羲之对"目见"的强调。王羲之可以说代表了典型的留守在老家的后方人士，他们对远方事物充满好奇，希望通过向那些亲眼看到外面世界的人多方打听而拓展自己的视野。

王羲之的朋友或朋友们必定也曾回信给他，讲述他们的见闻遭遇。可惜他们不是王羲之那样的著名书法家，笔迹没有得到保留。但是我们可以想象，类似的通信在这一时期一定十分频繁和常见，因为越来越多的人都在远涉异方。王羲之信中的模式在此后数十年内重复出现：留在家中的人成了迫切的地理信息消费者，而远行的人则源源不断地向他们提供货真价实的目击者见闻。这些见闻多种多样：有的来自中国北方，有的来自遥远的南土；有的来自中亚、印度和东南亚；有的来自地狱；有的来自洞天；有的来自佛教净土天堂。在这些记载里，我们可以辨认出很多在后代被反复使用的"游观"书写模式。

历史遗迹：军事远征记

王羲之的书信是一扇窗户，给我们看到南方社会生活的一个重要方面：东晋将领们对周遭地域不断进行的军事征伐。在中国文化史上，人们对南朝的最大偏见之一，就是南朝相对于北朝来说显得孱弱无能。产生这种偏见的原因很简单：南朝最终是被一个北方王朝征服了。在征服者所书写的历史里，失败者被描绘为腐朽、颓废、无能。但是，这样的描写远远不符合事实。如果我们的目光超越"柔弱的南方"和"刚健的北方"这种意识形态的建构,我们会看到南北朝人所勾勒出来的地域差别显示了当时人对地方情形具有远为丰富和微妙的理解把握。譬如说徐州兵向有"劲悍"之名声[1];江陵人据说特别惧怕彪悍的"襄阳儿"[2];萧纲(503—551)曾多年在襄阳担任雍州刺史,后来他在给一个要去雍州任职的堂兄弟的信里告诫他,当地人"重剑轻死",要他多多小心。[3]

桓温347年征蜀只是南朝军队的许多次远征之一。虽然结果不一定如意,东晋军队不断进行恢复失地的尝试,而且终宋、齐、梁三朝,南朝从来没有放弃过征服北方的愿望。值得一提的是,南朝军队有很多次都曾深入北地,甚至收复过长安和洛阳。相比之下,北方军队从来没有碰过建康。就连终于在549年带兵进入建康的侯景也是先投降了梁朝,后来从梁朝本土起事的。他的军队并非直接来自北方。

四至五世纪的军事远征对南方士人来说非常重要,因为它们打开了新的视野,既是军事和政治事件,也是引起轰动的文化事件。我们需要记住的是生在南方的第二代北方移民和他们的父辈不同,他们对北方的了解完全来自文本知识,而不是来自活生生的个人记忆。当南朝军队北上远征,亲身

---

[1] "徐州人多劲悍。[桓]温恒云:'京口酒可饮,兵可用。'"《晋书》卷六十七,第1803页。
[2] 《梁书》卷一,第4页;卷十,第187页。
[3] 同上书,卷二十二,第349页。《全梁文》卷九,第3000页。

访北对南方人士来说成为可能,那些存在于他们想象和阅读经验中的市镇和山水突然出现在眼前。对恺撒的一句名言加以套用修改,就是:"我来过了,我看到了,我记录下来了。"而记录在一定程度上是为了满足留守在家的听众(就像王羲之那样)的强烈需要。

陶渊明写于417年的诗《赠羊长史》从另外一个不太一样的角度反映了留守者的心情。[1]这一年,后来最终颠覆东晋政权的将军刘裕击败后秦,征服了长安。东晋朝廷派遣羊长史前往长安劳军,陶渊明写下这首诗为之送行:

> 愚生三季后,慨然念黄虞。
> 得知千载外,正赖古人书。
> 贤圣留余迹,事事在中都。
> 岂忘游心目?关河不可逾。
> 九域甫已一,逝将理舟舆。
> 闻君当先迈,负疴不获俱。
> 路若经商山,为我少踌躇。
> 多谢绮与甪:精爽今何如?
> 紫芝谁复采?深谷久应芜?
> 驷马无贳患,贫贱有交娱。
> 清谣结心曲,人乖运见疏。
> 拥怀累代下,言尽意不舒。

---

[1]《晋诗》卷十六,第979页。

分裂的帝国,时间,人类语言的不足,所有这一切都构成了交流和沟通的障碍。诗人在这首诗里表现的是超越这些障碍的欲望,以及交流沟通的困难甚至不可能。诗一开始,讲述诗人如何在书本阅读中体验到长安,渴望亲眼一见。他遗憾不能亲自成行,因此嘱托羊长史代他在商山盘桓,向曾经住在那里的"四皓"致意。然而,就在他悠然怀古之际,他在"古人书"中读到的谣曲却提醒他存在于他和古人之间的不可逾越的沟壑——不仅是空间的"关河"间阻,更是时间的距离。他最终用另外一首歌——他的这首诗——来回应古人的清谣,但是仍然只带给自己更多的失望,因为无论怎样,语言都不能表达他心中之万一:"言尽意不舒"。

陶渊明的诗代表了对地理的历史性了解:商山在空间上的遥远被书写为时间上不可跨越的距离。物质山水本来应该作为书本知识的视觉见证,但是即使诗人真的可以亲身前往,他所渴望的山谷也早已没入荒芜,更别提山谷本身的"精爽"——那些贤人隐士——早已不见踪迹。诗人所渴望的根本就不是地理上的商山,而是"千载外"的商山。文本("清谣")是过去遗留下来的唯一痕迹,但就连文本也不是通向作者心灵的可靠途径。如轮扁所言,古人书不过是古人之糟粕而已。对诗人来说,最好的旅行就是想象之旅,而不是通过"舟舆"。然而,这首诗的存在本身还是抵消了它所传递的悲观信息:陶渊明知道,正是这样的诗构成了时间之芜谷中的"余迹",就像已然消失的隐士留下的清谣一样。

游客的记忆

在这个充满新发现的年代，陶渊明基本上留守在家，但同时期另一大诗人谢灵运却像羊长史一样被朝廷派出劳军。谢灵运出发的时候，在刘裕出征后不久，军队暂时驻扎在彭城。416年冬，谢灵运离开建康，417年初春踏上回程。他把这一经历写入《撰征赋》，后来收入沈约《宋书·谢灵运传》。[1]

在谢灵运之前，征行赋已经形成了很长的传统。最早的例子之一是班彪（3—54）的《北征赋》。这篇作品为后来类似的作品建立了基本模式，也就是说，作者叙述在旅途中所目见的所有著名古迹。就像康达维所说的那样，班赋是"览古主题的一个好例。在其常见的形式中，诗人访问和某一著名历史事件或著名历史人物相关的地点，在此发思古幽情"[2]。在这一类写作中，诗人通过时间来感受空间，但是时间又是根据空间原则来安排的，因为诗人在赋中描写到的历史并非直线性向前发展，其发展轨迹完全基于诗人的行程。

谢灵运给征赋传统添加了一些新意，因为他在《撰征赋》中缅怀的过去是王朝历史和个人家族历史的混合物。他的曾叔祖谢安（320—385）是东晋名臣；谢安的侄儿谢玄就是谢灵运的祖父，因淝水之战中的功勋得封康乐公，谢灵运

---

[1]《宋书》卷七，第1743—1753页。
[2] David R. Knechtges, "Poetic Travelogue in the Han *Fu*," p.140.

在399年袭封祖父的公爵头衔。谢氏家族的命运和东晋王朝的命运息息相关。但是到谢灵运的时代,家族的光荣已成为过去,刘裕代晋就发生在北征之后不久的420年。在这种情况下,谢灵运的赋,无论在公在私,都充满了对过去的怅惘怀念,如他自己在序言中所说:"眷言古迹,其怀已多。"

赋以追记谢家祖先开始,清楚地标志出谢灵运自己在家族历史中的地位。然后,回顾晋王室在北族入侵时经受的种种折辱,刘裕北征的决心,和谢灵运应朝廷之命出使彭城慰劳军队的因缘。诗人的旅途自建康开始:

> 尔乃
> 经雉门,启浮梁;
> 眺钟岩,越查塘。

雉门是对天子宫门的称呼。浮梁指建康之南秦淮河上的朱雀桥。钟岩、查塘,都是建康附近的地名。诗人一面叙述他的旅程,一面对东晋历史做出简述,因此下面一段他描述了西晋的陷落、元帝的中兴、东晋历代君主的成就,以及在399—411年之间削弱了东晋政权的孙恩之乱。接下来,他凝望建康西南方的冶城,缅想曾经被晋明帝称为冶城公的一代名臣王导。[1]之后,他的船停在建康城西的石头城,这把

---

[1]《世说新语笺疏·轻诋第二十六》第827页;也见裴启《语林》,第87—88页。

他的思绪带回到更遥远的过去,回顾东吴王国的兴衰:

> 次石头之双岸,究孙氏之初基。
> 幸汉庶之漏网,凭江介以抗维。
> 初鹊起于富春,果鲸跃于川湄。
> 匪三世而国盛,历五伪而宗夷。
> 察成败之相仍,犹唇亡而齿寒。
> 载十二而谓纪,岂蜀灭而吴安?
> 众咸昧于谋兆,羊独悟于理端。
> 请广武以诲情,树襄阳以作藩。
> 拾建业其如遗,沿万里而谁难。
> 疾鲁荒之诐辞,恶京陵之谮言。
> 责当朝之惮贬,对囊籍而兴叹。

这一段引文是对整个东吴历史的简要总结。孙坚（155—约191）起自富春,为孙氏家族奠定了基业。"三世"指孙坚、孙策（175—200）、孙权（182—252）（孙策是孙权的兄长而非父亲,使"三世"的指称略显勉强,但是孙权是孙策的指定继承人）。"五伪"则包括东吴五位"窃取"皇帝称号的统治者:孙策（身后被尊称为武烈皇帝）、孙权、孙亮（252—258在位）、孙休（258—264在位）,以及末代君主孙皓（264—280在位）。谢灵运把东吴的败亡视为灭蜀之后的必然趋势（"唇亡而齿寒"）。"载十二而谓纪"指陈寿（233—297）对蜀汉后主刘禅略有讽刺的评语,称他最值得称道的成就就是十二年没有改过年号。[1]接下来两句赞美羊祜（221—278）在灭吴中起到的重要作用：虽然朝中几乎没有人赞同他的想法，羊祜坚信晋必灭吴，在襄阳任荆州刺史时积极加强战备。张华是唯一支持羊祜的朝臣。羊祜死后两年，晋军占领了东吴首都建业，张华因功被封为广武侯。[2]

诗人接下来把笔锋转向朝中奸臣。"鲁荒"指贾充（217—282），晋武帝的亲信。在伐吴战役中他被任命为主帅，因为害怕失败而不断写信向皇帝陈述进军之艰难，甚至要求皇帝处死主战的张华。贾充死后，有司拟谥为"荒"，遭到皇帝的反对，于是改为"武"。但是这里诗人使用被废弃的谥号来称呼贾充，表达了他自己的历史判断。[3]"京陵"指京陵公王浑（223—297），他和王濬同在灭吴战役中立下殊功，但是王浑嫉妒王濬，在很多奏表中向皇帝进谗，说王濬的坏话。[4]在上文的最后两句里，诗人公开表示他对这两个朝廷高官卑劣行径的不满。

上引这段文字非常典型，代表了绝大多数征赋的写作模式。乍看起来，诗人的旅程好像是回归过去，但是我们很快就发现诗人的历史时间表是错乱的，从西晋到上古三代再到东晋。在这里，历史是由地理结构和安排的。在谢灵运的赋里，朝代时间和家族时间紧密结合在一起，因为那些触动他

---

[1]《三国志》卷三十三，第903页。
[2]《晋书》卷三十四，第1013—1025页；卷三十六，第1070页。
[3] 同上书，卷四十，第1165—1171页。
[4] 同上书，卷四十二，第1202页。

思绪的地方也往往是诗人的祖先，特别是谢安和谢玄，留下"余迹"的地方。这篇作品把作者的地位推到读者注意的焦点：王朝和家族的双重历史都在这位康乐公爵位承袭者所处的地位达到了极致。

在上面的引文里，"究""察"这样的动词都施于历史事件而不是地理面貌和山水景观。"对曩籍而兴叹"可以说把物质山水和文字山水完全混而为一。虽然谢灵运偶尔也会在赋里描写山水，但他的主要关怀在于历史的"余迹"。下面两句把身体旅行和文本知识连在一起，最好地揭示了这类赋作的中心特点：

纷征迈之淹留，弥怀古于旧章

是诗人的观看，把林林总总、互不相干的时与地结合为一个整体，打上个人的印记。虽然诗人第一次看到一个景观，但他的观看已然是回顾。

逸事的功能

东晋时期的北伐为作家提供了很多作赋的机会，谢灵运的赋不过是其中之一。袁宏（约328—376）在369年随桓温北伐时作有《北征赋》，现只有片段残留，但可以看出与谢赋有不少类似之处。与此同时，另一种类型的行旅写作，以朴素的散文形式创作的"征行记"，也出现于这一时期。

这些征行记和当时频繁发动的北伐密切相关。比如说曾在桓温幕府任职的伏滔（约317—396）写有《北征记》，孟奥也有同一题材的作品。409—418年之间，第二批征行记大量涌现。409年，刘裕出兵山东，平灭南燕，伍缉之作《从征记》，丘渊之（常因避唐讳而作丘深之）作《齐记》，（一作《征齐道记》或《征齐道里记》）。稍后，刘裕征后秦，戴延之（也作戴祚）作《西征记》，裴松之（372—451）、徐齐民分别作《北征记》，郭缘生作《述征记》。当时还有一些就北伐途中某地而作的记载，如戴延之的《洛阳记》，黄闵记载河南荥阳的《神壤记》。[1] 其中最有名的是陆翙的《邺中记》。虽然这些记载今已散佚，很多片段都保留在郦道元（约470—527）的《水经注》中。

到这个时期，赋这一文体已经有了很长的历史。虽然从西汉末年以来，赋在"时间、地点和作者的声音方面变得越来越具体"[2]，在叙述行程时它从来都不涉及生活细节。征行记则不然：在材料选择上它有很大的自由度；一般来说，它会给出著名景观或古迹的具体地点，解释地名，叙述此地的古今变化，记录相关的地方传闻。它最值得注意的一点，是对逸事的容纳。

比如说在《西征记》里，戴延之记叙了两名随军将官因触犯纪律而受到处分的经过：

> 焦氏山北数里，有汉司隶校尉鲁峻冢，穿山得白

---

[1] 东晋简文帝的母亲郑阿春（？—326）是荥阳人，故名为"神壤"。
[2] David R. Knechtges, "Poetic Travelogue in the Han *Fu*," p.142.

蛇、白兔，不葬，更葬山南，凿而得金，故曰金乡山。山形峻峭。冢前有石祠、石庙……又有石床，长八尺，磨莹鲜明，叩之，声闻远近。时太尉从事中郎傅珍之、咨议参军周安穆，折败石床，各取去，为鲁氏之后所讼，二人并免官。[1]

这段话交代了山名金乡之来历，记录了地方景观和有关传说，最后，以近乎新闻报道一样的文字风格记述了一个发生于此次北伐途中的故事。这几个方面想必都对留守在家的读者具有很大的吸引力。

另外一则逸事则记录了关于刘裕代晋的祥瑞，这则逸事后来不仅进入刘宋国史，而且也在佛教资料里得到反映：

> 宋公咨议参军王智先，停柏谷，遣骑送道人惠义疏云有金璧之瑞。公遣迎取。军进次于崤东，金璧至，修坛拜受之。[2]

纪行赋当然也可以记叙有关王朝兴衰或者个人行旅的宏大叙事，但是它的目的在于勾画出事件的大致轮廓，而不是记述具体细节。饶有兴趣的个人逸事或者次要人物都

---

[1]《水经注疏》卷八，第777—780页。
[2]《艺文类聚》卷八十四，第1434页。崤山在洛阳之西，柏谷又在崤山之西。此事发生在义熙十三年（417）。见《宋书》卷二十七，第784页。惠［慧］义传见《高僧传》卷七，第266—267页。

不会进入赋的描写范围。如果作者认为上述的金璧故事值得一提，他也只会以一两句简短的抒情性语言加以描述而不会提供叙事细节。这也是为什么很多赋都有散文化的注解，不仅解释字词，也提供更多信息。左思的《三都赋》一出现就获得三家注解，谢灵运亲自注解他的《山居赋》。正如弗朗西斯·维斯特布鲁克（Francis Westbrook）所言，"赋的笺注主要的功能，无疑在于让赋对当代读者来说更容易理解和更有兴味，这需要比解释佶屈聱牙的字词和指出典故出处更微妙的处理方式"。[1]

征行记里叙事的细节程度对记叙个人经历至为关键。在417年的北伐途中，戴延之和一个名叫虞道元的同僚奉刘裕之命一起沿着洛河逆流而上，寻找河源。他们一直行到洛阳西南的檀山坞，其间经过一个叫三乐的城镇。据戴延之记载：

> 三乐男女老幼未尝见舡，既闻晋使溯流，皆相引蚁聚川侧，俯仰顾笑。[2]

很难想象住在洛河岸上的人从来没有见过船，也许他们没有见到过的是南方特有的船型。[3]无论如何，这一小小逸

---

[1] Francis Westbrook, "Landscape Description," p. 222.
[2]《太平御览》卷七七〇，第3544页。"老幼"原作"老劣"，据熊会贞（1863—1936）《水经注》笺释改。见《水经注疏》卷十五，第1296页。
[3] 这次北征，刘裕的军队使用了一种特别的战船"蒙冲小舰"，船顶有篷而且两侧都有使舵的舷口。据《宋书》记载："行船者悉在舰内，羌见舰溯渭而进，舰外不见有乘行船人，北土素无舟楫，莫不惊愕，咸谓为神。"《宋书》卷四十五，第1369页。

事带有生动的地方色彩，类似的故事永远不可能在赋里出现，但正是这样的细节使我们得以看到早期中古生活的质地。

同样，下面的引文没有任何历史或者哲学的重要性，但它对戴延之个人来说十分重要，而且他的读者可能多半也会对之感兴趣：

> 祚至雍丘始见鸽，大小如鸠，色似鹦鹉，戏时两两相对。[1]

我们知道三、四世纪是所谓咏物赋开始流行的时期，而咏鸟是这一类赋的标准题目之一。如果写一篇咏鸽赋，那么按照惯例，一定要描写它的形状、色彩、生存习惯和生存空间，但是，提到作者到了雍丘这个地方才第一次见到鸽子，这构成了一种非常个人化和私人化的陈述，完全不属于赋的传统表现范围。我们已经看到，征行赋对著名古迹和重大历史事件做出反思，在其中，地埋的重要性被历史的重要性所取代。相比之下，征行记往往会包括作者私人历史的琐碎细节。不同于谢灵运对王朝和家族历史的叙述，征行记以散见其中的各种逸事使读者看到作者的个人生活，不仅传达"我之感受"，也反映"我之面貌"。

对于历史学家来说，逸事，借用一段话来说，是"无足

---

[1]《太平御览》卷九二三，第4228页。

轻重的小节：作为修辞装饰、图解式说明或者概括分析中的调剂品可以被容忍，但是从方法论上来说形同虚设"[1]。在以传记为本位的国史里，逸事是重要的琐事，占据中心地位的边缘物，因为它们是精心挑选出来用以揭示传记对象的性格和人品的。但是，在早期中古征行记中，逸事远远不只起到图解说明的作用。相对于必须在合适的地点表达合适情怀、以过去来定义现在的征行赋，征行记使个人主观经历的时间凌驾于政治性的时间，把作者从一个严肃的记述者转化为有血有肉的历史人物，其好奇不总是得到满足，其焦虑也不总是得到释放。赋的作者永远在主动地观看、究察和思考，比如谢灵运；但是记的作者可以是观看、究察和思考的对象，比如戴延之。在征行记里承认不同角度的存在给"他者"留出空间，这在只有一种角度的征行赋里是不可思议的。这对中国叙事传统来说具有相当的重要性。

在评说十三世纪作品《圣路易传》中叙事时间的"琐细"进程时，学者玛丽·坎贝尔（Mary Campbell）说："这种对时间之琐细表示出来的敬意对长篇小说（novel）所关心的问题至关重要。"[2] 早期中古征行记是一个由空间行进组织结构起来的叙事，在其中逸事正构成了"时间之琐细"。此前作为最主要纪行文体的赋里，文体传统制约作者的行动；但是在散文化的征行记里，行动变得难以预测，就和

---

[1] Catherine Gallagher and Stephen Greenblatt, *Practicing New Historicism*, p. 49.
[2] Mary Campbell, *The Witness and the Other World*, p. 135.

在现实生活里一样,而这使得"历险"成为可能。当然了,它离现代小说的距离还非常遥远,但是在五世纪初叶,我们已经目击一种特殊叙事的崛起,这一叙事统一于一个叙事主体,他既做出观察,也是观察的对象,在时间和空间之中移动和改变。

得失乐园：法显的天竺之行

就在谢灵运和戴延之写下他们的征行文字的同时,一位佛教僧人——法显,也在写作他的征行记。法显的游记和谢、戴两位的游记,特别是戴记,存在很多相似之处,但它的独特之处也相当引人瞩目,而且对后来观看世界的模式产生了深远的影响。在这一节,我们集中讨论法显的《佛国记》：它是早期中古时代"穿过地狱进入天堂"这一文化叙事结构的典型体现。同时,法显的游记给这一模式增添了另外一个叙事因素：进入乐园的凡人,产生强烈的"思归"情绪,并因此一念而重堕人间。这两种叙事因素,穿过地狱进入天堂和思归,都是法显的当代读者十分熟悉的情节,但法显把这两种叙事模式糅合在他的游记里,造成了一部与征行赋、征行记都有所不同的独特个人叙传。

虽然无意于颠覆法显的宗教虔诚性而把他的游记作为"纯粹的文学作品"进行处理,但是,法显游记除了是宗教文本之外,也是一个文化文本。它的"叙事性"不应该仅仅以文学视角予以观看,而应该置于当时广大的社会和文化语境中。在这一语境里，可以说存在着一种文化叙事模式，这一文化叙事模式，以近世传入中国并且逐渐影响到社会上层人士的佛教地狱与净土乐园概念作为中心，也夹杂和融合了中国本土文化传统的典型情节与意象。之所以把这一模式称之为文化叙事结构，是因为这种叙事结构并不限于狭义上的文学作品，而广泛地体现于当时人对世界的想象和再现，存在于当时流行于世的各种口传故事与书写文本中。时人并不一定都自觉地意识到这一叙事结构，而且，其识别也未必以这样的话语出之。

法显的游记采取了第一人称。当然，因为古人往往以名自称（"法显如何如何"而不是"余如何如何"），有时和第三人称叙事显得难以辨别。但是，游记所传达的个人细节和情感都使这部作品的强烈私人性质不容忽视也不容置疑。在对地域、圣迹、寺庙和相关佛教知识的冷静记载中，作者不时插入富有个人情感色彩的逸事和感想。这一采取了第一人称的自叙传，因其具有叙事性和——更重要的——主观性，而几乎可以被视为现代长篇小说的遥远滥觞。

伊吉利亚和法显

在讨论法显之前，我们不妨先看一看另一位宗教旅游者，一位欧洲大陆的女性，法显的同时代人，从一个比较文化的角度出发，更好地理解法显远行的特殊性质。

十九世纪晚期，在意大利发现了一部游记的手稿片段。这部游记记录了四世纪晚期一位基督教徒前往近东圣地的朝圣旅行。作者名叫伊吉利亚（Egeria），是一位来自大西洋海岸某地的女子，她的游记似乎是写给家乡姐妹的书信。[1]用玛丽·坎贝尔的话来说，这是"基督教的、欧洲的、西方的世界所生产的第一部行旅叙事"[2]。游记的现存片段似乎是原作的中间部分，其开头写道："ostendibantur juxta scripturas"，它的意思是："有人指给我看《圣经》中的地点。"[3]

这样一种偶然的开头，奠定了游记的文本基调。在伊吉利亚眼中，山水风景的意义和魅力只在于为《圣经》的记载提供视觉上的实证。对伊吉利亚来说，就像在333年游览巴勒斯坦的无名的波尔多朝圣者一样，"朝圣者所经历的土地只在与经文相关时才具有意义。《圣经》是朝圣者的主要资源，各个景点只有在《圣经》文本的辉映下才获得重要性"。[4]与经文无关的地点，伊吉利亚既视而不见，也不会记录下来——观看和记录实际上是二而一的。她的游记里最典型的句子是："[导游者]还给我们看了罗得妻子的纪念柱，就像你在《圣经》里读到的那样。"然后她又赶快加上一句："不过，尊敬的女史们，我们看到的不是真正的柱子，而是盐柱曾经存在过的地方。他们说原来的柱子已经被死海淹没掉了，无论如何，我们没有看到它，我也

---

[1] Egeria, *Egeria's Travels to the Holy Land*, p. 3, pp. 235-236.
[2] Mary Campbell, *The Witness and the Other World*, p. 21.
[3] Egeria, *Egeria's Travels to the Holy Land*, p. 91.
[4] "Introduction," in Jaś Elsner and Joan-Paul Ribiés, *Voyages and Visions*, p. 16.

不能硬说我们真的看到过。"[1]换句话说，即使伊吉利亚看到的地方空空荡荡一无所有，伊吉利亚"知道"它是《圣经》里的某事件曾经发生之处，并依此来理解她眼中的世界。近东的山水是一本打开的圣书，伊吉利亚是一个读者。就连她的记录也旨在帮助家中的读者阅读和观想：

> 我知道把所有这些地方一一写下来很是冗长，而且太多了，很难记住。但是也许这在你们阅读摩西圣书时可以帮助你们，我亲爱的姐妹们，更好地想象在这些地方发生的事情。[2]

据学者推测，伊吉利亚的旅行发生于381年和384年之间。在她朝拜东土大约十五年之后，法显踏上了一段漫长的征程，目的是取得足本佛教戒律。他历经将近三十个中亚和印度的"佛国"，于十三年后的412年，由海路返回中土。法显成为"第一位描述印度恒河盆地地貌的中国旅行者。人们公认他是第一个探索和描述斯里兰卡的人，也就是法显称之为'狮子国'的国度"[3]。

法显在回到中土以后不久就写了一部游记，但是显然太简短，无法满足读者的好奇心。几年以后，他被敦促写一部更详细的游记：

---

[1] Egeria, *Egeria's Travels to the Holy Land*, p. 107.
[2] Ibid., pp.97-98.
[3] Nancy Elizabeth Boulton, *Early Chinese Buddhist Travel Records*, p. 280.

因讲集之际,重问游历。其人恭顺,言辄依实。由是先所略者,劝令详载。显复具叙始末。[1]

这段话来自一位无名作者在416年为法显游记写下的跋语,现在法显游记最常见的标题是"佛国记"。[2]

法显的作品在很多方面都与伊吉利亚的游记构成了完

---

[1] 《法显传考证》,第299页。在写作此章时我参考了数种不同版本,特别是足立喜六的《法显传考证》(1937)、章巽的《法显传校注》(1985)和杨维中注释的《新译佛国记》(2004)。英译本有 Samuel Beal, *Si-yu Ki* (1884); Herbert A. Giles, *The Travels of Fa-hsien* (1959); James Legge, *A Record of Buddhistic Kingdoms* (1965 reprint); Li Rongxi and Albert Dalia, "The Journey of the Eminent Monk Faxian," *Lives of Great Monks and Nuns* (2002)。《佛国记》最近的外语译本是 Max Deeg 的德文版 *Das Gaoseng-Faxian-Zhuan als religionsgeschichtliche Quelle* (2005)。本书引文页码都是根据足立喜六的《法显传考证》。

[2] 就像很多早期中古作品一样,法显游记有数个标题:"佛国记"和"法显传"都是最常用的。僧祐《出三藏记集》(卷二,第55页)提到法显带回一部《佛游天竺记》,有些学者以为和法显游记是同一部作品(见岑仲勉《中外史地考证》,第151—163页,章巽《法显传校注》,第5—8页),但这颇有可疑,因是处记录的都是梵文佛经,如果杂入法显本人撰写的游记,似乎不合体例。在这里,僧祐先开列出十二部书,末称《佛游天竺记》一卷;随后又说"右十一部",并说六部已经译出,五部尚未译出,云云。这里数目上的不合,的确是因为僧祐没有把《佛游天竺记》计算在内,但我想那恐怕是因为《佛游天竺记》不是经书,不属于"三藏"的关系,不是因为它是法显本人的游记。这里之所以花一点功夫对此加以辨析,是因为法显的游记有些片段和《佛游天竺记》有重合之处(后者残片保存在各种资料里),然而这些片段都和佛教遗迹及其传说有关,不涉及法显的个人经历,如果《佛游天竺记》就像僧人法经594年编纂的《众经目录》里所说的那样,是法显从印度带回来的一部著作,那么法显可能在写作自己的游记时曾经用它作为参考资料。

第二章 异域之旅

美的对称。法显和伊吉利亚都被现代学者指称为"朝圣者"（pilgrims）；两部作品的叙述风格都是不加雕饰的直陈其事；最重要的是，他们对于异域的兴趣都只限于参观圣迹。法显确实记载了旅行的艰辛和路途的险恶，可是一旦进入天竺佛土，他的目光就只专注于留下了佛祖遗迹的各处圣地。比如下面一段描写可以说代表了全书的叙述风格：

> 复东行十二由延到拘夷那竭城。城北双树间希连河边，世尊于此北首而般泥洹。及须跋最后得道处，以金棺供养世尊七日处，金刚力士放金杵处，八王分舍利处，诸处皆起塔，有僧伽蓝，今悉现在。其城中人民亦稀旷，正有众僧民户……[1]

法显的游记自始至终都保持着这种朴素直白的语言风格；与此同时，他总是在当下的景观中看到过去的影子。这两个特色都使人联想到同时期的征行记甚至征行赋，唯一的不同之处就在于法显以宗教历史的框架代替了征行记以及征行赋中的世俗历史框架。

伊吉利亚每到一处圣址必先进行祈祷，而后诵读《圣经》中的相关段落。比如说她借宿的教堂在"燃烧的灌木丛"附近，这是《圣经》中上帝对摩西下达口谕的地方。虽然已经错过了祭祀的时间，她还是在教堂里以及树丛边的花

---

[1]《法显传考证》，第168页。

园中做了祷告,并诵读了《圣经》中的一段相关文字。[1]与此相应,法显在灵鹫峰夜宿时,以香花油灯供奉佛祖并背诵佛经:

> 慨然悲伤,收泪而言:"佛昔于此住,说《首楞严》。法显生不值佛,但看遗迹处所而已。"既于石窟前诵《首楞严》,停止一宿。[2]

法显和伊吉利亚都试图和过去建立起一种紧密的关系。对他们来说,文本是连接过去与现在的关键纽带,他们都通过朗声诵读相关文本来重现过去。

法显与伊吉利亚的另一相似之处是负面的。虽然他们都被称作"朝圣者",在严格意义上他们却都不具备典型朝圣者的基本特征。在经典著作《基督教文化中的图像和朝圣旅程》中,著名的人类学家特纳夫妇强调朝圣之旅是"心灵的内向行动"[3]。特纳夫妇依照阿诺尔德·范热内普(Arnold van Gennep,1873—1957)用"分离、阈或临界(limen)、聚合"来描述所有过渡仪式的模式,把朝圣之旅视为能够使俗世众生得到精神拯救的"宗教生活中至为重要的阈界体验"[4]。朝圣的目的往往是使朝圣者在精神上,甚至身体上,

---

[1] Egeria, *Egeria's Travels to the Holy Land*, pp. 96-97.
[2] 《法显传考证》,第 212 页。
[3] Victor Turner and Edith Turner, *Image and Pilgrimage in Christian Culture*, p. 8.
[4] Ibid., p. 7.

发生蜕变,也就是说,朝圣者通过朝圣之旅达到一种更高的精神境界,同时身体的疾病也往往可以通过带有赎罪和心理治疗意味的朝圣旅行得以痊愈。"的确,朝圣者最终还是会回到以往的平凡生活中,但是人们普遍相信他[通过朝圣之旅]获得了精神上的跃进。"[1]

如果以这一标准进行衡量,伊吉利亚和法显都不能算是一个真正的"朝圣者"。伊吉利亚更像一个游览《圣经》地界的观光客。她的叙事自始至终保持着同一种口气,"反映不出任何内心变化,也没有洞见的积累或者感情的深化"。[2]她确实常常表达见到圣地的愉悦,她所用来描述圣土面貌的形容词也透露出她对眼前景观叹为观止以及欣喜仰慕的情感。比如她在描写亚伯加国王的池鱼时写下的评语带有孩子般天真的魅力:"我从来没有见过这样子的鱼儿:它们的尺寸特别大,色彩特别鲜艳,而且味道好极了。"[3]但是,同样的喜悦和惊奇贯穿游记的始终,没有高潮或顶点,也没有大彻大悟的瞬间。伊吉利亚也许看到了她在《圣经》中读到的所有地点,但是从她的记述中很难看出这一经历是否帮助她达到了"更高层次的宗教参与"。

再回过头来看看法显:他的旅程是为了求书。他在游记开头写道:

---

[1] Victor Turner and Edith Turner, *Image and Pilgrimage in Christian Culture*, p. 15.
[2] Mary Campbell, *The Witness and the Other World*, p. 27.
[3] Egeria, *Egeria's Travels to the Holy Land*, p. 116.

> 法显昔在长安，慨律藏残缺，于是遂以弘始二年岁在己亥，与慧景、道整、慧应、慧嵬等同契至天竺寻求戒律。[1]

和同时代的出征记录相比，法显的旅行有其最终目的地，但是这一目的地并不是一个特定的朝圣中心，比如以某座庙宇或圣迹闻名的城市、乡镇或村庄。大多数最重要的佛教圣地，包括佛陀的诞生地，都在中天竺，可是法显在中天竺长达六年的居停并不是一个独立的决定，而是由于对北天竺经书传播情形的失望：

> 法显本求戒律，而北天竺诸国皆师师口传，无本可写，是以远步乃至中天竺。[2]

佛陀在中天竺的遗迹确实带给法显很深的感触，但促使他踏上这一旅程的，是一种非常实际的考虑，不是，或至少不完全是出自精神层面的需求。

进入乐园

旅程具有一个清楚的目标，这保证了法显的游记不是单纯的流水账记述（narration），而成为"叙事"（narrative）。

---

[1]《法显传考证》，第29页。"二年"应作"元年"。
[2] 同上书，第245页。

这是此部游记最为重要的特色之一。表面上，法显的叙事以作者对律藏的寻求作为结构，它有一个开头（法显求取律藏的决定），一个中间过程（行程之种种艰险），以及一个结尾（成功取得戒律返回本土）。这使他的游记不同于那些——罗列地方风俗和物产的方物志一类著作，也有别于征行记中单纯列举作者所经地方的路线表，即便这些路线表有生动的逸事作为点缀。但是当我们再做进一步的观察，我们发现法显的求经叙事还有另一个层次：法显游记的主要模式是一个穿过魔界，最终抵达乐园的旅程。在这里，地狱魔界和天堂乐园的对应，与边地和中心的对应互相重合。因此，在对法显游记中的地狱/天堂进行论述之前，有必要简单地回顾一下中国本土文化传统对于"中心"和"边地"的表述模式。

在早期中国文化传统里，《楚辞》包括了两篇召唤游魂回归死者身体的作品：《招魂》和《大招》。这两篇作品对死亡做出空间形式的建构：身体处于中央，周围六方——东、西、南、北、上、下——皆是险恶的气候、食人的怪兽和噩梦一般恐怖的景观。诗人先是告诫游魂周遭地域是多么危险，随后以家园的平安享乐对游魂进行诱惑和召唤。王逸把这两篇作品中描述的招魂仪式解释为政治隐喻，认为文本意图是把流放的忠臣屈原唤回楚国的都城。[1]在这种诠释中，死亡和流亡被连在一起：二者都是前往遥远的荒野，前往边地。而在这两种情况里，回归的动机都十分明显：无论是回

---

[1]《楚辞补注》卷九，第197页；卷十，第216页。

归血肉之躯,还是回归作为政治和文化中心的首都。被流放到边远地区意味着淡出公众的视野和记忆,这是一种政治死亡;更何况在现实生活中,很多被流放的官员往往会在恶劣的自然环境、无常的气候以及艰辛的旅途跋涉中丢掉性命。死亡和流亡的关系在江淹(444—505)的一首题为《渡泉峤出诸山之顶》的诗中看得尤为明显。这首诗作于474年,诗人被流放到建安郡(今福建)的时期,诗的最后一联是:"南方天炎火,魂兮可归来。"[1]

不过,中心和边界是一对相辅而成的相对概念,这两个概念没有固定不变的实质,一切都取决于观察者的视角。法显的"中心"和"边地"是从佛教世界观出发进行定义的。他在游记里明确地说:"中天竺所谓中国。"[2]这里法显可能是在直译梵文的Madhyadésa(巴利文的Majjhima-desa),意为"中土"。巴利文和梵文佛经把印度分为五个区域,虽然对这五个区域的规划常常语焉不详,但Madhyadésa永远居于中心。如佛教学者德巴夏纳·萨卡(Debarchana Sarkar)所说:"佛教徒对这种划分赋予了极端重要的意义,原因是乔达摩在东方的区域悟道成佛,'他的生平经历完全是在中土平原上展开的'。"[3]佛经有时把这种观点颠倒过来,不是说佛祖诞生地构成了世界中心,而是称佛祖只能诞生在世

---

[1]《江文通集汇注》,第115页。
[2]《法显传考证》,第79页。
[3] Debarchana Sarkar, *Geography of Ancient India in Buddhist Literature*, p.65.

界中心,否则他的圣身就会颠覆大地的平衡。[1]无论如何,Madhyadésa在汉语里译为"中国",而"中国"一词在本土传统中向来用于指称长江以北的中原地带,而且往往也用来指称华夏之国本身,直到今天仍是如此。然而在佛教地理中,"中国"反而成为边界,法显一行被称为来自"边土"或"边地"的旅人。[2]比如在毗荼国,当地的僧人看到法显一行大为吃惊:

> 见秦道人往,乃大怜愍,作是言:"如何边地人能知出家为道远求佛法?"[3]

在舍卫城祇洹精舍,法显和他的同伴道整又一次被称为"边国之人":

> 彼众僧出问显等言:"汝从何国来?"答曰:"从汉地来。"彼众僧叹曰:"奇哉,边国之人乃能求法至此。"[4]

"边地人"的说法不仅被印度僧人用来称呼法显,法显与其同伴也这样称呼他们自己:

---

[1] 如《佛说太子瑞应本起经》卷一,第473页,《大藏经》第3册。
[2] 关于中心／边界的讨论,可参见刘苑如《涉远与归返》,第319—354页。
[3] 《法显传考证》,第112页。
[4] 同上书,第137页。

> 法显、道整初到祇洹精舍，念昔世尊住此二十五年，自伤生在边城……[1]

把中天竺视为中土、中国视为边地的看法在法显的时代并不具有普遍性，事实上还曾引起过相当激烈的辩论和争执。[2]但这在法显等人看来却是一个不争的事实。最具说服力的事例是法显的同伴道整决定留在"中土"，不再返回"边地"：

> 道整既到中国，见沙门法则、众僧威仪触事可观，乃追叹秦土边地，众僧戒律残缺，誓言自今已去得佛，愿不生边地，故遂停不归。[3]

从边地到中土的旅程充满艰险。法显的第一部分行程，从长安到印度，可以说重现了《招魂》一类作品中凶险的荒野之旅，所到之处皆是妖魔化的穷山恶水，途经的一些国家也很不友善。比如下面对敦煌西边沙漠的描述：

> 沙河中多有恶鬼热风，遇则皆死，无一全者。上

---

[1]《法显传考证》，第137页。
[2] 著名的反佛学者何承天（370—447）在五世纪初年就此事和一个僧人进行辩论。僧人的身份在不同资料中记载不同，或说为智严，法显的同伴之一。参见郑诚、江晓原《何承天问佛国历术故事的源流及影响》一文，第61—71页。
[3]《法显传考证》，第245—246页。

无飞鸟，下无走兽，遍望极目，欲求度处，则莫知所拟，唯以死人枯骨为标帜耳。[1]

法显接着告诉我们，经过十七天的旅行，他们来到了鄯善国，"其地崎岖薄瘠"。所经的下一个国家情况并未改善："乌夷国人不修礼仪，遇客甚薄。"法显的一些同行者不得不返回高昌，寻求旅资。法显和其他人继续往西南方向前行："行路中无居民，沙行艰难，所经之苦，人理莫比。"[2]

于阗国等几个国家对法显等予以礼遇，但接下来他们又遭遇了艰险无比的葱岭和新头河：

葱岭冬夏有雪。又有毒龙，若失其意，则吐毒风雨雪，飞沙砾石。遇此难者，万无一全。……顺岭西南行十五日，其道艰岨，崖岸崄绝。其山唯石，壁立千仞，临之目眩，欲进则投足无所。下有水名新头河。昔人有凿石通路施傍梯者，凡度七百。度梯已，蹑悬絙过河。[3]

旅行中的艰难险阻，在对慧景之死的描写中达到极点：

雪山冬夏积雪。山北阴中，遇寒风暴起，人皆噤

---

[1]《法显传考证》，第34页。
[2] 同上书，第36—39页。
[3] 同上书，第57—58、67页。

战。慧景一人不堪复进，口出白沫，语法显云："我亦不复活，便可时去，勿得俱死。"于是遂终。法显抚之悲号。本图不果，命也奈何！[1]

此后不久，法显和同伴道整到达了中天竺，这成为法显旅途的分水岭。所有关于旅途险恶艰辛的描写，在到达中天竺之后就再也没有出现过。虽然中天竺仍然有一两处荒无人烟的地域，但是全然没有以前的危险和恐怖。自从进入中天竺，法显就好像走出地狱，到达了人间天堂。

> 从是以南，名为中国。中国寒暑调和，无霜雪。人民殷乐，无户籍官法，唯耕王地者乃输地利。欲去便去，欲住便住。王治不用刑斩，有罪者但罚其钱，随事轻重。虽复谋为恶逆，不过截右手而已。王之侍卫左右皆有供禄。举国人民悉不杀生，不饮酒，不食葱蒜，唯除旃荼罗。旃荼罗名为恶人，与人别居。若入城市，则击木以自异，人则识而避之，不相搪突。国中不养猪鸡，不卖生口，市无屠沽及沽酒者。货易则用贝齿。唯旃荼罗渔猎师卖肉耳。[2]

对佛教僧侣的优待是最后的点睛之笔，完成了这幅人间天堂

---

[1]《法显传考证》，第112页。
[2] 同上书，第117页。

的理想图画：

>   自佛般泥洹后，诸国王长者居士为众僧起精舍，供给田宅、园圃、民户、牛犊，铁券书录，后王王相传，无敢废者，至今不绝。众僧住止房舍、床褥、饮食、衣服都无阙乏，处处皆尔。[1]

从很多方面看来，法显对中天竺的描写就和马可波罗的东方行纪一样，都是对本土体制的逆反镜像。譬如说，在当时的中国，肉刑是重要的刑罚形式之一，即使是政府官员也不能完全幸免。[2] 是否恢复诸如刖足这样的严酷肉刑，在三、四世纪一直都是朝廷反复讨论不已的议题。[3] 另一个重要的政治议题，是政府作为征税和徭役依据的户籍制度。很多庶民为了逃避赋税和服役，不惜背井离乡或者成为士族家庭的"荫户"。中央政府不得不一而再、再而三地采取措施来禁绝这些做法。法显所描写的"无户籍官法……欲去便去，欲住便住。王治不用刑斩"这样的情况在当时的汉地是无法想象的。如果说马可波罗的东方代表

---

[1]《法显传考证》，第117页。
[2] 东晋的王濛（309—347）曾拒绝担任司徒左西属的职务，就是因为"此职有谴则受杖"。《晋书》卷九十三，第2419页。肉刑直到五世纪仍然在使用之中。永明中，"敕亲近不得辄有申荐，人士免官，寒人鞭一百"。《南齐书》卷五十六，第978页。北朝也存在同样情况。北魏建立初年，法令严峻，很多朝臣都曾受鞭杖（《魏书》卷四十八，第1089页）。
[3]《晋书》卷三十，第938—942页。

了当时欧洲人的梦想,那么法显对中天竺的记载也同样表达出一种理想化的倾向。

据《高僧传·法显传》记载,法显夜宿灵鹫峰时,充当向导的两位僧人先是警告法显山中的危险,随即因为惧怕野兽而离开。那天晚上,法显被三头黑狮子所包围。法显一直念诵经文,狮子最终离他而去。[1]可是这件事在法显自己的游记中未见记录。一位现代注释者认为其原因在于:首先,法显不愿意对路途的危险多加夸饰;其次,他途经的艰辛太多,不烦赘述。[2]无论出于何等原因,法显游记中这段记录的缺失都与他对中天竺的赞美之辞相当一致:这片国土气候温和,百姓安乐;除了得到向导僧一句泛泛的警告之外,他没有亲身经历到任何形式的危险。

只有到法显踏上归途之际,对危险的描写才再次出现。法显用了将近八百字描写经由海路从斯里兰卡回到中国的过程,这在一部一万字左右的游记中占了不少的篇幅。而且这些描述比游记的其他很多部分都更加详细。其中一段刻画了海上的艰险:

> 海中多有抄贼,遇辄无全。大海弥漫无边,不识东西,唯望日月星宿而进。若阴雨时,为逐风去,亦无所准。当夜暗时,但见大浪相搏,晃若火色,鼋鼍水

---

[1]《高僧传》卷三,第88页。
[2]《新译佛国记》,第155页。

性怪异之属。商人荒遽,不知那向。海深无底,又无下石住处。至天晴已,乃知东西,还复望正而进。若值伏石,则无活路。[1]

除此之外,法显还详尽生动地描写了两次特别惊险的遭遇,每次都因为风暴大作而几乎船倾人亡。第一次,船上的商人不得不丢弃所有的笨重物品以减轻船载的重量,法显也将君墀、澡罐和其他物品丢入海中。第二次,船上的婆罗门甚至想要把法显遗弃在某处海岛上,因为他们认为有僧人在船上会给他们带来厄运。法显最后还是仰仗其檀越的救助才免遭不幸。

法显用生动的细节刻画了往返行程中遭遇到的危难。既然前往中天竺和从中天竺返回家园的旅程都如此险恶,被前后两段叙述夹在中间的中天竺,就俨然成为被穷山恶水、危险海域包围起来的乐园。这是一块乐土,一个很难达到的人间天堂。科斯马斯·伊底科波莱斯(Cosmas Indicopleustes),一个希腊航海商人,在法显去世大约一百年之后旅行到印度和斯里兰卡,他留下了一本题为《基督教地形学》的著作。在这部作品里,科斯马斯认为我们居住的大陆被海洋包围,在海洋之外又有另一片大陆,那就是乐园之所在。[2] 科斯马斯想象中的乐园是一块禁地,法显佛教世界观中的乐园相比

---

[1]《法显传考证》,第274页。
[2] Cosmos Indicopleustes, *The Christian Topography of Cosmas*, p. 33.

之下似乎比较容易企及，但还是必须首先经过地狱才能到达天堂。在下面一节我们可以看到，这种通过地狱到达天堂的行程轨迹对于法显的同时代人来说既新鲜又熟悉。

天堂／地狱的模式

中国本土文化传统早在佛教传入中国之前就发展出关于异界的观念。[1]但是，在佛教传入中国之前的任何现知作品中，关于天堂和地狱都并没有可与佛经相媲美的详细铺叙。在四至五世纪，净土信仰在南方十分盛行，吸引了很多上层社会的信奉者。[2]净土宗宣扬阿弥陀佛信仰，而阿弥陀佛也就是居住在西方极乐世界的无量寿佛。净土宗最重要的文本之一是《无量寿经》，从三到五世纪之间出现的众多不同译本可以看出这部佛经在当时的流行程度。[3]它以华美铺张的文字描写了阿弥陀佛的西方净土：这是一个一切愿望都可以得到即时满足的乐园，男女诞育于莲花之中，处处充满和谐喜悦，珍肴美味随意出现，人们在七宝池中沐浴，出浴后各自端坐于莲花宝座；微风吹拂宝树，传出悦耳的音乐和馥郁

---

[1] 很多学者探讨过这一问题。如余英时，"'O Soul, Come Back!'," pp. 381-386; Laurence G. Thompson, "On the Prehistory of Hell in China," pp.27-41; James McClenon, "Near-Death Folklore in Medieval China and Japan," pp.326-327（McClenon 在文中描述在佛教传入中国前濒死者的天堂体验）；侯旭东，《东晋南北朝佛教天堂地狱观念的传播与影响》；王青，《西域文化影响下的中古小说》，第 195—202 页。

[2] 参见任继愈主编，《中国佛教史》第二卷，第 618—623 页。王青，《魏晋南北朝时期的佛教信仰与神话》第三章。

[3] 早期异译本包括支娄迦谶译本、252 年康僧铠译本、支谦译本等。

的香气。

净土的地形地貌值得我们注意：

> 其国中无有须弥山……其国土无有大海水，亦无小海水，无江河洹水也，亦无山林溪谷，无有幽冥之处。其国七宝地皆平正。无有泥犁禽兽饿鬼蛸飞蠕动之类也，无阿须伦诸龙鬼神也，终无有大雨时，亦无春夏秋冬也。亦无有大寒，亦不大热。常和调中适，甚快善无比。[1]

净土世界没有悬崖峭壁、绝险天堑和幽冥洞穴，这种描写令人想到法显对中天竺地貌的刻画：

> 自度新头河，至南天竺，迄于南海，四五万里皆平坦，无大山川，正有河水。[2]

就连阿弥陀净土中四季恒温的天气也与法显笔下中天竺的"寒暑调和"完全对应。这里的问题不在于法显记录的真实性，而在于他对自己的所见早已有了一定的预期，他看到和辨认出了他已经学会观看和辨认出来的景观。正如艺术史家

---

[1]《佛说无量清净平等觉经》卷一，第283页，《大藏经》第12册。题支娄迦谶译。或认为这一译本实为西晋竺法护译本，参见任继愈主编，《中国佛教史》第一卷，第441—442页。
[2]《法显传考证》，第118页。

贡布里希（Gombrich）所言："画家并非去野外绘制他们眼中所见；相反，他们眼中所见到的乃是他们已经知道如何绘制的东西。"[1]

东晋时期，关于阿弥陀佛净土的知识得到了广泛的传播。支遁作有《阿弥陀佛像赞》，在序文里对净土有这样的描述：

> 佛经记西方有国，国名安养，回辽迥邈，路逾恒沙。非无待者，不能游其疆；非不疾者，焉能致其速。[2]其佛号阿弥陀，晋言无量寿。国无王制班爵之序，以佛为君，三乘为教。男女各化育于莲华之中，无有胎孕之秽也。馆宇宫殿悉以七宝，皆自然悬构，制非人匠。苑囿池沼，蔚有奇荣。[3]

果不其然，同时期出现了很多故事，记录虔诚的佛教僧尼和居士，特别是那些平时常常观想阿弥陀净土的僧尼信士，在濒死体验中到达净土。[4]

与此同时，在四、五世纪也流传着很多关于游历地狱的故事。[5]地狱是净土的另一面，净土的奇异非常的华美

---

[1] 引自 Bert O. States, *Dreaming and Storytelling*, p. 180。
[2] "不疾而速"出自《周易正义》卷七，第155页。
[3] 《全晋文》卷一五七，第2369页。
[4] 参见《高僧传》卷六，第234；卷七，第273—274页；卷十一，第401、416、437页；卷十二，第468页。也见 McClenon, "Near-Death Folklore"。
[5] 见 Campany, "Return-from-Death Narratives in Early Medieval China" 和 "To Hell and Back" 二文。

第二章 异域之旅

必须依靠地狱的恐怖景象做出对照和加强。[1]赵泰的地狱之旅是其中一则著名的故事。赵泰"死"于370年8月20日，十天之后复活，对地狱做了详细的目击实录。至少有两部五世纪的志怪集记录了赵泰的故事，一是刘义庆的《幽明录》，另一是王琰（约454—？）编写于五世纪末期的《冥祥记》。[2]《冥祥记》版本的结尾处有一段很典型的描写，让我们看到地狱叙事如何作为当时的"报告文学"得到时人的接受：

> 时亲表内外候视泰者五六十人，同闻泰说。泰自书记，以示时人……时人闻泰死而复生，多见罪福，互来访问。时有太中大夫武城孙丰、关内侯常山郝伯平等十人，同集泰舍，款曲寻问，莫不惧然，皆即奉法。[3]

这里听众对赵泰的地狱之旅表现出来的强烈兴趣，就和社会大众对法显海外之行的好奇如出一辙。死亡是终极的异国，很少有旅行者能够活着回来讲述他们的旅行经历；一旦有人做到了，就会产生轰动性效果。

---

[1] 道端良秀，《中国佛教思想史的研究：中国民众的佛教受容》，第93—94页。
[2] 两个版本都见于《太平广记》卷一○九，第739—741页，卷三七七，第2996—2998页。我根据法琳（572—640）的《辨正论》把赵泰定为东晋人。但东晋无"太始"年号，可能是"太和"之讹。
[3]《太平广记》卷三七七，第2998页。

这些生返人间的旅行者对地狱的描写，是中国古典传统中极为少见的对丑陋、恐怖山水的描述：

> 有火树，纵广五十余步，高千丈，四边皆有剑，树上然火，其下十十五五，堕火剑上，贯其身体。[1]
>
> 或剑树高广，不知限量，根茎枝叶，皆剑为之。人众相訾，自登自攀，若有欣意，而身首割截，尺寸离断。[2]

在一则入冥故事里，一个名叫程道惠（361—429）的人游历地狱，因善行而得以走在一条"修平"的道路上，而"两边棘刺森然，略不容足，驱诸罪人驰走其中，肉随着刺，号呻聒耳"[3]。"棘刺"是地狱想象的重要部分。在另一则入冥故事中，一个名叫石长和的佛教信徒走在平坦的大路上，但是"道之两边棘刺森然，皆如鹰爪，见人甚众，群走棘中，身体伤裂，地皆流血"[4]。

在释道世（约596—683）编成于668年的佛教类书《法苑珠林》中，有如下一段对地狱景象的描述：

> 刀林耸日，剑岭参天。

---

[1]《幽明录》，见《汉魏六朝笔记小说大观》，第740页。
[2]《冥祥记》，见《太平广记》卷三七七，第2997页。
[3]《冥祥记》，见《太平广记》卷三八二，第2041页。
[4]《幽明录》，见《汉魏六朝笔记小说大观》，第746页。

沸镬腾波，炎炉起焰。

铁城昼掩，铜柱夜然。[1]

　　地狱的地形地貌一般来说是西方极乐世界的完全逆转：土地崎岖，荆棘满地，气候极端，不是酷热就是酷冷，巨大如席的冰块从空中下落击人。[2]在法显的时代，冥界游行故事大量出现，不仅在口头广为流传，而且构成佛教讲经活动的一部分，还常常伴随着生动的图像。如果我们把法显运用了种种乐园与地狱形象和语汇的天竺行纪放在这些冥界游行故事的背景下看待，我们就会意识到法显游记会在时人对于异域的文化想象中引起多么强烈的共鸣。

　　冥界游行的目的常常是把游客或故事的听众最终引入净土天堂；这一目的在大多数情况下都可以实现。[3]归根结底，净土并非唾手可得，必须经历千难万险、通过有意识的努力才能获得。法显经历了千难万险而终于达到中天竺极乐世界的叙述，就建立在早期中古时代对天堂和地狱的描写模式之上。

---

[1] 道世，《法苑珠林校注》，第227页。
[2] 见六世纪类书《经律异相》卷四十九至五十从各种佛经里摘录出来的地狱描述（《大藏经》第53册）。
[3] 赵泰的故事不仅使很多听众悚然奉法，而且赵泰本人也在地狱里亲眼见到了"号名世尊"的佛祖；五世纪著名的僧人慧达（刘萨荷）也曾在地狱里见到观音（《法苑珠林校注》卷八十六，第2483—2486页；《高僧传》卷十三，第477—479页）。这些都旨在表明地狱之行可以把人引向解脱。

失乐园:一柄绢扇

问题是一个人在经历千辛万苦终于到达天堂之后,又会怎样?当然,他可以在天堂留下来,就像法显的同伴道整那样,而他的故事也就到此结束了。可是法显却选择回到"边地"。他有一个十分崇高的目的:"法显本心欲令戒律流通汉地,于是独还。"[1]但在这部游记中存在着一个隐藏的叙事结构,把法显置于一个独特的地位。因为这一叙事结构,法显不再只是一位缺乏个体面目的游览路线图作者或者异域他乡风俗物产的客观记录人;他的游记成为蕴涵鲜明主体性的第一人称叙事,甚至构成了现代小说遥远的发端。

在《基督教文化中的图像和朝圣旅程》一书中,特纳夫妇描述朝圣者如何在经历千辛万苦到达目的地之后获得精神性的体验。被"象征性结构"如故事和传闻中经常描述到的宗教图像和建筑所包围的朝圣者,进入了一个"新的、比他司空见惯的环境要更为深刻的存在层次"。特纳夫妇认为,长途跋涉的艰难困苦会使朝圣者变得特别脆弱而具有接受精神:

> 宗教图像在这些新的环境里给他带来可能是前所未有的震撼,哪怕他以前几乎每一天都在本地的教堂里看到同样的图像。在这里,目光的天真纯洁,对"感受

---

[1]《法显传考证》,第246页。

之窗口的清洗",是问题的关键。朝圣者常常提到,在旅途的终点,当他们走近最后的祭坛或者圣窟时感受到的巨变。[1]

在他的行程接近终点时,法显也确实曾经被一副图像所震撼,这发生在狮子国的一座佛殿里。但是,震撼他的图像却不是什么宗教图像,而且他的反应与其说是精神的,还不如说是感情的:

> 金银刻镂,悉以众宝。中有一青玉像,高三丈许,通身七宝炎光,威相严显,非言所载,右掌中有一无价宝珠。法显去汉地积年,所与交接,悉异域人。山川草木,举目无旧。又同行分披,或留或亡。顾影唯己,心常怀悲。忽于此玉像边,见商人以晋地一白绢扇供养,不觉凄然,泪下满目。[2]

佛像的宏伟壮丽让法显肃然起敬、充满赞叹。但是,真正触及他内心、令他觉得感动的,却是一样世俗物品:一把白绢扇。饰以奇珍异宝的佛像与朴素的白绢扇之间的对比十分强烈而且充满感情刺激。在引文的前半部分,法显一一列举奇珍异宝,这种客观的物品开列单在一般的异域书写中相

---

[1] Victor Turner and Edith Turner, *Image and Pilgrimage in Christian Culture*, p. 11.
[2] 《法显传考证》,第 255 页。

当常见；然而，引文的后半部分却呈现了一个强烈个人化和抒情性的瞬间。

这种抒情性，在很大程度上是因为白绢扇是早期中国文学传统中最具诗意的意象之一。系名班婕妤的团扇诗，把畏惧失宠的宫人比作担心秋天见弃的团扇；在南朝，还有一系列以白团扇为主题的乐府歌曲，在四、五世纪广为流传。团扇的意象在法显的南方听众心中格外能够产生共鸣。正因为法显的游记以平实叙述为主体，并不时穿插有关佛教知识的平板冗长介绍，法显在狮子国对白绢扇的反应，作为感情化的自我表现，显得越发引人注目。

如前所言，在法显同时代的征行记里，除了对所经地方自然和人文景观的记录，我们有时也会看到个人感受和经历，譬如戴延之告诉读者"至雍丘始见鸽"。但是这样的观察旨在对作者的行程做出丰足的实录，不在于讲述作者个人的感情经历。与戴作相比，法显对他看到白绢扇的反应做出的描写非常情感化，这在同时期的游记中，构成了相当少见的对作者主体性的展现。

在长达十四年的旅程中，法显经历了许多的国度，他一定看到了太多值得注意和值得记录的事物，因此，在其旅程和游记中，看到和记录什么，看不到和不记录什么，绝不是无意之举，而是作者有意识的选择。见到白绢扇的细节，远远不只是对一则有趣的个人逸事顺带提及。法显对绢扇的反应其实并不是佛教徒应有的：欲望，思念，对家乡的留恋，这些都是佛教僧侣在修行的过程中应该祛除的情愫，但是这些情愫在法显作为旅行者的生活中起了关键作用。是从狮子国，法显终于踏上了归途。从某种程度上说，见到绢扇即使不是法显决定归乡的直接催化剂，也至少为他的决定提供了叙事上的准备。

法显见到绢扇的经历被构建为如下的结构：视觉刺激带来强烈的情感反应，之后引发接下来的行动。对法显当时的南方读者而言，这又是一个熟悉的叙事结构，因为当时的很多故事都拥有类似的结构。这些故事里最著名的大概是刘义庆《幽明录》中刘晨、阮肇的故事。刘晨、阮肇入天台采药遇到仙女，十天后他们要求离去，但是被劝说留下：

> 遂停半年。气候草木是春时，百鸟啼鸣，更怀悲思，求归甚苦。女曰："罪牵君，当可如何？"[1]

等他们回到家乡，却发现已经过去了几百年，他们的亲人朋友都已去世，家乡面目全非。他们的子孙称远祖入山采药一去不返。不久之后，在383年，他们再次一起消失。

在陶渊明的《搜神后记》里，有一个类似的故事，主人公的名字变成袁相、根硕，但他们的遇仙地点没有改变。就像在刘、阮故事里一样，仙女很不容易遇到。刘、阮二人先是"饥馁殆死"，后来又沿水逆流而上二三里；至于袁

---

[1]《幽明录》，见《汉魏六朝笔记小说大观》，第697页。

相、根硕,则先是经过"甚狭而峻"的石桥,最后进入一处山穴,"既入,内甚平敞,草木皆香"。仙女正在等候他们,"遂为室家"。一天,二女出行,"云复有得婿者,往庆之"。这几乎是作者对刘、阮故事的幽默指称。女子离开后,"二人思归,潜去归路",但女子已经得知,追上他们,送给他们一只小腕囊作为赠行。这个故事与刘、阮故事的最大区别是袁相、根硕回到家乡后一切如旧,他们也回复到原来的生活。但有一天,根硕在田里耕作,家人送饭时发现他站在那里不动,"就视,但有壳如蝉蜕也"。[1]

在这些五世纪初期的作品里,还有其他一些故事具有类似的叙事结构。比如《搜神后记》记载某人坠入嵩高山大穴,在穴中行十余日,"忽然见明",看到二人对坐围棋,坠者告以饥渴,围棋者予之饮,饮后力气十倍。棋者问:"汝欲停此否?"答说不愿,于是棋者给他指点归路。再比如《幽明录》中黄原与仙女妙音的浪漫相遇:欢会几天之后,黄原要求暂时回家探望,从此仙凡路隔。[2]

这些故事一个共有的情节就是主人公的"思归"。如果置身天堂是一种持续不断的完美幸福状态,那么回忆起世俗世界这一行为本身就好像一个不和谐音符,足以打断和中止梦幻。在佛教的观想修炼中,一个人必须持续不断地专心想念净土或阿弥陀佛或观世音菩萨,这种集中心念的

---

[1]《搜神后记》,第2—3页。
[2] 同上书,第2页。《幽明录》,见《汉魏六朝笔记小说大观》,第699页。

状态被表述为"念念相续"[1]，也就是说，每时每刻持续不断地念想净土。在这种注意力持续集中的状态下，任何中断与分心，哪怕只有一刹那的工夫，都会破坏神奇的境界。有时候可能重获失去的乐园，但是没有人知道这是不是一定会发生。

老一辈汉学家薛爱华（Edward Schafer）曾经强调要把刘、阮浪漫遇仙的故事和陶渊明的《桃花源记》区别对待。[2] 后者其实也见于《搜神后记》，虽然一般来说它总是被当作一篇独立的文学作品看待，而且更被视为中国文学中的经典之作。然而，刘、阮故事和桃源故事其实具有深刻的共同点：两者的叙事结构，都是主人公无意之间进入乐园，而后自愿选择离开。我们没有必要淡化《桃花源记》的文学价值，但是，它不是一篇来自文化真空的"纯文学作品"。换言之，我们应该把《桃花源记》视为向有"好异书"之名声的陶渊明所编写的一部志异集中的故事，而不仅仅是伟大诗人陶渊明文集中的一篇"文学作品"。这一角度可以很容易地使我们看到这个故事是在四、五世纪之交广为流传的无数类似故事之一，它们都具有相同的叙事框架。为这样一个在早期中古时期广为流行的故事寻找一个单一的文本来源可能是完全没有必要的：在这一时期，故事和文本的流传远比

---

[1] 见傅亮等，《观世音应验记三种译注》，第121页。关于"念念相续"这一概念对南朝思想、文化与文学的影响，我在《烽火与流星》第五章里另有详细论述。

[2] Edward Schafer, "Empyreal Powers and Chthonian Edens," pp. 667-677.

后代要混乱得多，没有清晰可循的文本派生关系，只有不断的变形和越界。一个同样的故事可以经过多种变形，被不同的人记录下来。人名、地点和行头可以发生种种变化，但是中心人物和基本情节保持不变。

在当时的文化语境下，清楚地区分"释、道、儒三教"也是一种违背历史精神的做法。一些学者可能认为具有"儒家"精神的陶渊明不可能受到佛教净土思想的影响，尽管事实上陶渊明与慧远庐山集团的很多成员过从甚密。但我们必须记住，任何作者都身处庞大而复杂的社会文化系统中，在这一系统里，不同的价值观不断越界，这些界限往往是后人为了理解这一系统而人工划定的。如果摒弃被现代学科的分类所巩固加强的"三教"之间的死板分界，那么我们就会看到，《桃花源记》里的渔人自愿离开世外乐园，之后再也无法回返，是当时很多故事中，也是在法显游记里，反复出现的"失乐园"主题的变形。

这些故事的关键因素是"自由意志"。对天堂的放弃总是出于自愿，而且几乎总是因为渴望回归人世。"思归"是古典诗歌传统里一种熟悉的情怀，无论它属于出征的将士，还是属于为王役而奔波的官员。《离骚》中诗人上天入地寻找明君/神女，然而就在空界神游的过程中，诗人突然看到旧乡而停止不前：

陟升皇之赫戏兮，忽临睨夫旧乡。
仆夫悲余马怀兮，蜷局顾而不行。

南朝士人当然都非常熟悉《楚辞》，但是《离骚》中的诗人是在遨游过程中思归，而在四、五世纪的叙事里，常见的是主人公已经进入天堂却仍然思念人间。在众多的当代叙事中，法显《佛国记》的独特之处，在于用第一人称的游记形式表现这种典型的文化叙事结构。它有别于征行赋平实地记录作者从一个"历史景点"到另一个"历史景点"的过程；它也有别于旨在为帝国的政治、经济和军事利益服务的缕述风俗物产的方志。法显的特殊成就，在于把游记变成一部个人的史诗。他运用的手段之一，是在对佛教圣迹传闻的描述中加入关于他本人的生动细节。当然，这些细节只是法显行游生活的很小一部分，但是它们足以勾勒出一个活生生的人在一个真实的世界里行游的过程。更重要的是，法显把早期中古读者所极为熟悉的得失乐园的文化叙事结构植入了游记这样一个全新的叙事框架之中。他的故事不再是一个对所经地点进行罗列而且可以无限延伸下去的单子，而是一个有始有终，中间包含了一个戏剧性转折点的完整叙事。

在后代的文学传统中，我们看到很多神仙思凡的故事。在这些故事里，神仙一念之差，动了"凡心"，从此被贬谪到人间，必须经历种种磨难才能重返天堂。这一盛行于后代小说和戏曲的主题就起源于中古时期。

第三章 炼狱诗人

法显在到达建康以后,成为轰动一时的人物。在他热切的听众当中,有一位高傲的贵族青年,这就是谢灵运,在那时,他还没有开始他自己的著名行游。谢灵运非常熟悉佛教经典,然而,他从来没有能够克服佛教徒视为修道最大障碍的"痴"与"嗔"。就在他写完《撰征赋》之后两年,他得知自己的爱妾和一个门生的私情,在一阵怒气中杀死了门生,把他的尸体丢进了扬子江。当这件事闻之于众,谢灵运被免职。这在今天看来要算是很轻的惩罚,但那是五世纪,而且谢灵运出身于南朝最显赫的大家族之一。次年,刘裕代晋,谢灵运被赦免并恢复原职。但没过多久,刘裕病逝,少帝即位,谢灵运因和执政大臣不睦而被贬到永嘉(今浙江温州)。这是谢灵运此后动荡生涯中的第一次贬谪。在永嘉不满一年，他即辞官回到始宁家园。在上演了几次出仕、辞官、再出仕的戏剧之后，他终于被流放到极南的广州，并在那里以叛变的罪名被处死。那是433年，谢灵运四十八岁。

谢灵运一生的最后十年曾经四处游览山水，他现存诗篇的绝大多数都作于这一时期，都和他的游历有关。现代读者习惯于旅行的舒服容易，往往忘记在中古时代旅行是多么艰难的事情：那时的名山大川没有人工修筑的道路，到处都是阻碍行旅的草木荒榛。谢灵运不仅对新鲜景致抱有强烈的好奇，而且他拥有足够的人力和物力满足这种好奇。在始宁时，他曾动用数百名家仆开山伐木，辟出一条路径，直通始宁以南百里之外的临海。声势之大，使临海太守误以为来了山贼，直到听说是谢灵运才放下心来。谢灵运邀请临海太守一起出游，太守婉言谢绝。这则逸事大概可以用来说明谢灵运诗中反复出现的抱怨："惜无同怀客，共登青云梯！"[1] 谢灵运的诗作渗透了一种强烈的孤独感，考虑到他每次出游都是如此声势浩大、从人无数，这种孤独感就显得越发突出。

不过，像临海太守那样拒绝与谢灵运同游的人物，很可能反倒是谢灵运山水诗最热情的读者。据《宋书·谢灵运传》：

[谢灵运]每有一诗至京师，贵贱莫不竞写；宿昔

---

[1]《登石门最高顶》，《宋诗》卷二，第1166页。以下谢诗引文均以此书为底本，不一一注明。

之间，士庶皆遍，远近钦慕，名动京师。[1]

在被留守在家的读者所积极消费的意义上，谢灵运的纪游诗是同时代各种游记的对应物：无论是异国游记、北土征行记，还是佛教徒关于净土或地狱的载录，它们是在同一种思想和文化语境中产生的文本，都满足了时人对遥远异地的好奇与想象。谢灵运游历的山水是京师人士多半没有机会游览的，就连那些既具备身体能力又具有出游愿望的人来说也未必容易亲历。就像在现代世界里一样，出游，特别是为乐趣出游，可以标志社会地位和经济能力。"乐趣"在谢灵运的游记文字里是一个重要因素，因为它标志着谢灵运的山水诗和传统"放逐写作"的区别。放逐写作可以追溯到"屈原"的原型，五世纪诗人江淹在其贬谪期间写的诗里就特别善于扮演"屈原"的角色；但是，与江淹不同，谢灵运以其不断地特意寻求和欣赏新奇风景的强调，给传统的逐臣题材带来了新意。他的诗总是表现出对新奇景观的强烈欲望，而且伴随着一种紧迫感。就好像他自己在《登江中孤屿》一诗中所说的：

怀新道转迥，寻异景不延。

《宋书》中的谢灵运传记把他描写为特别具有探险精神

---

[1]《宋书》卷六十七，第1754页。

的登山者,而且拥有新异先进的登山装备:

> 寻山陟岭,必造幽峻。岩嶂千重,莫不备尽。登蹑常着木履,上山则去前齿,下山去其后齿。[1]

谢灵运最喜欢在前往某地点时"迂回行进",在前进路上盘桓不发。有时他会在一处景观逗留数十日之久。比如他432年在临川任上游庐山时,在《登庐山绝顶望诸峤》一诗中宣称:

> 山行非前期,弥远不能辍。
> 但欲淹昏旦,遂复经盈缺。

这种对行旅游观之"自发性"的强调——原本没有打算如此,但是几乎身不由己被景观牵引向前——还有对自然景观寻新求异的愿望,都是文学传统中一种相当新奇的现象。这当然和作者本人的性情有关,但是也反映了谢灵运所处的社会历史语境,时人对超越已知疆域的渴望:如果不能亲身前往,那么阅读目击者的记录也带来一种满足。

如果说法显在游记中描绘了佛教乐土而当时很多佛教宣验故事记载了冥界之行,那么谢灵运则永远盘桓在两极之间,逗留于天堂和地狱之中的人间世。一方面,在其生命的

---

[1]《宋书》,卷六十七,第1775页。

最后十年，诗人总是处于动荡不安的状态，从一个地方到另一个地方；另一方面，他的诗作总是着眼于旅行的过程本身。他的诗描写了各种各样的中间状态，比如《邻里相送至方山》。诗的开始两联是这样的：

> 祗役出皇邑，指期憩瓯越。
> 解缆及流潮，怀旧不能发。

行程才刚刚开始，诗人已然充满怀旧的情绪：虽然已经"解缆"，但是"不能"解开人情的系绊，一个即将远游的灵魂就这样被困在不上不下的炼狱之中。"役"与"憩"一张一弛，构成一对矛盾（"憩"是间断和休息，不是一般用来描述履行太守职务的词语）：谢灵运在永嘉的生存状态既不是前者，也不是后者，而是悬浮于两极之间。他在方山的暂时逗留正好象征了这样一种尴尬的状态。

在前往永嘉的途中，谢灵运枉道始宁，在那里写下了著名的《过始宁墅》。如宇文所安说："无论他去哪里，都不过是'过'而已。"[1] 在家园作短暂停留之后还会继续前行，这样的认知概括了诗人生命最后十年的生活与作品。他总是处在一个中间站，这不仅构成了谢灵运在时间与空间上的自我定位，也构成他诗作中的心灵地貌。比如在永嘉写下的名作《登池上楼》的开头几联：

---

[1] Stephen Owen, "The Librarian in Exile," p. 219.

第三章 炼狱诗人

> 潜虬媚幽姿，飞鸿响远音。
> 薄霄愧云浮，栖川怍渊沈。
> 进德智所拙，退耕力不任。
> 殉禄及穷海，卧疴对空林。

潜虬象征隐逸，飞鸿代表仕进，但是诗人非彼非此，他是栖息于陆地的动物，卧病空林。他一方面承认自己的才力不足以飞黄腾达，但另一方面却也不是隐士的材料。

谢灵运和陶渊明一样，喜欢在诗作中为自己的生活方式做出解释和辩护。既然这两种传统的途径——仕进或归隐——都不适合于他，诗人于是强调自己的"第三种抉择"。这在谢灵运的诗中逐渐成为一种清晰可辨的模式。比如《斋中读书》：

> 既笑沮溺苦，又哂子云阁。
> 执戟亦以疲，耕稼岂云乐？
> 万事难并欢，达生幸可托。

沮溺是长沮、桀溺，《论语》中的隐者。子云指扬雄，曾在王莽（公元前45—23）代汉后出仕，校书天禄阁，后因牵累而将被捕，投阁自杀未遂，获讥于世。曹植在《与杨德祖书》中称其为"先朝执戟之臣"，以"执戟臣"代指卑微的官职。谢灵运表示不愿像长沮、桀溺那样躬耕隐居，也不愿像扬雄那样出仕，而要以"达生"作为他自己的解决办法。《庄子》"达生"篇的主旨是不执着于物，其中有一句话正好可以拿来作为对谢诗的最好笺注：

> 无入而藏，无出而阳，柴立其中央。[1]

虽然《斋中读书》写于永嘉太守任内，这首诗却表现出诗人对担任地方官的特殊看法：宣称郡内无诉讼，少公事，诗人强调日以"斋中读书"为乐。这种既在官场却又并不热衷的生活态度和方式正是所谓的"柴立其中央"。

即使在他从永嘉辞官回家后所写的诗里，谢灵运还是继续避免简单的极端选择。比如《田南树园激流植援》一开始就提出：

> 樵隐俱在山，由来事不同；
> 不同非一事，养疴亦园中。

李善（？—689）《文选注》曾引臧荣绪（415—488）《晋书》引何琦引胡孔明："隐者在山，樵者亦在山，在山则同，所以在山则异，岂不信乎？"[2] 谢灵运对此又加上另一种"在山"的方式：养疾。他的病也许是真的，也许是夸张和借口，其模糊性相对于樵者的既定职业和隐者的政治

---

[1]《庄子集释》卷七上，第647页。
[2]《文选》卷三十，第1397页。

性决定，为诗人创造出独特的身份。

中间状态是一种特殊的阶段。它一面延宕终点，一面又永远在渴望自身的终结。它是对欲望、旅行和叙事的最好象征。谢灵运对中间状态的特殊爱好自然延伸到他对山水的态度上。写于永嘉的《登江中孤屿》描写了一座不偏不倚位于江中心的小岛：

> 江南倦历览，江北旷周旋。
> 怀新道转迥，寻异景不延。
> 乱流趋孤屿，孤屿媚中川。
> 云日相辉映，空水共澄鲜。
> 表灵物莫赏，蕴真谁为传。
> 想象昆山姿，缅邈区中缘。
> 始信安期术，得尽养生年。

诗甫一开始，即提出江南与江北的两极对立。"周旋"亦有交往应酬之意，好像是谈到一位老友。我们意识到，诗人本来先从江北到达江南，在江南历览游观之后，又准备从江南重返江北——不是去探看新的景致，而是重返江北旧地。这和诗的第二联——怀新、寻异——构成了某种张力，诗人好像已经穷尽了江南江北的一切景致，现在重返故地乃是无奈之举。

"怀新道转迥，寻异景不延"：在这两句诗里我们似乎听到了《离骚》的回声："路漫漫其修远兮，吾将上下而求索。"又好像听到伍子胥的声音:"日暮途远,故倒行而逆施。"这些早期文本都具有强烈的急迫感:时间在流逝,然而还有很多值得去观看,去实现,去寻求。虽然谢灵运的小诗既不像《离骚》那样宏大,又不像伍子胥的故事那样充满悲剧性,但是这些早期文本的隐约回声给一首平常的山水纪游诗增添了一份重量和紧迫感。

在途中发生了新的事件(总会如此)。诗人求新寻异的愿望因看到江中孤屿而不期而然得到满足。虽然云、日"相"辉映,空、水"共"澄鲜,孤屿却绝无依傍,独立于中流,也许正是因此它才会"表灵"与"蕴真"。在凝望孤屿时,诗人的心眼看到了孤屿的匹配:传说中神仙居住的昆仑山。这和支遁、孙绰、谢道韫神游灵山的书写一脉相承。

发现孤屿的过程,也和陶渊明笔下的渔人误入桃花源的经历形成呼应:二者都是在无意之中来到一块人间乐土。诗人从眼前一座普通的小山,想到遥远壮丽的灵山,也正是陶渊明在《游斜川》诗序中描写的经历:

> 彼南阜者,名实旧矣,不复乃为嗟叹。若夫曾城,傍无依接,独秀中皋。遥想灵山,有爱嘉名。[1]

就和谢灵运一样,陶渊明描写的是一座"独秀中皋"的

---

[1]《晋诗》卷十六,第975页。这首诗可能写于401或421年,如果是后者,那么就在谢灵运作《登江中孤屿》的两年之前而已。

山丘。它的名字"曾城"使他不禁"遥想灵山",以心眼看到传说中昆仑山的最高峰曾城。如果说陶渊明对山的体验完全是视觉的,那么谢灵运则亲自登上了江中孤屿。但是,在这两首诗里,诗人的肉眼都让位给心眼,把面前的物质山水转化为神奇灵秀的精神境界。陶诗遵循宴饮诗传统以"及时行乐"的愿望结束,谢诗则转向游仙诗传统,谈到肉体的长生和精神的超越。

结尾二句,"始信安期术,得尽养生年",令人想到嵇喜对自己的弟弟嵇康的描述:

> 以为神仙者,禀之自然,非积学所致。至于导养得理,以尽性命,若安期、彭祖之伦,可以善求而得也。著《养生篇》。[1]

这段话堪作谢诗最后两句的注脚:如果养生有方,那么就可以尽天年而不至寿夭。"始信"云云告诉我们:只有实际的经验,也就是说亲身来到江中孤屿,他才真正相信以前在书本中读到的道理。魏晋以来有很多诗都说实际经验令人不再相信神仙的存在,谢诗的结尾代表了对这一传统说法的继承与创新。

江中孤屿在很多方面都是诗人的自我投影。谢灵运对悬浮于此界与彼界、天堂与地狱之间的"中间状态"情有独

---

[1]《全晋文》卷六十五,第1828页。

钟,这不仅反映在空间层面,也反映在时间层面。谢灵运的很多诗都发生于黄昏,一个微妙地悬浮于白昼与黑夜、光明与黑暗之间的时间段。在这段时间里,诗人从他的山水游历中暂停下来,进行安静的思考。写于永嘉途中的《富春渚》就描写了这样一个时间和状态:诗人外在旅程的中止,内在旅程的延续。

> 朝发渔浦潭,暮宿富春郭。[1]
> 定山缅云雾,赤亭无淹薄。
> 溯流触惊急,临圻阻参错。
> 亮乏伯昏分,险过吕梁壑。
> 洊至宜便习,兼山贵止托。
> 平生协幽期,沦踬困微弱。
> 久露干禄请,始果远游诺。
> 宿心渐申写,万事俱零落。
> 怀抱既昭旷,外物徒龙蠖。

诗人船行富春江,经过赤亭、定山、渔浦潭,最后到达富春郭泊船夜宿。诗一开始就提出四个地点;地名的急速变换造成速度感和晕眩感,对诗人的"惊急"旅程进行文字

---

[1]《文选》作"宵济渔浦潭,旦及富春郭"(卷二十六,第1240页)。我认为《太平御览》版本(卷四十五,第353页)较胜,因夜间行旅很不常见,特别是当逆流而上的舟行如此艰难。谢灵运是相当悠闲的旅行者(此次途中还顺便探望始宁庄园),没有必要夜以继日地赶路。

的模拟。在诗人眼里，上水行舟的经历比"鼋鼍鱼鳖之所不能游"的吕梁壑都更为惊险，何况他原本缺乏伯昏无人的道术，可以倒退到悬崖边缘而依然面不改色。[1]下一联，"洊至宜便习，兼山贵止托"，连用了两个《易经》典故："洊至"描述大水持续不断地涌流过艰险的地表；"兼山"意谓两山相连，要求旅行者暂时止步，不要越位。[2]评论者指出《易经》典故一方面描述了谢灵运的艰难旅程，另一方面也影射他在政治生涯中遇到的艰险。[3]这当然有道理，但是我们也不要忘记这两句诗和谢灵运在这首诗中描写的现实境遇紧密相关：在经过整整一天雾气弥漫、动荡不安的逆水旅行之后，诗人终于"止托"于富春郭外，不再因水流与天气继续挣扎。停宿之后，诗人有机会反省自己的生活。"平生协幽期"说明他一向的情怀，"沧踬困微弱"则一语双关地描述了旅程之艰难与人生之险阻。

诗的最后四句是全诗的关键。在"止托"之际，在逐渐降临的夜色里，诗人有机会进行内在反省，意识到自己终于可以满足"远游"的愿望（而这很有讽刺意味地发生在他被派往永嘉任地方官也就是"干禄请"得到满足的时候），开始体会到精神上的自由。"外物徒龙蠖"再次用到《易经》

---

[1]《庄子集释》卷七上，第656页，卷七下，第725页。这两个故事也都在《列子》中载录。《列子》文本在四世纪浮现，与谢灵运同时的张湛曾为之作注。《列子集释》卷二，第62、51—52页。
[2]《周易正义》卷三，第71—72页，卷五，第116页。
[3] 如 J. D. Frodsham, *The Murmuring Stream*, 2.119。

的典故："尺蠖之屈，以求信也；龙蛇之蛰，以存身也。"[1]
在《易经》原文里，无论尺蠖还是龙蛇，都在屈曲和蛰伏，
因此，"外物徒龙蠖"的"龙蠖"二字，并不像有些笺注家
所以为的那样在宣称"无论龙腾蠖屈，皆属徒然"，只能是
指蜷缩和隐藏。[2]换言之，诗人在说：任凭外物屈曲蜷缩，
我的心胸却已变得宽广和明亮。诗的魅力在于意象的交织和
互动，内心与外物形成的鲜明对比：诗人前往永嘉正值秋
季，冬天即将来临，在诗人的小舟之外，世界包围在雾气和
夜色里，万物亦日渐零落，屈曲蜷缩，准备进入黑暗的蛰伏
期；然而诗人之宿心却渐渐得到"申写"，他的怀抱变得越
来越广大，越来越光明。

另一首写于赴任途中的诗，《七里濑》，同样描写了黄昏
时刻，诗人通过以心眼看到的图景，超越身体受到的限制，
达到精神的自由。

羁心积秋晨，晨积展游眺。
孤客伤逝湍，徒旅苦奔峭。

"积"是积聚、贮藏，也有堆叠、积累、蕴蓄之意。以
"积"描写"羁心"也即旅人之心相当值得注目。它的反义

---

[1]《周易正义》卷八，第169页。
[2]《文选》五臣注刘良对此句的解释是："虽龙腾蠖屈，不为殊观也。"
《六臣注文选》卷二十六，第497页。也见李运富注，《谢灵运集》，
第33页。

词"展"出现在下一句诗里:游客放眼眺望,试图以此宽解愁缩的胸怀,但是眼中所见的景色——逝湍与奔峭——只让他更加忧郁。"伤逝湍"令人想到孔子对时间之流的感叹:"逝者如斯夫,不舍昼夜。""奔峭"是谢灵运自创的词组:它当然可能是笺注者所说的"崩坍的崖岸",这使水行更加艰险;但这两个字也指山势之奔涌,赋予陡峭山峰以动感,宛然顾恺之在《画云台山记》中的做法。时间与空间都在无情地压迫旅客,夜色很快就要降临:

> 石浅水潺湲,日落山照曜。
> 荒林纷沃若,哀禽相叫啸。

然而,在黑暗与寂静降临之前,山林充满了光与声。"日落山照曜"这一句诗格外优美:当落日余晖斜射入山林的时候,一瞬间就好像山林本身蕴涵和放出光芒一样。这是飞鸟还家的时刻,也是旅客准备休息止宿和反省的时刻:

> 遭物悼迁斥,存期得要妙。
> 既秉上皇心,岂屑末代诮?

诗人看到飞鸟投林还巢而伤悼自己的流放,产生思家情绪,但是他以终将归隐的想法安慰自己,把注意力从物质现象界转移到精神的层次。怀着这样的想法,他把目光投向面前的流水——据说东汉隐者严光曾经在这里垂钓;但是肉眼之所见终于屈服于心眼之所见：

> 目睹严子濑，想属任公钓。
> 谁谓古今殊，异世可同调。

任公子是《庄子》中的虚构人物，据说他在东海钓鱼时，以大钩巨绳、五十头牛作为钓饵，整整一年迄无所得，一年之后钓上一条巨鱼，剖开晒干以后，供浙东广大地区所有百姓饱餐一顿。[1] 这是典型的谢灵运手法：诗人头脑里观想的图像扩展到无限巨大，直到淹没眼前的一切物质山水。诗开始时的"展游眺"不仅终于得到了完美的实现，而且最关键的是，逐渐包围了诗人的黑暗夜色在这样巨丽的想象中变得完全无关紧要而失去了意义。

我们很难不把任公子的大鱼和《庄子》同一章节中的最后一个段落联系起来：

> 筌者所以在鱼，得鱼而忘筌；蹄者所以在兔，得兔而忘蹄；言者所以在意，得意而忘言。吾安得夫忘言之人而与之言哉？[2]

如果真的可以像任公子那样钓得一条巨鱼，那么确实可以得鱼忘筌。但是，在后来的诗作里，在一些比较悲观的时

---

[1]《庄子集释》卷九上，第925页。
[2] 同上书，卷九上，第944页。

刻,诗人眼中看到的却只有空空荡荡、丧失了神明与真意的山水。在《入华子岗是麻源第三谷》中,当诗人终于登上山顶,他失望地发现:"羽人绝仿佛,丹丘徒空筌。"

在《入彭蠡湖口》中,诗人郁积的感情没有得到任何舒展发泄。就像《登江中孤屿》一样,诗以诉说倦怠开篇,但这不仅仅是对经历感到倦怠,更是对描写和表现经历感到倦怠。而且,和《登江中孤屿》不同的是,对新异景观的好奇与渴望已经不再。在诗的后半,诗人发现他面对的是一片空旷而缺少灵光的山水,唯一充斥心灵的是"千念"和"万感",无法经由诗歌与音乐得到宣泄:

> 客游倦水宿,风潮难俱论。
> 洲岛骤回合,圻岸屡崩奔。
> 乘月听哀狖,浥露馥芳荪。
> 春晚绿野秀,岩高白云屯。
> 千念集日夜,万感盈朝昏。
> 攀崖照石镜,牵叶入松门。
> 三江事多往,九派理空存。
> 灵物吝珍怪,异人秘精魂。
> 金膏灭明光,水碧辍流温。
> 徒作千里曲,弦绝念弥敦。

在另外一些时候,有太多的"积""集""盈",从诗人的内心延伸到外在的现象界。在《登石门最高顶》一诗中,诗人虽然置身高峰，却并不因此而拥有宽广的眼界，相反却陷入了拥挤闭塞的困境：

> 疏峰抗高馆，对岭临回溪。
> 长林罗户庭，积石拥阶基。
> 连岩觉路塞，密竹使径迷。
> 来人忘新术，去子惑故蹊……

另一首同期所作的诗，《石门新营所住四面高山回溪茂林修竹》，题目本身就已经给人带来压抑感。山中别墅环境幽僻，人迹罕至：

> 跻险筑幽居，披云卧石门。
> 苔滑谁能步？葛弱岂可扪？

这首诗的开头让人想到陶渊明的诗句："穷巷隔深辙，颇回故人车。"只有富贵人家的大车才会造成深辙，这样的大车却难以进入窄小的穷巷，因此老朋友也不再来访。虽然两首诗的环境并不一样，但是都表示诗人的居所很不容易访问，只不过陶渊明的诗赞美日常生活的乐趣，谢灵运的诗却充满孤独感。这种孤独感因为被深密的植被封闭起来的山水而变得更加强烈：

> 早闻夕飙急，晚见朝日暾。

> 崖倾光难留，林深响易奔。

"早闻夕飙急，晚见朝日暾"，可以解释为"很早就听见夕飙，很晚才看到朝日"，但是从文字的层面来说，也可以理解为"在早晨听到夕飙，在晚上看到朝日"，从而造成一种奇异的时间错乱感。山高，林密，日光难以穿透，声音容易消失。这里的山水暗淡隔绝，草木茂盛，堵塞了出路，充满了危险，令人想到时人的冥界见闻。

不过，虽然有时处于地狱的边缘，谢灵运的山水却从未落入完全的黑暗。《登永嘉绿嶂山》在谢集中是一首具有代表性的诗：

> 裹粮杖轻策，怀迟上幽室。
> 行源径转远，距陆情未毕。
> 澹潋结寒姿，团栾润霜质。
> 涧委水屡迷，林迥岩逾密。
> 眷西谓初月，顾东疑落日。
> 践夕奄昏曙，蔽翳皆周悉。
> 蛊上贵不事，履二美贞吉。
> 幽人常坦步，高尚邈难匹。[1]
> 颐阿竟何端，寂寂寄抱一。

---

[1]《易·蛊》："不事王侯，高尚其事。"《易·履》："履道坦坦，幽人贞吉。"《周易正义》卷三，第58页，卷二，第41页。

> 恬知既已交，缮性自此出。

　　这首诗里的山水艰险、寒冷，令人困惑迷乱。一开始，诗人似乎充满探索新奇景色的兴致，做好了充分的出行准备。"怀迟"似乎又是谢灵运独创的一个词语。所有笺注者都把它解释为迂回曲折，也许是觉得和委迟/委迤相通，但是这一解释没有任何文本证据，而且在中古汉语"怀迟"的发音与"委迟"并不相同。其他文本范例的缺失也让人对这一解释感到怀疑。也许这里怀迟和裹粮相对，都是动宾词组，"迟"音志，训为"思"。[1] 换句话说，诗人怀着想望和希望，登上幽室。幽是幽静之意，也是幽暗之意。

　　诗人沿着一脉流水前行，好像《桃花源记》中的渔人"缘溪行，忘路之远近……复前行，欲穷其林，林尽水源，便得一山"。"距陆"恰好出自《庄子·渔父》："有渔父者，下船而来，须眉交白，被发揄袂，行原以上，距陆而止。"关于"距陆"有种种说法，一说登上高岸，一说由水路登陆。在谢诗里我们可以把它理解为登上绿嶂山顶，而不是舍舟登陆，因为诗人使用"距陆"一词，最主要的原因是在文字的层面引起对渔人的联想，"杖轻策"已经很清楚地说明诗人是步行登山。

　　不过，在谢灵运诗里，诗人最终看到的不是《桃花源

---

[1]《文选》曹植《责躬诗》有"迟奉圣颜，如渴如饥"句。李善注："迟，犹思也。"《文选》卷二十，第932页。

记》中的乌托邦,而是一丛深密的竹林遮挡住了他的视线。而且,诗人也未必就已穷尽了溪水的源头,因为山涧迂回,涧水好像迷失在曲折回转的山涧里面了。环绕着诗人的树木至为高大,以至于从林丛里望出去,山石显得"逾密"。"密"这个字除了"隐秘、寂静、稠密"之外,还有"封闭、闭藏"之意,而"密"的本义,正是形状好像堂屋的山,恰好回应诗一开始的"幽室"意象。[1] 至此,诗人真的进入了"幽室",实现了他在诗一开始所表示的愿望。

这样一来,诗人虽然登上了山顶,眼前却并未看到一片开阔的景色,相反,倒是被繁茂的草木包围,完全迷失了方向,因此,当光线突然穿透草木,他竟会以为西边有新月升起,东边是落日余晖。在这里,我们有必要仔细检视"践夕奄昏曙"这句诗。"践夕"无疑是说天时将晚,但困难在于"奄昏曙"这三个字。笺注者一般都把"昏曙"连读,解为"日与夜",但是这和"践夕"的时间不合,在上下文里难以通解。我认为"奄昏"二字应该连读,"奄"通"暗",在一首早期乐府里,"奄昏"被用来指谓阴间。[2]"践夕奄昏曙"意谓在接近夜晚的时候,昏暗有如冥界的山林突然破晓,光线从四面八方穿透了茂密的草木植被,这才引得诗人西疑新月、东疑落日。我们意识到诗人所描写的其实乃是"回光返

---

[1]《尔雅·释山》:"山如堂者,密。"郭璞注:"形如堂室者。"《尔雅注疏》卷七,第117页。
[2]《雁门太守行》:"天年不遂,蚤就奄昏。"见《宋书·乐志》卷二十一,第622页。

照"的现象,也就是说,在太阳下山之前,有那么短暂的一瞬间"反景入深林",不仅映亮了整个天空,而且映亮了林木茂密的绿嶂山。于是突然之间,"蔽翳皆周悉"!

光明的映照是物质的,也是精神的。就在山峦被落日照亮的瞬间,诗人也体验到精神的开悟。他意识到,只要可以"不事王侯,高尚其事",那么,无论山水多么艰险,都可以做到"幽人常坦步"——"履道坦坦,幽人贞吉"。诗句让我们想到同时代那些关于冥界游行的记述:地狱的道路两旁荆棘布满,罪人在其中奔走流血,唯有开悟者得免此苦,就像《冥祥记》程道惠故事或者《幽明录》石长和故事所说的那样,"独行大道中"。

现代学者习惯于把文本分别划分到"哲学""宗教""文学"研究领域,但是,在谢灵运的时代,这些界限并不存在,而且入冥叙事也根本不能划归到"文学"之中。对谢诗的历史性阅读应该是一种"厚度阅读",把文本放在一个尽可能全面的语境里,跨越现代学术领域为学者规定好的文本范围。谢灵运是"三玄"的熟读者,也是深谙佛理的佛经翻译者和阐释者,是"顿悟"理论的信徒。《佛说般舟三昧经》中的这一段落,想必在他的思想背景之中:

> 譬如人梦中所见,不知昼不知夜,亦不知内不知外,不用在冥中故不见,不用有所弊碍故不见。飑陀和,菩萨当作是念:时诸佛国境界中,诸大山须弥山,其有幽冥之处,悉为开辟,无所蔽碍。

对净土持续而专心的观想，使修炼者进入佛国，这就发生在此时、此地，一切幽冥之处都会为之豁然开朗，就像是在谢灵运的诗里，山峦的照明和诗人精神上的照明合而为一，内外都"无所蔽碍"，"蔽翳皆周悉"。

诗人能够达到顿悟，是因为他在孤寂的山路上坚持独行，更和最后四句里描写的身体行为密不可分。以为谢灵运山水诗有一个多余累赘的"玄言尾巴"是对谢灵运最大的误解。我们先看前两句：

颐阿竟何端，寂寂寄抱一。

很多笺注者觉得"颐阿"句颇为费解，往往不惜以通假字代替颐或阿。[1]现存对"颐阿"各种解释的问题是难以和诗句下半的"竟何端"串讲，更难和全诗的上下文放在一起串讲。如果在一首行文逻辑非常清楚的诗里突然出现一个和上下文没有必然关联的句子，势必让人感到很不满意而想要

---

[1] 黄节把"颐"视为助声之词，以为用的是《老子》"唯之与阿相去几何"的典故，但《老子》引文本身就有歧义，或以为"唯是应答声，阿也是应答声，二者没有什么差别"，或以为"应诺声与呵斥声，相差原本不远"。李运富（《谢灵运集》，第39—40页）以为"颐"通"伊"，"阿"是"魏晋时东南人的方言用法"，意谓"我"，称"伊"指"他们"，也就是高尚之幽人，与凡夫俗子的"我"相对。以"阿"为东南人方言，大误。按《三国志》卷三十，第852页"东方人名我为阿"，是在讨论古时三韩之一的辰韩人语言用法的语境下，根本与东晋刘宋时期的江南人无涉。所举《语林》"汝阿见子敬"例，以为"汝阿"即"你我"，也是误解，见《世说新语笺疏·赏誉第八》第492页，"阿见子敬"条。

探寻其他的诠释可能。

其实,对"颐""阿"大可不必强行通假,"阿"指山、山坡,"颐"和上文的"蛊""履"一样,用的仍然是《易经》的典故。《易经》有"颐"卦,卦辞云:"颐,贞吉。观颐,自求口实。"象辞云:"山下有雷,颐;君子以慎言语,节饮食。"颐的本义是下巴;"山下有雷"被视为"上止下动"之兆,像人之口腔在咀嚼时的"上止下动"。而且,雷又预示了滋润万物的雨水。如其名所示,颐卦是关于"颐养"的:君子观山下有雷,当注意口中出入之物——慎言语之出,节饮食之入——以此进行自我颐养。在山顶进行自我颐养的诗人意识到"寂寂"——慎言语——的重要,同时也呼应诗开始时的"裹粮"以为口实之举。"抱一"是玄学习语,其原始文本自然是《老子》的"少则得,多则惑,是以圣人抱一以为天下式",而离谢灵运生活时代较为接近的孙绰也在《喻道论》中如此形容佛祖:"耳绝淫声,口忘甘苦,意放休戚,心去于累,胸中抱一。"[1]诗人这两句诗是在说:在山顶自我颐养究竟有何终始端际?一切毕竟归于寂寂抱一而已。在此回顾前文,才会更看到"蛊"卦典故的精彩,因为蛊卦象辞明确提出:"山下有风,蛊。"当诗人终于登上高峰之顶,山下纵使风雷呼啸,也全然不能影响到他"高尚邈难匹"的精神状态了。

对颐养的强调使"裹粮杖轻策"这句乍看起来平平常常

---

[1]《全晋文》卷六十二,第1812页。

的开场白获得了新的意义。一系列著名的文本皆在背景中跃跃欲动、呼之欲出。一方面是诗歌传统：从《离骚》诗人餐秋菊之落英到夷齐之采薇，高士的饮食永远都是重要的诗歌意象，无论左思以"杖策招隐士"开头的《招隐诗》之"秋菊兼糇粮"，还是陆机《招隐诗》的"嘉卉献时服，灵术进朝餐"。另一方面是思想史传统："养"是玄学话语的重要话题。《宋书》谢灵运本传称其"博览群书"，他想必熟知东晋史家干宝的《晋纪总论》，这篇文章后来被收入《文选》，足见它在南朝时期的知名度。《总论》有云："至于公刘遭狄人之乱，去邰之豳，身服厥劳。故其诗曰：'乃裹糇粮，于橐于囊。''陟则在巘，复降在原，以处其民。'以至于太王，为戎翟所逼，而不忍百姓之命，杖策而去之。"[1] 裹粮、陟巘、杖策，在此段文字中连续出现，和谢诗针锋相对，但是这段文字对谢诗来说关键在于太王。《庄子·让王》中有一段关于太王的文字：

  大王亶父居邠，狄人攻之。事之以皮帛而不受，事之以犬马而不受，事之以珠玉而不受，狄人之所求者土地也。大王亶父曰："与人之兄居而杀其弟，与人之父居而杀其子，吾不忍也。子皆勉居矣！为吾臣与为狄人臣，奚以异？且吾闻之，不以所用养害所养。"因杖策而去之……夫大王亶父，可谓能尊生矣。能尊生者，

---

[1]《文选》卷四十九，第2183页。

> 虽贵富不以养伤身，虽贫贱不以利累形。今世之人，居高官尊爵者，皆重失之，见利轻亡其身，岂不惑哉！[1]

太王亶父不肯因"所用养"而伤害"所养"，"虽贵富不以养伤身"，被庄子誉为能尊生者。从《诗经》中"乃裹糇粮"，到《晋纪总论》中对公刘和太王亶父的赞美，再到《庄子·让王》中对太王亶父善于颐养的评介：谢灵运的诗充满了丰富、繁复而微妙的文本回声。

错综复杂的文本之网在诗作的最后一联达到极致：

> 恬知既已交，缮性自此出。

恬知和缮性再明确不过地指向《庄子·缮性》中的段落：

> 缮性于俗学以求复其初，滑欲于俗思以求致其明：谓之蔽蒙之民。古之治道者，以恬养知；知生而无以知为也，谓之以知养恬。知与恬交相养，而和理出其性。[2]

这段话是说：那些企图通过普通人的学问修缮本性以求回复到本初状态的人，那些企图通过普通人的思想以求达到明

---

[1]《庄子集释》卷九下，第967页。
[2] 同上书，卷六，第547—548页。

悟的人，都是所谓的"蔽蒙之民"。古时候的修道者以恬养知；虽然有了知识，但是他们不用知识来做什么，这便是以知养恬。知与恬相互颐养，和谐与秩序就自然从本性里生发出来了。

这段话有两个关键词：一个是"蔽蒙"，一个便是"养"。从裹粮以为口实，到追求心灵的颐养，诗人在"寂寂抱一"的状态中达到"恬知相养"的境界。"蔽蒙"与谢诗中的"蔽翳"相呼应。这首诗归根结底是关于观看的：诗人登山涉水，最终得以周悉蔽翳，获得顿悟与光明。

尽管常常充满艰险和阴影，谢灵运的山水却从不会完全落入地狱的黑暗。拯救它的是山水之中蕴涵的光辉文理，永嘉绿嶂山中寒姿凝结的澹潋水纹便是它最好的象征。谢灵运不是冥界的目击报告者，而是炼狱中的诗人。他的世界光线暗淡，是积极求索的旅行者终于安静下来进行沉思默想的黄昏。和陶渊明不同，谢灵运不是一个"使人欢"的诗人，但是，他给那些留守在家园的人带来了一些非同寻常的视界。

现代学者往往重复"谢灵运山水诗有一个玄言尾巴"的陈词滥调，这样的批评是对谢灵运山水观照诗学的根本误解。谢灵运一定熟读过王弼在《周易略例》的《明象》篇里对"言、象、意"做出的评论：

> 夫象者，出意者也。言者，明象者也。尽意莫若象，尽象莫若言。言生于象，故可寻言以观意。象生于

意,故可寻象以观意。言以象尽,象以言著。[1]

　　王弼所谈的是卦象,在谢诗中,山水之象是《周易》之卦象的最好体现;它在语言中得到实现并呈现出"意",诗人以其心眼观照到内在于世界景观之中的意义。

---

[1]《周易注疏及补正》,见《十三经注疏补正》第1集,《周易略例》,第9a页。

小结

袁崧（？—401），比谢灵运年长的同时代人，写过一部《宜都记》，其中有一段热情洋溢地歌颂三峡之美的记载：

> 常闻峡中水疾，书记及口传，悉以临惧相戒，曾无称有山水之美也。及余来践跻此境，既至欣然，始信耳闻之不如亲见矣。其叠崿秀峰，奇构异形，固难以辞叙。林木萧森，离离蔚蔚，乃在霞气之表。仰瞩俯映，弥习弥佳。流连信宿，不觉忘返，目所履历，未尝有也。既自欣得此奇观，山水有灵，亦当惊知己于千古矣。[1]

---

[1]《水经注疏》卷三十四，第2845页。

这段话突出地表现了本章所探讨的很多问题：对亲身经历和目击现象的强调，探险和发现的感受，以及应该培养山水审美能力的认识。在南朝，人们不但拓展视野，注意到许多陌生的区域，而且还以新的眼光谛视熟悉的景观。我们看到对主观性的强调：这既表现在观照的能力上，也表现在以越来越个人化和私人化的方式观看世界的程度。在很多方面，这是一个对外在世界也对内心世界进行探索与做出发现的时代。

两种观看世界的修辞模式在这期间占主要地位：一是今/古模式；一是天堂/地狱模式。前者可以在征行赋、征行记中看到。但是这些征行记包含了很多个人逸事，为它们带来自传色彩。这种散体记录的大量出现改变了征行赋中的行旅写作性质。在这些征行记中，我们看到的不是预先设定的具有熟悉结构的路线表，而是对意外事件和历险所做的令人难以预测的叙事。

很多早期中古叙事都对"异域"做出描述。这里的异域采取宽泛的定义，或是乐园净土，或是充满恐怖与危难的地界。无论是中天竺，还是山中神女，还是地狱，异域总是以浪漫化的、充满幻想的、概括抽象性的、从不曾全然人性化的词语呈现。这一基本修辞模式对后世的文化意识产生了深远影响。

间奏

谢灵运常被称为中国山水诗人的始祖。他的精神孤独与痛苦虽然临近绝望,但是从不堕入绝望;他的山水诗虽然有时充满威胁感和压抑感,却总是具有某种神奇的非人间的美丽,使之不至沦落为地狱的丑陋骇人。谢灵运后来的山水诗人几乎总是汲汲于表现山水之美,很少人对丑的美学感兴趣。唯一的例外是孟郊(751—814)。孟郊有一组诗《峡哀》,把自然山水描写得至为丑陋恐怖:悬崖绝壁上吊挂的棺材白骨嶙峋,刀波剑浪里的毒蛟志在吞噬旅客,三峡是流着饥渴口涎的恶魔存在,是人间地狱。袁崧要是读到这些诗不知该作何感想,想必不得不承认孟郊是千古以来第一位懂得山水之丑的诗人。

《峡哀》其五在结尾处向"诸谢"——谢灵运和谢朓——致意:

峡螭老解语，百丈潭底闻。
毒波为计校，饮血养子孙。
既非皋陶吏，空食沉狱魂。
潜怪何幽幽，魄说徒云云。
峡听哀哭泉，峡吊鳏寡猿。
峡声非人声，剑水相劈翻。
斯谁士诸谢，奏此沉苦言？

这首诗的中心意象是非人的声音：食人魂魄的蛟螭在毒水潭底絮语，水声在哀哭，鳏寡猿在悲啼。在这样的情况里，诗人表达对"人声"的渴望——但他渴望的是一个山水诗人可以"奏此沉苦言"，"诸谢"显然不能履行这样的职责。

具有极大讽刺意味的是，现代中国读者多半最为熟悉的孟郊诗——因为这首诗被广泛地收入各种唐诗选本，甚至收入小学课本——却是一首甜蜜蜜赞美母爱和孝道的《游子吟》。典型的孟郊诗作，真正的孟东野，却充满了愤怒、苦涩，"令人不欢"。他的诗让人想到舍利弗对佛祖的抱怨："我见此土，丘陵坑坎，荆棘沙砾，土石诸山，秽恶充满！"我们也记得螺髻梵王对舍利弗的反唇相讥：只有自心不净者，才会看到不净。这是被早期中古诗人牢牢记在心里的教训。也许没有诗人愿意描写丑陋山水，这是一个很重要的原因。

到明清时期，丑陋，无论是山水还是人事之丑，往往被作为拆穿古典诗歌话语的手段,尤其是在那些被视为较低级的文体比如白话小说或者散曲中常有出现。一个典型例子是陈铎(约1454—1507)讽刺北方妓院的套曲,其中写道:"门前一队骡车过——尘扬:那里有'踏花归来马蹄香'?!"[1]在这里,尘土和骡车成为"现实世界"的象征,代替了古典诗歌传统中的"花香"与"马蹄"。这是一个没有浪漫风流可言的世界。以修辞层次较为低下的白话口语"那里有"作为问句框架,限定了修辞层次较高级的诗句。[2]诗人以二元对立的模式看待世界:雅与俗,美与丑,精英与凡庶,精神与物质。

再举一个典型的例子:十九世纪陈森的《品花宝鉴》。这部描写男性之爱的小说将精神之爱与肉体之爱进行了水火不相容的对立。前者全是纯洁、浪漫、诗意;后者全是色欲、肮脏、污秽。二者的割裂达到如此绝对的程度,以至于只要小说中写到欲望,就总是强调各种身体机能和排泄物,从而把肉身完全放在一个丑陋的领域里。同时,身体和精神的分裂被叠加在社会阶级的差别上,也就是说,上半身和下半身的高低之分与上层阶级和下层阶级的高低之分总是互相吻合。比如小说的第十三回,在书写形式上模拟了这种两极分化。此回前半描写了年轻士子与男优的浪漫爱情,男优其实原本也是士族家庭出身,后来家道凋

---

[1] 谢伯阳编,《全明散曲》,第694页。
[2] 这种对"高雅"诗歌传统的拆穿在十六世纪小说《金瓶梅》中俯拾皆是。详见《秋水堂论金瓶梅》中对此点的讨论,此不赘言。

零才沦落为戏子；二人在幽雅环境中谈的尽是些风雅话题，所谓"好天、好地、好书、性灵中发出来的好诗"之类，感情方面则是"各自吐了些肺腑""相视呜咽了一会"。同一回的后半部分，却从天堂转入地狱：一个庸俗龌龊的"色鬼"中年商人也来追求这位俊秀男优，被男优灌醉，睡倒在陪伴他前来的朋友身边，在半夜上演了一场身份误认的闹剧，直到最后以小便、呕吐、酒气秽味收场。而在另一方面，身份高级的士子和身为官宦后代的男优则"绝无半点邪念，直谈到鸡鸣，方各和衣睡了"[1]。类似的鲜明反差贯穿全书。

高与低、精神与肉体的二元对立常常被投射在内与外的空间结构上。在十八世纪小说《红楼梦》里，大观园俨然是人间乐园，贾宝玉和他的姐姐妹妹们住在里面，过着"十分快意"的生活。但是有一天，忽然"不自在起来"，开始对"混沌世界天真烂漫"的存在感到不足。宝玉的小厮——社会下层阶级的一员（当然如此）——为给他开心，给他买了许多的"古今小说""传奇角本"，特别是关于古代美人的艳情外传，虽然特意嘱咐他"不可拿进园去"，宝玉还是忍不住挑了一些"文理雅道些的"带进去，"那粗俗过露的都藏于外面书房内"。后来黛玉葬花时，便正看到宝玉在园子里读《会真记》。黛玉告诉宝玉，把落花撂到水里不如埋在土里，"你看这里的水干净，只一流出去，有人家的地方儿什

---

[1]《品花宝鉴》，第103—112页。

么没有？仍旧把花糟蹋了"。[1]

宝玉看书时树上桃花被风吹落，"满身满书满地皆是花片"，宝玉把花瓣抖在池里，花瓣"浮在水面，飘飘荡荡，竟流出沁芳闸去了"。落花意象有其丰富的文化底蕴，把渔人引入洞天世界的正是"落英缤纷"的桃花。龚自珍（1792—1841）在《西郊落花歌》里歌咏的"净土落花"，据净土经典说会定时被大风吹走，只留下干净的地面；但是，在人工营造的大观园里，落花却必须被小心地保护起来，才能免于人世红尘的"糟蹋"。然而，在这一充满象征性的章回里，黛玉保护落花之纯洁的欲望却早已因为外在世界的侵入而落空了：艳情读物拿进这座中国式的伊甸园，警醒了爱欲；但外界的入侵不始于此，而始于宝玉本人的在场——一个自名为"泥作的""浊物"。

贯串《红楼梦》全书，洁与秽、美与丑的隔离都出之以空间结构。小说最有力的一点，就在于它向读者显示：隔离是徒劳的，越界不断发生。丫环在大观园里捡到绣着春宫的香囊；宝玉心爱使女的汗巾落到园外陌生男子之手；园子里唯一一个比黛玉更有洁癖的人，尼姑妙玉，被歹人迷奸，落入风尘（警幻仙境的"正册"画页毫不含糊地对她的命运做出预示："一块美玉，落在泥污之中"）。

小说中不断刻画的内外之别，在十九世纪和"外面世界"不情不愿发生种种接触的晚清中国产生特别的共鸣。

---

[1]《红楼梦》二十三回，第489—491页。

从南北朝时期到十九世纪已经过去了一千余年,这期间很多旅行者都曾像法显一样远游异国,其中最著名的是玄奘(602?—664)和郑和(1371—1433);但是,只有到了十九世纪,文人士大夫阶层才初次有机会远行到欧洲和美洲并对他们的行程做出详细记录。对这些作者来说,南北朝时期所奠定的观看世界的模式依然是一个基本的模式,只不过他们周围的世界已经改变了。

从二十世纪初叶直到今天,无论学术界内外,凡是对中国感兴趣的人都对现代中国的"西化"过程考虑甚多。但是,人们往往忽略了一点:差不多就在中国受到外界影响的同时,欧美世界也同样经历了翻天覆地的巨变,而且,欧洲各个国家的发展和"现代化"并不是同步的。如文学研究者吉莉安·廷德尔(Gillian Tindall)所说:

> 十九世纪的大戏剧,也就是十九世纪文学的大戏剧,乃是科学技术的变化以及随之而来的社会变化:工业化,城市化,全球的殖民。很多人生命的潜在版图都发生了巨大的扩张;与此同时,在另一种意义上,世界也缩小了……[1]

十九世纪的英国人面对高速运行的火车和一条条深入英国乡村的铁轨,就和他们的大清访客一样充满了惊讶。工

---

[1] Gillian Tindall, *Countries of the Mind*, p. 58.

业化改变了整个世界，它的影响遍及全球。人类社会进入了新时期。现在，我们也要把我们的注意力转向第一批访问欧美的中国士大夫，看一看他们如何应对这场震撼了世界的风暴，特别当风暴也波及多个世纪以来一直都还保持了自己文化传统的中国。

第二部分

导言

十九世纪六十年代末,曾帮助著名苏格兰汉学家理雅各（James Legge，1815—1897）翻译儒家经典的晚清学者王韬（1828—1897）旅居英国。身处异域的王韬受到眼疾的折磨,他在一首诗中记录其事,其中一联道：

> 口耳俱穷惟恃目,喑聋已备虑兼盲。[1]

王韬在此加注："来此不解方言故云。"显然,诗人此处"恃目"所指的并非阅读,而是对身边世界的观看。

---

[1] 该诗题为《目疾》,收录于王韬《蘅华馆诗录》。见《续修四库全书》第1558册,第476页。此版本为王韬1880年出版的《弢园丛书》的影印本。

王韬的经历在十九世纪前往欧洲和美洲的众多华人游客之中具有代表性。"观看"总是了解异国最为直接的方式，尤其是对那些"不解方言"的游人更是如此。钱锺书（1910—1998）曾不无讥讽地评价晚清游客们过于狭隘的眼光：他们对西方文学与艺术缺乏兴趣，只关注技术、政治制度、博物馆、动物园或者马戏团演出。[1] 钱的批评固然在理，但同时我们也需要记住，这些晚清行旅在筹划时被赋予的最主要目的恰恰正是"观看"而非"阅读"。因热衷洋务而闻名的恭亲王爱新觉罗·奕䜣（1833—1898）曾上书讨论遣派国外的第一批使者。奏章中提及出使的任务之一是"一览该国［英国］风土人情"[2]。换句话说，首批出使外国的文化精英正是满洲清政府之"目"——他们的使命是观看和记录，而他们也确实完成了这一任务。

　　与早期中古行旅写作相似，后文所讨论的十九世纪游记同样受制于一组观看世界的模式。然而，固有的观看模式系统在此时受到了巨大的冲击。虽然晚清士人在漫长的古典文化传承中属于后来者，他们在很多方面也是开拓者。从视域上来看，他们的旅行范围大大超过了前辈们所熟知的疆域。同时，这些访客们不仅留下了最早关于欧洲和北美的中文记

---

[1] 钱锺书，《汉译第一首英语诗〈人生颂〉及有关二三事》，见《七缀集》，第131—133页。
[2] 在1866年2月22日的同一篇奏章中，恭亲王进一步陈述清朝外交使官应"沿途留心将该国一切山川形势风土人情随时记载带回中国"。文庆、贾桢、宝鋆编，《筹办夷务始末》，见《续修四库全书》第419册，第689—690页。

录,他们本身更是来自文化修养深厚的士人阶层。在清政府于十九世纪六十年代派遣正规使团出使西方之前,据我们目前所知,大约只有三部欧美记录留存下来。最早的欧洲记录出自一位基督教信徒樊守义(1682—1753)之手。这篇游记从来没有印刷出版,也没有流传出清朝的宫廷,在二十世纪之前很少有人知道它的存在。因此,它并没有像十九世纪欧美游记那样影响到中国读者。[1]第二部《海录》来自一位广东商人谢清高(1765—1821)的口述。另外一部海外记录的作者是福建人林针。他在1847年作为翻译前往美国。与前两位相比,林针的古典文化教育程度算是最好的,但他也远远称不上学识渊博。[2]这三位作者都不属于浸淫传统文化的士人阶层,在这一点上,他们与其后清政府派往国外的使臣和官员完全不可同日而语。

当十九世纪晚清旅者到达欧洲和美洲时,西方国家也经历着工业革命带来的巨大冲击和与之而来的现代社会的转型。因此,这些游记不仅从空间上,而且也是在时间上记录了与"他者"的遭遇和接触。从空间上看,中国士人们跨越大洋到达了遥远的国度;而从时间上来说,他们从前工业社

---

[1] 王重民于1936年在罗马国家中心图书馆(Biblioteca Nazionale Centrale)发现了樊守义的记录,随后他在《罗马访书记》中提到这个发现。这篇文章首刊于1936年12月的《图书季刊》,再刊于《冷庐文薮》卷二,第799—809页。阎宗临(1904—1978)对这一抄本进行了编辑、句读和注解,并于1941年发表在《扫荡报》上。2007年出版的《中西交通史》对它进行了重刊(第187—196页)。
[2] 见钟叔河在"走向世界"丛书第1册中的讨论,第39—59页。

会步入了工业时代。直接面对这样的新世界会对观看世界的固有模式产生什么影响？当晚清士人的世界观与价值观被完全不同的社会形式所挑战，会导致什么样的后果？虽然六朝以来佛教"天堂/地狱"的宇宙观在十九世纪依然是具有影响力的观看范式，但这个范式变得极为复杂，甚至最终在他者文化的压力下分崩离析。

第四章在文本传统的背景下讨论十九世纪文人游客的海外游记，集中分析这些游记对遭遇"异"域的言说修辞。章节中讨论的文本以十九世纪六十年代第一批出使国外的士人如斌椿（1804—？）和张德彝（1847—1918）的游记为主，原因是这批作者与其后的作者十分不同，手头几乎没有任何已经出版的欧美游记作为参考，他们对西方世界的探索和观看尚未受到其后迅速形成之书写惯例的影响和制约。斌椿是第一位正式被清政府派往欧洲的使节。他提到在使团出发之前，徐继畬（1795—1873）曾赠给他一本《瀛寰志略》。[1]在漫长的旅途中，斌椿主要依靠参考徐继畬的著作以及各国地图来了解所经地域的地理与历史，因为他很快意识到斯里兰卡之外的领域"载籍不能考证"[2]。然而徐继畬的《瀛寰志略》仅仅是整合西方传教士与领事馆官员提供的信息而成，

---

[1] 关于徐继畬的生平以及对他著作的翻译和研究，见 Fred W. Drake, *China Charts the World*。

[2] 钟叔河主编，"走向世界"丛书第1册（1985年出版，斌椿的游记和张德彝最早两次出游海外的记录皆被收入），第100—101页。除非另作说明，下文的引文皆来自于此。在撰写本书的过程中我也参考了这些游记的十九世纪版本，在下文我会指出并对比重要的异文。

作者本身从来没有出访过西方。

另一位身属士人阶层的女性海外游客单士厘（1858—1945）可以和斌椿形成很好的对比。正如魏爱莲（Ellen Widmer）所论，尽管单士厘并不是中国历史上第一个游历外国的女子，她却是"她所属社会阶级中的第一个［女性游客］，而且也是第一位广泛详细书写海外经历的女性作者"[1]。单士厘的《癸卯旅行记》记录了她的日本、俄罗斯之旅，其中不仅提到她阅读过很多关于西伯利亚的游记，而且"《癸卯旅行记》的结构也展现了她对日本行旅写作的熟识"[2]。与半个世纪以前出生的斌椿相比，单士厘在她生活的年代显然接触到了更多关于西方世界的地理记录和文化游记。虽然单士厘所经过的地区此前未必都有中文记录——也因此她的描述没有被胡缨所说的层层"文本积累"所束缚——但观看西方世界的基本模式在她写作的二十世纪初期已经完全确立。[3]与此相反，那些最早前往西方的中国士人不得不在已知范畴和崭新的现实之间进行更为广泛的磨合。他们必须为存在于自己的知识系统和世界观之外的事物找到语言进行言说。

第五章讨论与文体有关的问题，因为在十九世纪的游客中，不止一人既用散文记录行程也同时在行旅中创作诗歌。在为时七个月的游历中，斌椿把每一天的经历都写入日记

---

［1］ Ellen Widmer, "Foreign Travel through a Woman's Eyes," p.767.
［2］ Ibid., pp. 769—770.
［3］ Hu Ying（胡缨）, "Would That I Were Marco Polo," p. 147.

《乘槎笔记》，与此同时，他还创作了一百三十余首诗歌，分别收录在《海国胜游草》和《天外归帆草》中。在这里，诗歌的作用到底是什么？写诗仅仅是为了满足对一个士人的传统行为预期？抑或只是中国文人游客对"到此一游"的本能反应？我则认为，诗歌在十九世纪中国士人对"他者"的言说中其实扮演了一个特殊而且重要的角色。中国传统诗学的经典理论认为，诗歌表达诗人的"志"和"情"，但这种诗学理想或者说理论化的定义往往与现实脱节，而在此处更是无法准确和全面地描述诗歌在言说异域方面所起到的特殊作用。十九世纪对传统中国士人来说是一个至为震撼的时刻，他们目睹了一个前所未有的新世界，而这一世界对欧美国家来说同等新奇。这是现代社会的开始，无论中西，人们都要面对这个全新时代带来的挑战。这一震撼性经历导致了复杂的现实、创伤以及矛盾重重的情感，从某种意义上来说，诗歌是帮助中国士人应付这一现实的最简单有效的手段。

第四章 "观看"的修辞模式

在十九世纪和二十世纪初的中国历史叙事里,西方列国在中国领土的帝国主义行径早已是老生常谈。帝国主义对中国历史进程固然有着不容忽视的影响,但如果只局限于此而不全面地考虑文化碰撞的两端,我们的视角也终究停留于片面。游访于西方的清朝士人们留下了许多详细的旅行记录,他们对"西方"开始进行仔细审视、分析、探索、歪曲,同时也把它作为欲望、赞美、轻蔑和憎恨的对象。德里达曾经把写作描述为"路径的与差异的可能性"被暴力地刻画在纸张上,并且认为"促使不同民族与文化之间展开交流的最基本的对面遭遇——甚至当那些交流并不是在殖民主义或胁迫性传教的旗帜下进行的",也无异于一场"人类学之战"。[1]从这种意义上来看,我们也可将十九世纪晚清士人的欧美游记描述为一种比喻性的"殖民主义"书写,作者把固有的概念范畴与分类系统强加于作者所遭遇到的新奇世界,对此施加语言的暴力。语言和再现(representation)在殖民主义体系中自有其举足轻重的作用。

关于清朝在物质和话语层面上与非汉民族之间的关系,许多历史学家和文学研究者都有所论及。[2]然而,下文的论述并不涉及清廷与边疆的关系,比如清政府如何对台湾进行武力统一与"启蒙"和"开化"。相反,我将要讨论的是清朝政府与西方国家之间更为不安与焦灼的对峙,后者在物质资源和军事实力上完全可以和前者分庭抗礼。更为有趣且值得探讨的是士人阶层如何再现那些遥远的国度。比起中国的亚洲近邻,那些国家很少为人所知,甚至就连其存在与否在不久之前还曾被一些清朝官员打上问号;然而在十九世纪下半叶,中国士人已经认识到它们是复杂而且强大的文化他者。如此充满张力的权力结构给观看世界的模式带来前所未有的压力,并导致了种种值得玩味的结果。在下文中,我将勾勒出中国写作传统中描写异域的不同修辞策略,进而探讨它们在十九世纪的游记中如何被运用、变形和复杂化。

---

[1] Jacques Derrida, *Of Grammatology*, pp.107-108.
[2] 见 Peter Perdue, "Comparing Empires"; Laura Hostetler, *Qing Colonial Enterprises*; Emma Jinhua Teng, *Taiwan's Imagined Geography*。

功利模式

> 正像那精细的蜜蜂一样——仲夏黎明它从爱巢起飞,迅捷地划过空中未知的轨道,停落在众多不同的药草、植物和果树的花朵上,把自己最欢喜的花蜜带回家——他(阿尔弗雷德国王)亦是如此:他以心眼凝视遥远的地方,在境外寻找家乡,他自己的王国,所没有的东西。
>
> ——埃塞(Asser,?—908)《阿尔弗雷德国王本纪》

中国最早的通史《史记》,借著名的探险者张骞之口,详细描述了中亚各国及民族。他首先介绍大宛,一个位于费尔干纳盆地的王国:

> 大宛在匈奴西南,在汉正西,去汉可万里,其俗土著,耕田,田稻麦,有蒲陶酒,多善马,马汗血,其先天马子也。有城郭屋室,其属邑大小七十余城,众可数十万,其兵弓矛骑射。[1]

值得注意的是,张骞对大宛以及其他中亚王国看似十分客观直接的叙述,是作为使臣与天子的一段对话出现在史书中的。它是见证人张骞的见闻,也是上奏皇帝的口头报告。

---

[1]《史记》卷一二三,第3160页。

该描述的意图既提供这些地域的基本信息从而为朝廷所用，同时也是为了吸引帝王的注意力，挑动他的好奇心。地理位置及它们与汉帝国的距离、特产、管理系统、人口、部队力量：这些对于汉王朝来说都是实际且有重要价值的经济和军事信息。张骞希望劝说皇帝对这些异域国度有所作为——遣使，开通贸易路线，联合对抗长期骚扰边境的匈奴。为了达到此目的，他提供了路标和具体的行程。最终，张骞的上奏给皇帝留下了深刻的印象——他"欣然"接受，开始派遣四路使团到西域寻找这些"多奇物"的王国。[1]

张骞的陈述采取的形式，我称为对异域进行观看和再现的"功利模式"。无论是贸易、征服还是殖民，"他方"需要被利用和开发。也正是出于这个原因，地方上的自然资源和特产成为这些叙述中经常出现的信息。针对公元九世纪两部为阿尔弗雷德国王而作的分别关于波罗的海和白海的古英语记录，英国文学学者希里·吉列斯（Sealy Gilles）曾说："异域和异族有相关性和熟悉的用途。它们可以被评估，可以对之进行改造使它们变得适用。它们可以扩大和丰富文本背后本国的文化和价值观，而不是对它造成威胁。"[2]

这种叙述模式融合了民族志学的观察和实用的地理方位叙述，在古代中国一直存在。特别具有代表性的作品是十五世纪一部关于爪哇岛满者伯夷王国的记录。游记的作者是南

---

[1]《史记》卷一二三，第3166页。
[2] Sealy Gilles, "Territorial Interpolations in the Old English Orosius," p. 92.

京人巩珍,他曾在十五世纪三十年代随郑和下西洋。游记题为《西洋番国志》,序言作于1434年,是现存有关郑和航海的三部游记之一。其他的两部——费信的《星槎胜览》和回族翻译官马欢的《瀛涯胜览》——更为人们所熟知,而且都曾译为英文。[1] 据《西洋番国志》序言记载,游记中所记各国事迹都是依靠一位翻译官的记录而得。考虑到巩珍的记录与马欢的《瀛涯胜览》有很多相似之处,序文所提到这位翻译官应该就是马欢。[2] 然而相较而言,巩珍的版本提供了更多的细节,且明显经过细心地编辑与加工。作者还收入了1421年1月、1421年11月及1430年的三通皇帝诏书,是其他两部游记所没有的。

巩珍对满者伯夷的记录一丝不苟地展开。他首先介绍王国的地理位置:

> 从苏鲁马益小舡行八十里,到埠头,名漳沽。登岸向西南行半日,到满者伯夷,则王居处也。其处有番

---

[1] 见《瀛涯胜览校注》《星槎胜览校注》,两部书都由中国学者冯承钧编辑和注释。W. W. Rockhill 在 "Notes on the Relations and Trade of China" 中对费信《星槎胜览》(1436年序)和马欢《瀛涯胜览》(1451)进行了翻译。J. V. G. Mills 重新翻译了马欢《瀛涯胜览》,并且加入导言、注释和附录。该书出版于1970年,题目为 *Ying-ya sheng-lan: The Overall Survey of the Ocean's Shores*。Mills 也翻译了费信《星槎胜览》,见 *Hsing-ch'a-sheng-lan: The Overall Survey of the Star Raft*。两则记录在 Paul Wheatley 的 *The Golden Khersonese* 中也有部分翻译(pp. 88-103)。

[2] 巩珍,《西洋番国志》,第13页。学者向达在现代注本的序言中亦推测此翻译为马欢。《西洋番国志》,第8页。

人二三百家,头目七八人辅王。[1]

接下来描述气候和当地土产:

> 天气长热如夏,田稻一年二熟,米粒细白。芝麻绿豆皆有,惟无大小麦。土产苏木,金刚子,白檀香,肉豆蔻,荜茇,班猫,镔铁,龟筒,玳瑁,鹦鹉大如母鸡,及红绿莺哥,五色莺哥,鹩哥,皆能效人言语。

在开列一长串动植名单之后,作者开始评价当地的饮食习惯:

> 国人坐卧无床凳,饮食无匙箸。饭用盘盛,沃以酥汁,手撮而食。凡鱼虾蛇蚓蛆虫等物,以火燎过即啖之。或有聚饮者,列坐于地,酒乃茭䒷椰子所酿,盛于瓦坛。

随后,巩珍介绍了满者伯夷国的三个不同的阶层:"西番回回人"也即伊斯兰教徒、"唐人"也即来自广州或福建的中国移民,以及当地土著。他还提供了一则关于当地土民源起的奇诞叙述,显然来自本地传说。接下来,巩珍描述满者伯夷的历法(十月为春首)和当地的庆春活动"竹枪会",在竹枪会上,男子用锐利的竹矛相互搏击。作者又继续叙述

---

[1] 引文见巩珍,《西洋番国志》,第7—10页。

了当地的婚庆习俗、丧葬、货币系统、书写文字及语言、度量衡和其他各种娱乐等。在这一节的结束，巩珍如此形容满者伯夷国人喜欢的货物：

> 国人最喜青花磁器并麝香、花绣、纻丝、硝子珠等货。国人常采方物遣使进贡中国。

他国与本国被描写为进贡国与宗主国的关系，这在三部十五世纪的游记中处处可见。巩珍的二十则对西海国家的记录有十七则采用这样的称述。巩珍在行文即将结束之时对异国的从属地位加以确认和强调，旨在把异域文化和民族纳入到"中国"的价值系统之中。对于十五世纪的开拓者来说，这些地区不能脱离与宗主国的关系而单独存在，它们的意义只在于可利用的资源和经济价值上。

如此的优越性话语一直到十九世纪依然存在，但它所指称的对象逐渐只适用于中国的近邻。诗人黄遵宪在1890年经过西贡，回想起乾隆时代对越南出兵平乱，以及中法战争之后不得不让权于法国，无法掩饰对昔日"盛世"的怀旧之情：

> 神功远拓东西极，圣武张皇六十年。
> 不信王师倒戈退，翻将化外弃南天。[1]

---

[1] 这首诗为组诗《过安南西贡有感》中的一首。"圣武"指乾隆皇帝。黄遵宪，《人境庐诗草》，第162页。

黄遵宪虽然惋惜失去的地盘，但他还是把越南视为"化外"之地。在十九世纪士大夫的眼中，亚洲邻国与欧洲国家之间开始出现了等级差别。这在黄遵宪《新嘉坡杂诗十二首》中的一首中有更为清楚的体现。[1]

> 天到珠崖尽，波涛势欲奔。
> 地犹中国海，人唤九边门。
> 南北天难限，东西帝并尊。
> 万山排戟险，嗟尔故雄藩。

诗的中间两联用了数个典故："九边"一词在明代指称边疆的九个区域；在1885年，新加坡及其附近被英国控制的海域成为大英帝国的关卡，被称作"海门"。魏文帝曹丕在三世纪初征伐东吴，当他看到波涛汹涌的长江后叹息这条江水"固天所以隔南北也"[2]。战国时期秦国君主与齐国君主被称为"西帝"与"东帝"，这里则用来指英国与中国。[3]

这首诗展现了地理与主权的复杂关系。虽然"天"或者天朝的统治和保护止于极南的珠崖，但海水远远奔涌到清帝国的疆域之外，这让诗人想到过去的清帝国曾经一度也有过更加广阔的领土。而如今，在名称还是"中国海"的水域之

---

[1]《人境庐诗草》，第210—211页。
[2]《三国志》卷四十七，第1131页。
[3]《史记》卷五，第212页。

内，新加坡却已经成了英帝国的关卡——"九边门"。这体现了"名"与"实"之间的断裂，对于诗人来说，这种名实不符让人不安和痛心。第三联继续反思自然与人文的关系：自然界中的海洋没有水域的界限标识，但却被人类划分东西，分别由两位"并尊"之帝统治着。

在更早的一切以汉文化为中心的时代，把中国与英国喻为战国时期两个平等的诸侯国是不可想象的。但是，即使是在当下重新结构的世界版图上，黄遵宪毫无疑问认为新加坡属于清帝国的一部分，他在诗歌的结尾处并不掩饰对昔日的"雄藩"不再的失望之情。在黄遵宪创作这首诗的二十四年前，也即1867年，王韬在前往英国的途中经过新加坡。当看到大批的中国移民已经在这里定居并渐渐繁盛起来时，他表达了和黄遵宪相似的情感：

> 使我朝能以一介之使式临其地，宣扬恩惠，凭借声灵，俾其心悦诚服，归而向我，乐为我用，岂非于海外树一屏藩哉？[1]

统治一个"乐为我用"的民族是所有帝国主义者的梦想，"用"则是这个帝国幻想里的关键词。

---

[1] 王韬，《漫游随录》，第67页。王韬相信"东南洋诸小国"曾经全部都是中国的藩国。经过槟城时他惋惜自明中叶开始，这些国家逐一被欧洲列国所占，以至于"海外之屏藩"全然不存。同前书，第70页。

"好奇"

在《汉书·西域传》中，班固（32—92）写道：

> 自且末以往皆种五谷，土地草木、畜产作兵，略与汉同，有异乃记云。[1]

由于很多王国要压缩在一篇"传"中进行介绍，仅仅描写他国与本国的差异应该是一种必要的写作策略；但如此策略也使得他文化变得更为陌生。换句话说，人们经常被外来文化的"异"所吸引——这个字既表示"不同"，也表示"奇特"，而最终正是"不同"构成了"奇特"。那些看起来眼熟的东西会被视为无关紧要而被忽略不计。过分"好奇"意味着异域文化必须不断地保持某种陌生感；正因如此，它在某种程度上阻碍了人们对外来文化做出抱有同情的理解。

清初著名的诗人和剧作家尤侗（1618—1704）负责编纂《明史》中的《外国传》。他所参考的记录大部分来自于费信和马欢。当尤侗于1681年完成史传时，他又创作了一百一十首《外国竹枝词》。"竹枝词"为七言绝句，最早起源于南方土著，在九世纪逐渐受到文人的青睐。之后，竹枝词逐渐成为一种诗歌亚文体，用来描写一个地区的风土人情，甚至是当地独特的景观如杭州西湖。尤侗"竹枝词"的

---

[1]《汉书》卷九十六，第3879页。

特殊性，在于诗中的异国描写都基于作者的阅读和书本知识，和前辈"竹枝词"作者相比，尤侗对笔下的景观没有直接的认知。如果我们对比三种材料，即十五世纪作家的游记、尤侗在正史中对原材料的改写，以及他在诗中对这些异国史料做出的重述，我们就可以清楚地看到"好奇"导致的扭曲。

最能说明问题的一个例子是满者伯夷的丧葬习俗。下文为巩珍的记录：

> 父母将死，则问父［死］后欲犬食，欲火化，或欲弃水中，随父母所愿欲而行之。若欲犬食，则异尸至海滨或野外，有犬十数来食其肉，尽为好，食不尽，子女皆悲号哭泣，弃其余水中而归。又富翁及贵人将死，有所爱婢妾，辄与誓曰：死则同往。及死出殡，积柴薪焚主翁尸，及火焰盛，所爱妾二三人皆戴草花披五色花手巾，登跳号哭，遂投火中，同主尸烧化，以为送葬之礼。[1]

在《明史》中，巩珍的详细描写被大为简化：

> 父母死，舁至野，纵犬食之；不尽，则大戚，燔

---

[1] 巩珍，《西洋番国志》，第9页。马欢的描述（《瀛涯胜览校注》，第13—14页）更为冗长，但它包含的信息与巩珍记录基本重合。

其余。妻妾多燔以殉。[1]

这里对原文的改动很能说明问题。满者伯夷奇特的丧葬传统让十五世纪的航行者诧异不已,他们细致入微的观察与记录展现出来他们眼中的"异":不同,而且奇特。正史在重新叙述这个习俗时省略掉了原文中子女在处理父母遗体时顺从父母意愿这个信息,于是,让狗来食净父母的遗体成为蛮族子女的残忍决定,使这一风俗在华夏读者看来更为陌生异己。

对自焚的记录有着相似的改写。巩珍用了七十一个字进行描述,而《明史》的重述只用了六个字。古文写作的精简是一个值得称赞的特质,但同时我们也应该注意哪些材料与信息被正史"精简"掉了。根据十五世纪的游记,如果富贵人家的"所爱婢妾"曾自行发出"死则同往"的誓言,那么她们在夫死之后会自焚。《明史》删减后的版本——"妻妾多燔以殉"——给读者留下的印象是,这种随葬习俗在满者伯夷社会不仅普遍存在,而且是一种强制履行的义务,从而突出了"原始人"的残忍行径。与吾邦风俗的差异不仅被描写为"奇异"同时被刻画为"野蛮",汉文化不言而喻是人道与文明的典范,而他者则被视为非人。

跳出史家的角色,作为诗人的尤侗往往从原材料大量丰

---

[1]《明史》卷三二四,第8405页。费信(《星槎胜览校注》,第14页)省去了对父母丧葬的记录。

富的细节里选择那些最怪诞不经的元素写入诗歌。比如说他的《占城》(即古国占婆)二首其一:

> 金花冠上戴三山,玳瑁装鞋束宝环。
> 任尔通身都是胆,那堪黑夜遇尸蛮。[1]

尤侗无疑参考了费信的记录,因为只有费信提到占婆国王的"玳瑁鞋",其他材料都写国王赤脚而行。[2]诗的最后一联化用当地的两个传说。一是占婆国王每年采生人胆调入酒中,把酒喝掉,也以酒沐浴,相信这会让他"通身是胆"。[3]一是当地称作"尸头蛮"的食尸女鬼传说:尸头蛮与平常女子相似,唯一不同的是目无瞳仁,头颅在夜间会飞离身体,食人粪便,如有病人粪便被吃掉,病人就会死亡。[4]

在尤侗的诗中,占婆国王的华丽装束与其邪异黑暗行为

---

[1] 王慎之、王子今辑,《清代海外竹枝词》,第9页。
[2] 费信,《星槎胜览校注》,第1—2页。关于其他记录,参考周达观(活跃于1295—1346),《真腊风土记校注》,第76页;马欢,《瀛涯胜览校注》,第2页;巩珍,《西洋番国志》,第2页。
[3] 这一故事在十四世纪元代的各文献中也有记录:周达观,《真腊风土记校注》,第177页;汪大渊(1311—1350),《岛夷志略》,第55页。还可参考:费信,《星槎胜览校注》,第3页;马欢,《瀛涯胜览校注》,第5页;巩珍,《西洋番国志》,第3页。《明史》也记录了这则逸事。有趣的是周达观的《真腊风土记》提到占婆国王不会采用汉人胆,因为国王曾取胆于汉人,但胆随即腐败。《明史》(卷三二四,第8393页)则云:"置众胆于器,汉人胆辄居上,故尤贵之。"《明史》这一说法的来源不明。
[4] 除了周达观的《真腊风土记》,这则传说出现在前文提到的所有记录中。

相互映衬，第一句和第四句中"金"与"黑"的色彩对立特别展现出诗人希望达到的效果。国王经常盛服出现在众人面前。他在周达观和费信的记录中被形容为佛祖的护法金刚，而马欢和巩珍则不无轻蔑地将他比作中国戏台上的戏子。但无论何种装扮，其光鲜靓丽的外表之下都跳动着一颗令人恐怖的"黑暗之心"。通过把两则在原文中毫不相关的本土传说结合在一首诗里，尤侗笔下的占婆既骇人听闻又充满异域风情。

如上文所说，尤侗从来不曾踏入他所描述的国度，他的视力所及只限于他可以接触到的书籍。然而无论是对扶手椅里的游客或是身临其境的游客来说，在异乡看到"不同和奇异"的欲望是同等强大的。著名书法家同时也是文化上的保守派张祖翼（1849—1917）在英国逗留时创作了一组《伦敦竹枝词》。[1]在组诗中，诗人的注意力全部集中在任何让他感到奇怪的事物上。有时张祖翼所描述的现象只是单一的偶然事件，并不代表当地社会的普遍习俗，当诗人把这种现象呈现在一部意在为本国读者提供异国整体印象的诗集里，这些偶然现象则往往被赋予了某种普遍

---

[1] 这组诗重印于《清代海外竹枝词》，第207—229页。组诗最早的版本收录在徐士恺（1844—1903）所编的《观自得斋别集》中，诗歌的作者用笔名"局中门外汉"。组诗第四首之后的自注提道："今年为英女主在位五十年之期。"维多利亚女王即位五十年的金禧庆典为1887年6月20日到21日。组诗的跋却写于光绪甲申年（1884）。这说明《伦敦竹枝词》的作者从1884年便开始创作，在1887年才将近完成，其中的诗歌并非创作于同一时间。见张祖翼，《伦敦竹枝词》第1b、24a页载《观自得斋别集》。《清代海外竹枝词》，第207、228页。

性,给读者造成错觉。有时,就连张祖翼的修辞手法也显示出他在观看外国时的偏见和局限。例如他在第九十二首诗的自注里说:

> 泰西妇女多有生须者,其须与男子无异,然万中不过一二也。[1]

"多有"和"万中不过一二"很难协调。也许张祖翼只见过"一二"有须的女子,但她们的外表给诗人留下的印象太过强烈,所以他不得不记录下来。归根到底,没有比被诗人视为反常的某种生理特征更好地标识异国在本质上的奇异了。

《伦敦竹枝词》第三十九首的主题是一个让十九世纪的晚清士人大为震惊的现象,也就是在家庭空间与公众场所悬挂的裸体画。据诗人自注:"凡画美人者,无论着色笔墨,皆寸丝不挂,惟蔽其下体而已。厅事、书室皆悬之,毫不为怪。"[2] 张祖翼的陈述"凡画美人者"云云似乎造成一种印象,西方所有的"美人画"皆是裸体。这当然不是事实。张祖翼也许是为了制造耸人听闻的效果而夸大其实,或者他太被裸体美人画所震撼,以至于都没有注意到其他。此外,他好像也完全没有注意到当时在欧洲绘画与雕塑中同样普遍的

---

[1] 张祖翼,《伦敦竹枝词》第22a页。《清代海外竹枝词》,第227页。
[2] 张祖翼,《伦敦竹枝词》第10a页;《清代海外竹枝词》,第216页。

男性裸体。该诗全文如下：

> 家家都爱挂春宫，道是春宫却不同。
> 只有横陈娇小样，绝无淫亵丑形容。

这首诗可以说最好地代表了在遭遇异国文化时如何用现有的本土语言对之言说的窘境。中国没有裸体绘画的传统，对赤裸身体的视觉再现通常都是和"春宫"联系在一起的。在公共场所展示裸体绘画对张祖翼来说是太陌生奇特的体验，而且，诗人也知道这些画无论从画家的表现还是从观者的反应来说都不是春宫，但是他缺乏言说这种文化现象和审美现象的语汇。他必须用现有的本土文化语汇来为他的本土读者描述这个现象，但是，他所见之物已经远远超过他用来表现它的词语，这其中的种种复杂，诗人最终只能归结于一个显得相当苍白的词："不同"。

虽然科技发明如火车或照相机在刚面世时必然也带来不小的新奇感，但人们可以相对容易地对它们进行描述。裸体油画则完全是另一回事：它的背后，是一个漫长、复杂而且与本土薪传全然不同的文化传统和美学传统。张祖翼努力寻找恰当的语言来对这种艺术进行形容，而这正展现出本土固有的范畴和观念如何不足以言说一个异域文化本质上的"不同"。但是，张祖翼除了惊讶于这一"不同"之外，并没有试图更深入地了解这一现象。"好奇"者不愿破解"奇"，喜欢让"奇"继续存在下去，因为保持"他者"的神秘性是

"好奇"态度的基本存在条件。在下文我们将会看到,和遭遇异域文化时的"好奇"态度紧密联系的一个方面,就是在观看他者时对一切都采取"非天堂即地狱"的视角。

天堂与地狱

除了《西游记》等虚构叙事,明清游记文学中明显缺少像法显《佛国记》那样的宗教行旅写作。虽然如此,常常镶嵌在佛教语汇里的天堂/地狱范式一直到十九世纪依然是观看和描写世界的主要模式。J. D. 施米特(J. D. Schmidt)在讨论黄遵宪诗歌从佛经或正史的外国志传中选取的所谓"有异域风情的典故"时,认为"使用这些典故一定会让黄遵宪陷入某种困境",因为"虽然黄遵宪希望运用这些典故让他的异域描写更容易为读者所接受,但它们产生的效果可能恰恰相反"[1]。但是很多这些"异域典故"的文本来源对读者来说并不一定像施米特以为的那样陌生或者异常,因为佛教术语到了黄遵宪的时代早已失去了"他者文化"的色彩,而是已经成为中国文化语汇的重要组成部分;不论是在彼时还是在现下,它们在社会文化中处处可见。因此,以佛教语言描述异国达到的效果,恰恰是使异域具有一种可以接受的奇异感;换句话说,"净土"或"阿鼻地狱"这样的词语和意象为读者提供了一种熟悉的陌生。通过这种表达方式,外国文

---

[1] J. D. Schmidt, *Within the Human Realm*, pp.97-98.

化的异质属性可以有效地传达给读者,同时也不至于冲击到他们固有的世界观。

就和在早期文学里一样,天堂和地狱被严格地分离,异国只能是二者之一。这意味着异国只能存在于无法触及的人类现实之外。巴赫金在讨论史诗时说:"对英雄世界的表述存在于一个完全不同的、不能达到的时间与价值平台上。"他进而论说:"在一个与自己和自己的同时代人共同分享的时间和价值平台上描写一个事件……是进行一场激进的革命,是离开史诗的世界,进入小说的世界。"[1]天堂/地狱的异域观看模式在很多地方与进入史诗世界不无相似之处;但在十九世纪对异域的书写中,这个模式又出现了若干新的特征。"隔离"与种族、阶级和性别问题紧密相关,这具体表现在以下几个层面:在不同的文化中,根据这些文化的技术发展和物质财富程度,构建出的等级差异;对性别与性做出的问题重重的表述;以及对现代城市版图的绘描。

建立世界的秩序

在十九世纪,从中国到欧洲的海路航线,第一段分别以西贡、新加坡、锡兰、亚丁和苏伊士作为停靠港口,这正是首批前往欧洲的清廷使臣所采取的航路。使团中有满族高官斌椿和当时年方十九岁、还是同文馆学生的张德彝。在这次旅行之后,张德彝又先后七次作为翻译、使馆随员

---

[1] M. M. Bakhtin(巴赫金), *The Dialogic Imagination*, p. 14.

以及大使前往欧洲、北美洲及日本。他留下了七部厚厚的日记，记载了在旅行中的所见所闻。[1]

张德彝的第一部海外日记题为《航海述奇》，第二部为《再述奇》，第三部为《三述奇》，等等。[2] 张德彝不是诗人，也缺乏深厚的文学修养，但他具有常识，也有敏锐的观察力，还可以写出清晰流畅的文字。他是1866年在斌椿率领下奉命见闻和"记载"欧洲十一国的使团成员之一。一年之后，张德彝又参与了由前美国驻华公使蒲安臣（Anson Burlingame，1820—1870）带领、代表清政府出访美国及欧洲各国的所谓蒲安臣使团。1868年，满洲官员志刚率团队对欧洲国家进行外交访问，张德彝也在其中。志刚的出使日记后来被编辑出版，题为《初使泰西记》。[3]

仔细阅读这些记录，我们可以发现一个有趣的现象，即华人旅者们经常为异域诸国划等分级。他们赞美与崇拜欧洲国家，却轻视甚至妖魔化南亚以及非洲。这种叙述习惯与巩珍描述满者伯夷的一段遥相呼应：

其国人有三等。一等西番回回人，因作商贾流落于

---

[1] 张德彝的每次航行都配有一部日记，共有日记八部。然而记录1901年旅行日本的第七部已经不存。

[2] 只有第一部、第四部和第八部日记在张德彝尚在世时便已经排出版。张在晚年曾亲自抄写和编辑自己早年的日记。这些作者"定稿"在1997年被北京图书馆出版社影印出版，即十卷本的《稿本航海述奇汇编》。

[3] 志刚的日记被收入钟叔河编的"走向世界"丛书第1册（1985年）。该卷也收录了张德彝的《再述奇》，但在书中更名为《欧美环游记》。

第四章 "观看"的修辞模式

此,日用饮酒清洁;一等唐人,皆中国广东及福建漳、泉州下海者,逃居于此,日用食物亦洁净,皆投礼回回教门。一等土人,形貌丑黑,猱头赤脚,崇信鬼教,佛书所谓鬼国即此地也。其人饮食秽恶,蛇蚁虫蚓,食啖无忌。家畜之犬与人共食,夜则同寝,恬不为怪。[1]

弗雷德里克·卢嘉德（Frederick Lugard,1858—1945）是一个英国探险家和官员,曾担任香港总督（1907—1912）和尼日利亚总督（1914—1919）。他将英属非洲殖民地的居民分为三等:原始部落、较进化的社群、欧化的非洲人。卢嘉德主张以非洲人管制非洲的间接殖民策略,将居民分为三等的做法显然对其殖民统治有着若干实际意义。[2]但这种分类法首先是了解本地居民和所驻国家情况的手段。从这一方面来看,明代游记作者对爪哇居民的分等和总督大人并无不同。

通过引用佛经,明代游记为读者营造了一种熟悉的陌生感,同时也将土著纳入读者所知的分类系统中。当十九世纪的旅行者斌椿和张德彝在经过越南和新加坡时,他们也同样看到了巩珍笔下的"鬼国"。张德彝如此描述其在西贡看到的居民:"人生矮小,面色憔悴,而两目昏瞀。喜食槟郎,男女老幼口频张而红阔,音哑如蛙。"[3]斌椿《越南杂诗》如

---

[1] 巩珍,《西洋番国志》,第8页。马欢,《瀛涯胜览校注》,第11—12页。
[2] 见1922年出版于伦敦的 *The Duel Mandate in British Tropical Africa*。
[3] 张德彝,《航海述奇》,第461页。

是形容马来车夫：

> 御者狰狞形可怖，文身断发鬓蓬松。[1]

"文身断发"是一个古老的词语，早在《左传》和《史记》中便被用来指称南方"蛮夷"，在这里使用显然旨在唤起联想，而不是现实主义的再现。

在新加坡，斌椿对当地的草木和人物做出一系列观察：

> 猿猴小者不盈尺。珍禽尤夥，五色具备，舟人购畜者以数百计，大可悦目。惟土人则黑肉红牙，獉獉狉狉，殊堪骇人。使柳子厚至此，必曰：异哉，造物灵秀之气，不钟于人而钟于鸟！[2]

斌椿引用了唐代诗人柳宗元（字子厚，773—819）流放永州时创作的《小石城山记》：

> 吾疑造物者之有无久矣，及是愈以为诚有。又怪其不为之中州而列是夷狄，更千百年不得一售其伎，是

---

[1] 斌椿，《海国胜游草》，第159页。
[2] 斌椿，《乘槎笔记》，第99页。着重号为笔者所加。王锡祺（1855—1913）在其1891年编辑出版的《小方壶斋舆地丛钞》中收录了斌椿的记录，所收的版本保存了文中着重号部分。见《小方壶斋舆地丛钞》第一集，卷十一，第42b页。然而，1981年和1985年再版的斌椿日记都删除了着重号部分。

故劳而无用，神者倘不宜如是，则其果无乎。或曰：以慰夫贤而辱于此者。或曰：其气之灵，不为伟人而独为是物，故楚之南少人而多石。是二者，余未信之。[1]

斌椿将柳文中的第二处"或曰"的看法归于柳宗元作者本身（虽然柳宗元说"余未信之"），但这个改动并不十分重要。更值得注意的是，斌椿笔下的新加坡代替永州成了"夷狄"之地。就像在上文讨论到的爪哇游记里那样，在这些荒芜遥远的异域只有外来的移民可称为"人"，土著居民则"殊堪骇人"，在等级阶梯上甚至低于"珍禽"。在1981和1985年再版的斌椿日记中，编辑钟叔河将上文加重点号一段删掉，无疑是由于编者感到这些描述太过分了。[2]

随着旅途继续进行，对比和等级划分也仍然在继续。在1866年4月10日（同治五年二月二十五日）的日记中，斌椿写道：

> 船客增至一百七十有奇，无余地矣。计二十七国人，言语不同者十七国，而形状服饰之诡异，亦人人

---

[1]《柳宗元集》，第773页。
[2] 钟叔河在1981年出版的《乘槎笔记》序言中提到他对文本做了一些删除。见《乘槎笔记·外一种》，第3页。但在1985年的版本中他没有提到任何删减。钱锺书曾与钟叔河有书信往来讨论"走向世界"丛书的编辑。据钟叔河在一篇文章中回忆，钱不满意钟对原文的审查与删削。见钟叔河，《记钱锺书作序》，第76页。具有反讽意味的是，在八十年代编排出版了斌椿日记的湖南人民出版社，恰恰就位于柳宗元所说"楚之南"的"蛮夷"之地。

殊。有顾而长者，有硕大无朋，称重二百斤者；有须鬣交而发蓬蓬者。衣裙多用各色花布，似菊部之扮演武剧，又如黄教之打鬼。惟泰西诸大国，则端正文秀者多，妇女亦姿容美丽，所服轻绡细縠，尤极工丽。[1]

"泰西诸大国"显然处于等级阶梯的顶端。最鲜明的反差发生在斌椿对白金汉宫豪华朝会的描写里。据作者记述，参与朝会的贵族男女在一千两百人左右。盛会之后，斌椿又被邀请参加王太子与太子妃举办的晚宴。繁华盛大的宫宴给斌椿留下了深刻非凡的印象：

> 几疑此身在天上瑶池，所与接谈者皆金甲天神、蕊珠仙子，非复人间世矣。[2]

可是，这段引文偏偏又被编辑钟叔河删除了！有趣的是，钟氏决定删除的两段记录，一则描述"地狱"，一则描述"天堂"。这两种极端恐怕都让顾虑"政治正确性"的当代编辑惴惴不安：前者过度诋毁土著居民，后者又对英国王室太过恭维。

王韬《漫游随录》的一段话更为清楚地展现了这种等级划分：

---

[1] 斌椿，《乘槎笔记》，第100—101页。
[2] 斌椿，《乘槎笔记》，收录于《小方壶斋舆地丛钞》，第49a页，同治五年四月二十三日（1866年6月5日）日记。

余自香港启行,由新嘉坡而槟榔屿而锡兰而亚丁而苏彝士,至此始觉景象一新:居民面色渐黄,天气亦稍寒,睛发俱黑,无异华人,士女亦多清秀。古称埃及为文明之国,洵不诬也。复历基改罗,经亚勒山大,渡地中海而泊墨西拿,惜未及登岸。其地多火山,产硫磺。既抵法埠马赛里,眼界顿开,几若别一宇宙。若里昂,若巴黎,名胜之区,几不胜记。逮至伦敦,又似别一洞天。其为繁华之渊薮,游观之坛场,则未有若玻璃巨室者也。[1]

"渐入佳境"这个词可以最好地概括王韬笔下的旅程:从让人不欢的香港逐渐拾阶而上,其顶点是伦敦的水晶宫。当王韬初次抵达香港时,他对这个城市的嫌恶溢于言表:"山童赭而水汩减,人民椎鲁,言语侏离,乍至几不可耐。"[2] 因为埃及人有着与中国人一样的黑色眼睛和头发,作者有保留地对之进行称赞。埃及作为"文明之国"的美名也让王韬有所敬重。法国被称为"别一宇宙",而伦敦则更是"别一洞天",一个用来指称人间仙境的道家词语。从焦热丑恶的地狱山水出发,经过"稍寒"和"多清秀"的炼狱,王韬最终踏入天堂。

　　与王韬的旅程截然相反,张德彝逐渐落入他眼中人类文

---

[1] 王韬,《漫游随录》,第101页。
[2] 同上书,第59页。

明阶梯的底层。在第二次出访海外时,张德彝从旧金山取水路前往纽约,他的船分别在阿卡普尔科、科隆、巴拿马(也被美国移民称为阿斯滨渥,张德彝翻译为阿斯浜额)停泊。张德彝如此形容他在巴拿马的所见:

> 房皆竹作间架,叶代陶瓦,矮小鄙陋,逊于西贡多矣。人则面目肥大,扁鼻大骨,黑黄不一。男女老幼望之如鬼,骇然可畏。[1]

在这一类的描述中最常出现的形象是"鬼",或者其他生物如青蛙和鸟类:在两种情况里,异域民族都被视为低于人类或非人。在漫长的海上旅途中,斌椿通过作诗来遣兴。其中一首《黑人谣》描写了在船上的锅炉房工作的黑人劳工。

> 山苍苍,海茫茫,阿非利加洲境长。
> 黑人肌肉黝如墨,啾啾跳跃嘻炎荒。
> 冰蚕不知寒,火鼠不畏热,[2]
> 黑人受直佣舟中,敢向洪炉当火烈。

---

[1] 张德彝,《欧美环游记》,第650页。
[2] "冰蚕"和"火鼠"为神话中的奇物。关于"冰蚕",见王嘉(活跃于四世纪),《拾遗记》卷十,第228页。"火鼠"生于极南之地,它的毛可以被烧制为火浣布。见张勃(约三世纪),《吴录》,引于李昉,《太平御览》卷八二〇,第3782页。这一联基本逐字化用苏轼(1037—1101)的《徐大正闲轩》:"冰蚕不知寒,火鼠不知暑。"《苏轼诗集》卷二十四,第1283页。

> 洪炉烈火金铁熔，赤身岂怯光焰红。
> 临阵冲锋称敢死，食人之禄能输忠。
> 吁嗟乎！蹈汤赴火亦不怨，
> 其形虽恶心可赞，愿以此为臣子劝。[1]

诗开始两句有意回应著名的《敕勒歌》。这是一首六世纪的鲜卑歌曲，结尾两行展现了一幅草原风景：

> 天苍苍，野茫茫，
> 风吹草低见牛羊。[2]

在斌椿诗中，苍茫之后所见的不是"牛羊"而是黑人劳工。随后诗人用"冰蚕""火鼠"来比喻他们，进一步彰显了诗歌开头所暗示的人兽互换与比对。这些神话传说里的动物对自己的生存环境太过熟悉和适应，因此不知寒暑，斌椿认为黑人也是如此，所以他们能够"啾啾跳跃嘻炎荒"地生存在非洲大陆之上。在斌椿看来，黑人的这种特质让他们最适合在热带海船上的锅炉房中工作：他们的工作是由自然法则决定和支配的。在斌椿创作此诗的一年之后，另一位清政府官员志刚经过巴拿马，听说两万广州工人在此进行铁路建设时死于热带气候和恶劣的生活条件。

---

[1] 斌椿，《乘槎笔记》，第192—193页。
[2]《北齐诗》卷三，第2289页。

志刚叹息说:"很哉!故以阿非里加热地之人处之,稍为适宜也。"[1]与斌椿相似,志刚诉诸自然法则,来证明社会剥削与等级差异的合理。

对非洲黑人的描写也展示了被作者理想化的"自然之子"的形象:他们心地单纯、无忧无虑,但同时也愚昧无知、未经过文明的开化,就像鸟类一样地"啾啾跳跃"。这种表面的赞美掩盖了严重的种族歧视和自我优越性。诗人在诗歌末尾还赞扬了黑人"形恶"下的"臣子"之"忠",而他们的"忠"无疑也源于他们根本上的愚昧无知。这大概是中国传统里最接近"高尚的野蛮人"(noble savage)概念的描写了。"高尚的野蛮人"作为一种修辞策略在今天中国学术界内外仍可看到,它对历史中或当代的非汉民族做出理想化描述,对之进行充满优越感的明褒实贬。伊甸园式的想象总是一把双刃剑,它把对"朴实和纯洁"的欲望投射到外族身上,让人一方面羡慕这些外族未被文明"污染"的生存状态,另一方面也可以通过表达这样的羡慕来确认自己的文化优越性。

斌椿赞美黑人劳工是一切"臣子"的模范,从而也把自己——一个清王朝的臣子——放在了社会与种族等级混杂交织的话语网络中。不用说,他认为华夏民族在等级阶梯上远高于非洲的族群。这个观点不论是当时还是现在都相当普遍地存在于中国社会。[2]当美国在1880年通过了禁止或

---

[1] 志刚,《初使泰西记》,第267页。
[2] 关于中国种族歧视的研究,可参考 Frank Dikötter, *The Discourse of Race in Modern China*; Johnson, *Race and Racism in the Chinas*。

限制华工移民的"排华法案"后,黄遵宪愤愤不平地写诗一首,其中有道:

> 皇华与大汉,第供异族谑。
> 不如黑奴蠢,随处安浑噩。[1]

"浑噩"有时可以作为褒义词指称上古时期淳朴的存在状态,但是在这里它只意味着不开化和愚昧。诗人想当然地认为黑奴没有情感,因此随处可以安顿身心,这其中的种族藐视情绪是不言而喻的。1868年6月6日,张德彝在华盛顿的黑人社区散步后在日记里写道:

> 盖合众国二百年来,已化阿美里加三十六邦,已化男女令为奴仆,服与众同,惟语音稍异,为另种土语……其未化诸邦,仍穴居于野,攫兽为食,面图五色,身着翎毛,别之为西印度。[2]

除了常识错误,这则日记把"未化"民族与"穴""野""兽""翎毛"等词进行交叉并置的修辞策略也是值得注意的。

当华人旅客认同"教化"之于科技、物质财富和社会组

---

[1] 黄遵宪,《人境庐诗草》,第130页。
[2] 张德彝,《欧美环游记》,第659页。

织形式上欠发达的民族的意义时，他们已经不知不觉地接近了殖民主义话语。志刚十分反对传教士的活动，他的理由是基督教并不适用于在道德上已经十分优越的民族。他曾在巴黎对一位英国传教士说："祈祷求福之说，止可行于荒陬海澨，昏愚野性之人，如美国之红色人、奥地力之野人与夫麻拉加等，终岁弱肉强食，不知悔惧。"根据志刚的理论，对上帝的信仰可以在人们心中带来畏惧，但它对"尔我久服礼义之人"并不适用。[1] 将英国人描述为和自己一样的"久服礼义之人"也许只是志刚的客套话，但很显然在种族的阶梯上，志刚认为他和英国传教士必然都处于"美国之红色人、奥地力之野人与夫麻拉加等"之上。

然而志刚不可能知道的是，在他下如此论断的十五年前，一位法国外交家、思想家约瑟·亚瑟·德高比诺（Joseph Arthur de Gobineau, 1816—1882）发表了题为《论人类种族的不平等》的著作。曾经预言汉族最终会把满族驱除出境的德高比诺，在这本书中发展了一套基于种族的人口统计学理论。德高比诺把人类种族分为白种、黄种和黑种。他虽然认可黄种人要比黑种人优越，但把白种人置于梯级的最高层。[2] 一个像志刚这样的清朝外交官一定会认为如此的分类荒唐可笑，坚持把黄种人放在第一位；但是，只要他赞同对人类社会采取这样具有等级差异的分类法，那么每个视己

---

[1] 志刚，《初使泰西记》，第317—318页，同治八年二月（1869年3月13日到4月11日）日记。

[2] Joseph Arthur de Gobineau, *The Inequality of Human Races*, p.150.

为贵的种族都有可能在他族眼中沦为低贱。只有彻底取消等级结构本身，才有望为自己的种族获得平等的对待和尊重。

下面我们来看一下本节的最后一个事例。中国旅客在亚洲的邻国游访时，经常注意到另一个让他们感到困扰的现象，也就是说在他们看来，男女两性之间缺少明显的身体差别。斌椿如是评价西贡人："男子蓄发挽髻，多无须。女子赤足，无簪珥。所见莫辨雌雄。"[1] 这给斌椿留下了深刻的印象，他为此作诗一首：

> 青山短短发垂丝，跣足科头一样姿。
> 郎已及笄侬未冠，谁能辨我是雄雌？[2]

在中国传统中，笄礼和冠礼分别标志着女童和男童步入成年。斌椿在第三行颠倒性别以造成讽刺的效果。因为儒家传统大力强调"男女有别"，从清朝官员眼里看到的性别标志的混乱无疑是越南的"异域性"和"野蛮性"的又一体现。

在异国旅行的游客，对建立在差异、排斥和隔离基础之上的象征性秩序感到一种格外迫切的需要，以求维持清晰的自我定义。在西贡不仅有许多中国移民与商人，而且中文是共用的书写语言，甚至"郡县名与华同"[3]："他者"如此接

---

[1] 斌椿，《乘槎笔记》，第214页。
[2] 斌椿，《海国胜游草》，第159页。
[3] 斌椿，《乘槎笔记》，第214页。

近"自我",造成了更多的焦虑不安。斌椿在西贡对性别混乱的观察,隐隐地呼应了中国传统中长期以来对跨越性别界限的焦虑。早期正史经常对诸如变性和"服妖"(包括各种被视为异常的着装风格,比如女子作男性化装束或者男子作女性化装束)等"反常"现象进行记录。[1]虽然女扮男装往往是出于比较道德的和被社会认可的原因(比如花木兰替父从军),但男扮女装——除非是在戏台上,而就算戏子在中国古代也是受到蔑视的职业——则几乎无一例外地被视为有悖道德。[2]中国作者对西贡人性征不明的非难,表达了作者自身对"去男性化"的不安。

具有讽刺意味的是,就在斌椿和志刚带领的团队在他乡游历观风时,他们自己也成为异国居民观看的对象,而且当地居民常常对他们的性别感到困惑。张德彝的日记记录了使团成员若干次被当地人错认为女子的经历。当斌椿、张德彝等在伦敦水晶宫参观时,很多观光者都"欣喜无极,且言从未见中土人有如此装束者,前后追随,欲言而不得"[3]。在柏林购买普鲁士国王和王后的画像时:

> 店前之男女拥看华人者,老幼约以千计。及入

---

[1] 如《晋书》卷二十七,第822—827页。其中引用干宝的话:"男女之别,国之大节。""男女之别"发生混淆,被视为国家灾异的征象。
[2] 关于中国传统中性别转换现象的讨论,参见 Judith T. Zeitlin, *Historian of the Strange*, pp. 107—116。
[3] 张德彝,《航海述奇》,第503页。

画铺，众皆先睹为快，冲入屋内几无隙地，主人强阻乃止。买毕，欲出不能移步。主人会意，引明向后门走。众知之，皆从铺内穿出，阍者欲闭门而不可得。众人拥出，追随瞻顾，及将入店之时，男女围拥又不得入。明乃持伞柄挥之，众始退，盖因以英语涗之再三不去故也。登楼俯视，男女老幼尚蚁聚楼下未去。[1]

据张德彝记载，他们是在美国受到了当地公众最热情的欢迎，当使团访问波士顿时：

> 男女开窗眺望，免冠摇巾，击掌飞花，口呼贺来。有举中国伞者，有摇中土绣花绸缎者，有铺红被列烟具磁盘于窗下者，有戴中土秋帽者。总之，凡有些须华物，无不炫之。沿途人多，竟有骑檐跨脊、攀树登梯者。[2]

然而，让张德彝感到极为窘迫的是，因为张德彝和使团中的其他年轻人尚未蓄须，又留着长辫，身穿长袍，他们经常被本地人错认为女子。这种尴尬境遇第一次发生在法国马赛，当时使团成员在他们的右协理法国人德善（又称德一

---

[1] 张德彝，《航海述奇》，第562页。
[2] 同上书，第687页。

斋，E. Deschamps）的陪同下正要离开酒馆[1]：

> 出门有乡愚男妇七八人，问德一斋曰："此何国人也？"善曰："中华人也。"又曰："彼长须者固是男子，其无须者是妇人乎？"善笑曰："皆男人也。"闻者咸笑。回时又有二三小儿，见彝等乃大声呼曰："快来看中国妇人！"连声跑过篱墙而去。[2]

对这一事件的记录有两个版本，上文引自《小方壶斋舆地丛钞》本。丛书编辑王锡祺从1877年开始收集丛书所录用的版本，张德彝《航海述奇》的小方壶本应该是张回国后不久即出版的，其序言写于1867年。[3] 晚年的张德彝重新抄写了自己的日记，在抄写过程中，他也对日记做了修订和编辑。因此，我们所看到的这些十九世纪的游记不仅受到当代编辑的删削（如上文钟叔河对斌椿日记所做的删除），它们也经过了作者本人的改写以及十九世纪的编辑/出版者的审订。在张德彝修改后的定本也就是后来"走向世界"丛书

---

[1] 相似的情形还发生在美国华盛顿特区和圣彼得堡。见张德彝，《欧美环游记》，第659页；张德彝，《航海述奇》，第553页。十九世纪八十年代旅游海外的袁祖志（1827—1898）也在《西俗杂志》中写道："又每无须之男子，以为中国之妇人。"引自吕文翠，"Transcultural Travels in Late Qing Shanghai," p. 43。
[2] 张德彝，《航海述奇》，见王锡祺，《小方壶斋舆地丛钞》，第69a页。
[3] 北京大学图书馆还存有该日记的另外一部手抄本，完成于1870年。该版本与《小方壶斋舆地丛钞》版本在内容上相同。

所采取的版本中，上面的引文被改动如下（着重号者标示异文）：

> 有乡愚男女数人，问德彝曰："此何国人也？"善曰："中华人也。"又曰："彼修髯而发苍者，谅是男子。其无须而丰姿韶秀者，果巾帼耶？"善笑曰："皆男子也。"闻者咸鼓掌而笑。归时一路黄童白叟，有咨询者，有指画者，有诧异者，有艳羡者，争先睹之为快。[1]

这里的改动有几点引人注目。首先，原文的语言被刻意地修饰了。较为口语化和平铺直叙的"妇人"被改成"巾帼"；"长须者"改为"修髯而发苍"；甚至"男人"也被更加文雅的表达"男子"所替换。"丰姿韶秀"经常用来描述年轻貌美的男子，在这里它被加在"无须者"之后作为修饰。当地人对德彝的反应从意思模糊的"笑"（有可能是嘲笑）变成了意义清晰的"鼓掌而笑"，这样一来很明显是在对访客表示赞许，无论是欢呼、惊奇还是赞赏。另一处值得注意的改变是删除了原文中儿童的呼叫，取而代之的是旁观者对中国游客的"诧异"和"艳羡"。这些改动大大地粉饰和美化了原文的叙事。

---

[1] 张德彝，《航海述奇》，第481页，同治五年三月十九日（1866年5月3日）日记。

年长的清朝官员斌椿在西贡观察到性别标识的缺失——特别是当他看到那些无须而长发的西贡男子时（虽然那其实正是清朝统治前汉族男子的发式）——这既给他带来自我优越感，又让他觉得不适；而年轻的汉族旗人张德彝在外国游历时却被误认为女子。[1]在日记的原稿中，张用客观直白的口气叙述自己尴尬的经历；但后来在重新誊抄日记时，张德彝却做出修饰改动，显然是为了给自己保留体面和尊严。文本的改动显示出中华游客并不介意成为异域人的观看对象，只要观看的目光充满惊奇、赞叹和艳羡；当性别困惑和混淆直接涉及他个人的时候，张德彝感到非常不安。

1867年，也就是在张德彝首次出洋的一年之后，王韬抵达英国。在苏格兰旅游之时，王韬同样被误认为女子：

> 北境童稚未睹华人者，辄指目之曰："此戴尼礼地也。"或曰："否，詹五威孚耳。"英方言呼中国曰戴尼，其曰礼地者，华言妇人也。其曰威孚者，华言妻也。时詹五未去，故有是说。[2]

对此王韬发出一通冗长的议论：

---

[1] 张德彝在同治七年十二月三日（1869年1月15日）的一则日记中写道："当时惟两钦宪有须，余皆少年，故土人妄以为女也。"张德彝，《欧美环游记》，第731页。

[2] 王韬，《漫游随录》，第144页。

> 噫嘻！余本一雄奇男子，今遇不识者，竟欲雌之矣。忝此须眉，蒙以巾帼，谁实辨之？迷离扑朔，掷身沧波，托足异国，不为雄飞，甘为雌伏，听此童言，讵非终身之谶语哉！

和张德彝一样，这件事给他带来的心理冲击让王韬不得不把它记录下来。同时，通过对一件小事发出和事件本身颇为不相称的洋洋宏论，王韬试图挽回些许尊严。具体来说，他在叙述中融合了两种传统修辞策略：一是宣称缺乏相知，一是视童谣为谶语。王韬曾因与太平军的关联被清政府捕缉，他先是出亡香港，后来逃往国外。这里他用性别错置来象征他的流亡身份，称自己为"雌伏"。"迷离扑朔"来自古诗《木兰辞》：

> 雄兔脚扑朔，雌兔眼迷离。
> 双兔傍地走，安能辨我是雄雌？[1]

在《木兰辞》中，花木兰从军十年，转战于北方边塞，只有当她回到故乡之后才又重着女儿装。同样，对于十九世纪的中国旅客来说，不论那些让人惊骇和窘迫的性别混乱是发生在他者还是自己的身上，它们最终只能发生在远离故乡的异域。

---

[1]《梁诗》卷二十九，第2161页。

性别与性

> 他者是我的（自己和真正的）潜意识。
> ——克里斯蒂娃（Julia Kristeva），《对面不相识的自我》

在儒家意识形态里，"男女之别"被视为保持个人品行以及社会道德的基本因素之一。在中华帝国晚期，一个男性士人在社交范围内可以接触到的异性，只能或为宗亲，或为娼妓。在家族与青楼的语境之外，他们很少有机会可以和拥有平等社会地位而又不构成"性趣"对象的女性进行社会交往。这样的性别隔离对中国社会的两性关系产生了颇为值得深思的后果，同时，也给在十九世纪访问欧美国家的晚清旅人带来了很多惊讶与震撼。[1]张祖翼的记述显示出他对西方社交界男女混杂现象感到诧异：

> 凡延客，有妻女者必并延之。其俗朝会筵宴大典，皆有妇人，谓阴阳一体，不容偏废也。[2]

两性隔离的主要目的之一是防止性欲泛滥（前提是男女两性进行社会交往会导致道德堕落）。因此，令清朝士大夫瞠目结舌的是西方上层女性不仅可以自由地与异性交往，而

---

[1] 关于此问题的讨论，见 Emma Teng, "The West as a 'Kingdom of Women,'" pp.110-111.
[2] 张祖翼，《伦敦竹枝词》，第 4a 页；《清代海外竹枝词》，第 210 页。

且她们在交往时能遵守礼度。王韬的议论很有代表性:

> 名媛幼妇,即于初见之顷亦不相避。食则并席,出则同车,觥筹相酬,履舄交错,不以为嫌也。然则花妍其貌而玉洁其心,秉德怀贞,知书守礼,其谨严自好,固又毫不可以犯干也。[1]

张德彝也表达了类似的看法:

> 闻英都每夕女子街行,有男子狎抱,接唇为戏,而不为无礼者,殊堪诧异。[2]

"无礼"在这里指性交行为。然而,很难说张德彝此处的"诧异"是更多针对两性交往的自由程度,还是更多针对男女"不为无礼"的自律。

读者也许会得出结论说,这不过显示了与西方男性相比,中国男性对两性关系的看法更为保守,如此而已;但这并不是我在此试图说明的。在任何父权社会中,男性权力与欲望的结构在本质上都是基本相同的,只是在不同文化中有不同的表现形式。晚清旅客对西方性别与性文化感到的困惑正是他们自身欲望和恐惧的投射。在异域观察到的男女社交

---

[1] 王韬,《漫游随录》,第135页。
[2] 张德彝,《欧美环游记》,第719页,同治七年十月二十二日(1868年12月5日)日记。

情形,强化了前文探讨的中国男子对性秩序混乱和"去男性化"感到的焦虑。

华人旅客对西方社会生活了解有限,因此,他们往往对西人的轻松戏谑有所误解,在其中读出并不一定存在的含义。也有时候,西方国家的社交礼仪让他们误以为女性在西方社会中占据着支配地位。比如志刚记述一位英国总督夫人对他的拜访:

> 其夫弟随之。谈次,指其嫂曰:"此我家之大君主也。"西人贵女,以此观之,未见其甘心也。[1]

总督夫人的小叔也许只是开一个玩笑,志刚却在其中读出西方男子对西方社会"贵女"习俗的不甘心。再比如斌椿曾不无轻蔑地形容欧洲国家的丈夫们在轮船上"日侍其[妻]侧",他们的太太则对他们颐指气使,待之"若婢媵然"[2]。其实西方男子对妻子和其他女性依照社会礼节所表现出来的骑士风度与他们在家庭或社会中的地位没有任何直接关系。"若婢媵然"在一个晚清印本中作"奉令惟谨":这一异文没有对欧洲的丈夫们做出女性化的比喻,从而减弱了评语的尖锐。但是改动本身却也唤起了读者对这

---

[1] 志刚,《初使泰西记》,第297页,同治七年九月四日(1868年10月19日)日记。
[2] 斌椿,《乘槎笔记》,第101页。

一描写的注意。[1]

第一次出访海外的张德彝在日记里记述:"盖西俗,无论男女,皆得遨游国外。"[2]在第二次出访海外的一则日记中,张德彝表达了对美国女性缺乏"闺阁"气质和"远游万里"不以为然的态度:

> 合众女子少闺阁之气,不论已嫁未嫁,事事干预阃外,荡检逾闲,恐不免焉。甚至少年妇女听其孤身寄外,并可随相识男子远游万里,为之父母者亦不少责,不为雌伏而效雄飞,是雌而雄者也。[3]

联想到张德彝在海外曾屡屡被错认为女子,这段文字尤其显示出作者对性别错置的深刻焦虑。

西方女性的行动自由给晚清的男性游客带来了某种威胁感,因为它违背了他们所认可的社会秩序。然而,长达数月或者数年的背井离乡又让他们十分羡慕外国夫妇"风雨同舟"的相伴同行。黄遵宪在1882年从旧金山前往日本时所作组诗《海行杂录》第八首便传达了诗人的矛盾心理:

---

[1] 这一刻本藏于哈佛大学燕京图书馆,其确切的出版日期和出版地已经不可考,只能大致确定为十九世纪末期。我们也无法得知文本的改动是出于斌椿自己还是编者/出版者之手。
[2] 张德彝,《航海述奇》,第550页,同治五年六月三日(1866年7月14日)日记。
[3] 张德彝,《欧美环游记》,第670页,同治七年五月十八日(1868年7月7日)日记。

> 每每鸳鸯逐队行，春风相对坐调筝。
> 才闻儿女呢呢语，又作胡雏恋母声。[1]

诗人在此自注："同舟西人多携眷属。有俄罗斯公使夫妇每夕对坐弹琴和歌。其声动心。"[2] 诗歌的最后一句套用唐代诗人李颀（？—约751）《听董大弹胡笳声兼寄语弄房给事》中的诗句，但把原句的"胡儿"变为"胡雏"。[3] 与"儿"不同，"雏"常用来指幼小的禽兽。黄遵宪在对外国夫妇同舟流露羡慕之情的同时，他的修辞选择也流露出一丝倨傲。[4]

无独有偶，为了弱化女性行动自由对男性的威胁感，斌椿也选择用"鸟"的意象来描述她们——大自然中无害而单纯的弱小生物：

> 两餐后，或掖以行百余武，倦则横两椅并卧，耳语如梁燕之呢喃，如鸳鸯之戢翼，天真烂漫，了不忌人。[5]

---

[1] 最后一句令人联想到东汉末年女诗人蔡琰：蔡琰被匈奴掳走，在异域生活十二年并产下二子，被赎还汉时不得不离开自己的孩子。在系于她名下的《胡笳十八拍》里，诗作的主人公悲叹与"胡儿"分离。
[2] 黄遵宪，《人境庐诗草》，第125页。
[3] 李颀，《听董大弹胡笳声兼寄语弄房给事》，《李颀诗评注》，第215页。
[4] 这首诗可以和组诗中的第十一首做很好的对比，在其中黄遵宪幽默地把自己叫作"黄公"，称言他的身边有"黄奶"（书籍）相伴。
[5] 斌椿，《乘槎笔记》，第101页。

早在公元二世纪,"鸟语"就被用来指称中国南部或西南部少数民族的语言。斌椿在这里把外国妇女之间的谈话比喻为"呢喃"之鸟语,因为对他来说,她们的语言既是他听不懂的外语,也是无意义的妇人琐碎之言。斌椿曾为他在伦敦相遇的一位年轻女士作诗一首,诗中写道:

> 弥思小字是安拿,明慧堪称解语花。
> 呖呖莺声夸百啭,方言最爱学中华。[1]

诗中的"弥思安拿"(安拿小姐)先被喻为"花",又被喻为喜爱模仿中华语言的"莺"。当汉语和"花"言"鸟"语作为对比,它就无形中以"人类之语言"的姿态出现,而不仅仅是人类"方言"之一种。斌椿并不是殖民地官吏,但在描写外国女性的时候,他把自然属性叠加在人类属性上,这是我们常常可以在殖民主义罗曼史里面看到的修辞策略。

虽然斌椿的诗不乏傲慢屈尊之态,但他对异域性别与性的再现在清朝的海外出使记录中还算是相当开放和宽容的。有一些晚清游记对外国女性的描述充满讽刺的口吻,甚至恶

---

[1] 斌椿,《海国胜游草》,第168页。"安拿"(Anna)可能是爱德华·查尔斯·麦肯图什·包腊(Edward Charles MacIntosh Bowra,1841—1874)的姐姐。包腊是英国人,粤海关税务司聘请的翻译,他帮助安排了斌椿的旅行。张德彝曾把"安拿"的名字译为包婀娜。《航海述奇》,第534页。"解语花"为唐玄宗对他宠爱的贵妃杨玉环的爱称。见王仁裕(880—956)《开元天宝遗事》,《唐五代笔记小说大观》,第1737页。

言相加。对于这些作者来说,没有比鄙陋的性文化风俗习惯更能展示一个异国社会道德沦丧的程度。在观察性风俗时,他们观看的目光无一例外集中在女性身体之上——他们眼中的罪恶之源。他们的作品一般落入两个极端:一方面,王韬赞美他眼中的西方女性绝对贞洁有节操;另一方面,张祖翼在任何男女关系中都只看到色情和淫欲。

当斌椿在巴黎时,他如是描述一次晚宴:

> 各官夫人姗姗其来,无不长裾华服,珠宝耀目,皆袒臂及胸,罗绮盈庭,烛光掩映,疑在贝阙珠宫也。[1]

如果说斌椿的日记充满了人间天堂式的描写,张祖翼的《伦敦竹枝词》则显然倾向于地狱图像,把欧洲描绘成一个欲望纵横、道德败坏之地。在组诗第十二首的自注里,张祖翼详细介绍了欧洲人举办派对的习俗,诗歌在结尾处对女性客人在派对上抛头露面的行为发表评论:

> 银烛高烧万盏明,重楼结彩百花新。
> 怪他娇小如花女,袒臂呈胸作上宾。[2]

虽然女宾的出席以及她们在这种晚宴上的着装习惯在冗长的

---

[1] 斌椿,《乘槎笔记》,第110页。
[2] 张祖翼,《伦敦竹枝词》,第3b页;《清代海外竹枝词》,第209—210页。

诗注中被一笔带过，在诗中它们却成为焦点。"袒臂呈胸作上宾"构成了这首诗的警句，第一、二句正面描写的社交盛况与之形成反差并成为对警句的铺垫，以求在晚清读者心目中创造震撼效果，向读者显示欧洲社会道德的堕落。

组诗第二十首对西方女性从身体到服饰都做出非难：

> 细腰突乳耸高臀，黑漆皮鞋八寸新。
> 双马大车轻绢伞，招摇驰过软红尘。[1]

诗后自注解释道：

> ［英国女性］缚腰如束笋，两乳突胸前，股后系软竹架，将后幅衬起高尺许，以为美观。富家出游必乘双马车，女子持日照伞，男则否。[2]

虽然从诗歌到注释没有一字明确地表达褒贬，但对腰、胸、股、足——对迷恋缠足的清朝男子来说，小足让女子格外性感——的关注，展现出一个被过分性感化了的女性身体，其"招摇"意味着在公众场所进行不得当的炫耀展示。"以为美观"这样的叙述更是充满了讽刺的意味。

晚清旅客也对欧洲都市女性从事的各种职业感到惊讶。

---

[1] 张祖翼，《伦敦竹枝词》，第 5b—6a 页；《清代海外竹枝词》，第 212 页。
[2] 同上。

张祖翼组诗的第四十首描写家庭女教师，她们和自己的男学生"并坐谐笑，毫无顾忌"：

> 每日先零三两枚，朝朝暮暮按时来。
> 岂徒教习英文语，别有师恩未易猜。[1]

在《高唐赋》中，神女向楚王声称自己"朝朝暮暮"在阳台之下来去。张诗引用"朝朝暮暮"又称"别有师恩"云云，显然是在做出性暗示。

第四十四首用同样嘲弄的口气描写护士职业：

> 短榻纵横卧病躯，青衣小婢仗扶持。
> 深情夜夜询安否，浃骨沦肌报得无？[2]

张祖翼的《伦敦竹枝词》对女佣、女性服务员、老板娘甚至女电报员等的描述都无一例外充满着与性相关的词。不仅如此，他笔下的旅店、公共汽车、街角以及公园也都成为幽会和云雨的场所。他对伦敦的水族馆情有独钟，这在他看来是一个"妓女聚会之所"。

> 销魂最是亚魁林，粉黛如梭看不清。

---

[1] 张祖翼，《伦敦竹枝词》，第 10a 页；《清代海外竹枝词》，第 217 页。
[2] 张祖翼，《伦敦竹枝词》，第 11a 页；《清代海外竹枝词》，第 216 页。

>一盏槐痕通款曲,低声温镑索黄金。[1]

这首诗用了若干英语词语的音译:"亚魁林"即水族馆;"槐痕"即葡萄酒;"温镑"即一英镑。这些单词并非不能翻译为中文,但诗人显然想通过陌生的音译在诗中加入异域风情。如果没有这些外来词,诗中所描绘的场景则与北京、天津、成都等中国城市的风流场所没有任何不同。张祖翼想必对青楼十分熟悉,他在伦敦和巴黎居住时也显然有过寻花问柳的经历,因为在这首诗之后,他加了长篇注解,详细叙述当地妓女服侍嫖客的不同阶段以及相应的价钱。"天堂/地狱"模式不断出现,因为张祖翼在注解中提到自己不确定与一个伦敦妓女度过的一夜应是"温柔乡"还是"夜叉国",甚至称呼一个法国黑人妓女为"真夜叉"。

张祖翼的叙述让人想到西方殖民话语中对非西方国家的"色欲化"。虽然他们的写作背景不同,但十九世纪的华人海外游记与西方人对殖民地的观察不谋而合。大卫·斯泊(David Spurr)在讨论奈保尔(V. S. Naipaul)的非洲印象时说:"我的目的不在于讨论奈保尔对非洲社会的印象是否正确——这些印象的价值本身归根到底需要画上问号——我希望探讨的是这些印象对他的读者的影响,以及这些印象在阐释史中的地位,这个阐释史把非西方世界视为过度与无节制的象征——一个未经开发探索的、连绵不断没有分野的死亡

---

[1] 张祖翼,《伦敦竹枝词》,第 8b 页;《清代海外竹枝词》,第 214 页。

与肉欲之疆域。"(着重号为笔者所加)[1]如果我们把"奈保尔对非洲社会的印象"换成"张祖翼对英国社会的印象",把"非西方世界"换为"西方世界",那么这一陈述也同样准确地描述了这位晚清旅客对伦敦的印象。

卖淫在维多利亚英国被认为是"社会之蠹",是时人感兴趣的讨论话题。[2]但本章所关注的并不是维多利亚伦敦街头风尘女子的社会现实,而是张祖翼竹枝词中对英国女子——无论堕落风尘与否——的性欲化表现。在他的九十九首绝句中,几乎一半涉及女人、性和婚姻风俗。整个组诗甚至以维多利亚女王作为开端,诗人耍了一个文字花巧,把queen的音译与意译相结合,称她为"魁阴"。张祖翼在女王五十周年登基纪念庆典时写诗一首,不无嘲讽地称女王是"五十年前一美人"[3]。他同样也嘲笑苏格兰官员穿苏式短裙朝见女王:"露膝更无臣子礼,何妨裸体入王宫!"[4]甚至丧葬仪式也被张祖翼用来进行社会批判,窃笑在丧葬仪式上为死者送上花环无疑是"笑他死后尚贪花"[5]。

在同治七年九月十四日(1868年10月29日)的日记中,张德彝记述他听说在伦敦的公园里有很多男女进行私下的非法幽会,他觉得奇怪:

---

[1] David Spurr, *The Rhetoric of Empire*, p.182.
[2] 感兴趣的读者可参考 Judith R. Walkowitz 的研究,*Prostitution and Victorian Society*。
[3] 张祖翼,《伦敦竹枝词》,第 1b 页;《清代海外竹枝词》,第 207 页。
[4] 张祖翼,《伦敦竹枝词》,第 2b 页;《清代海外竹枝词》,第 208 页。
[5] 张祖翼,《伦敦竹枝词》,第 11b 页;《清代海外竹枝词》,第 217 页。

气灯虽亮,而入夜永系雾气弥漫,不知淫风流行而天光蒙蔽,以示儆耶?抑或因地近海洋,而蒸汽使然耶?不可得而知也。[1]

在张德彝笔下,伦敦被刻画成一个自上而下彻头彻尾色欲化的都市,在这里,欲望无所顾忌地四处蔓延。

这种对异域的色欲化并不局限在对西方国家的描述上。一位自号"四明浮槎客"的中国南方商人在十九世纪七十年代中期创作了一组《东洋风土竹枝词》,其中有很多诗贬斥日本风俗,尤其是有关性别与性文化的风俗习惯。[2]第二十三首和第八十二首谴责寡妇与亡夫兄弟的婚姻;第二十三首诗的注解痛心疾首地写道:"此倭奴之所以为倭奴也!"第七十二首和第七十三首痛斥男性按摩师对女子的按摩服务,称其为"淫乱之风"。诗人还对日本传统服饰不着裤的习俗大惊小怪:

不穿裤子两便当,内系猩红帕一方。
好是衣裳风揭起,爱他两股白如霜。[3]

---

[1] 张德彝,《欧美环游记》,第708页。
[2] 四明为宁波,作者之名不见于任何其他文献。诗序写于光绪十一年(1885),它的作者"娄东[江苏太仓]外史"同样不可考。作者显然受过粗浅的文化教育并在中国与日本之间往来经商。其中一首诗提到了光绪皇帝去世(1908),这说明作者至少在十九世纪七十年代中曾逗留日本。见《清代海外竹枝词》,第170—191页。
[3]《清代海外竹枝词》,第186页。

黄遵宪也写过同样的题目。他的《日本杂事诗》作于1877年到1882年，后来经过数次修订和重印。其中一首涉及日本的服饰，然而黄遵宪在诗后附录长篇的渊博注解，追溯中国服饰史中的着裤习俗，指出国人在远古时代也不穿裤，因此实在没有必要对日本的服饰风俗感到惊讶。他的诗在着重点上也不同于四明浮槎客：

> 六尺湘裙贴地拖，折腰相对舞回波。
> 偶然风漾中单露，酒晕无端上颊涡。[1]

黄诗显得较为文雅，因为它的视点集中于日本歌姬的窘态而非男性的色欲凝视。但两位诗人都注意到了异域之"异样"与"异常"，并试图用诗歌来表达和控制他们的"惊怪"（这是黄遵宪在诗注中用到的词）；黄遵宪更是附加了一篇学术考证，给这一习俗做出合理化的阐释。周作人评价四明浮槎客"多着眼裸浴等事，良由居心不净，故所见亦是淬秽"[2]。周作人的评价乃是中古时代"心中所想决定眼中所见"观念原封不动的翻版。

从某种意义上来说，周作人的评语让我们注意到这些诗的心理层面，因为它们似乎是诗人自身对欲望失控感到焦虑的文本投影。值得注意的是，对异国道德堕落的批判

---

[1]《清代海外竹枝词》，第144页。
[2] 同上书，第191页。

几乎完全集中于女性的身体——从不当的服饰到公共场所的抛头露面——以及女子欲望泛滥带来的危险。对他者的"色欲化"的确并不局限于西方殖民话语。上文所引的例子通过强调、夸张和戏剧化地描述晚清士人眼中西方社会性风俗的堕落，展现了一种消极的色欲化。这是晚清"西方主义"的黑暗面，它就像王韬的行旅小说里面那样"把西方典型地再现为一个有生气、有教养且独立（虽然有时难以驾驭、缺乏谦和、专横跋扈）的女性"，虽然它也同样例证了邓津华的论述，"把'女性'作为表达差异的灵活的符号，或者以此显示他者社会的诱惑，或者展示它的道德堕落"。[1]

他者带来的威胁，经常和男性在与女性争夺权力时体会到的缺乏安全感叠映在一起。这种不安全感促使张德彝不断地记录性别错置的经历，似乎他迫切感到需要通过写作来重新证实他的男子气概。张德彝还记述了数次出言谴责在他看来是对女子和性的不当看法。第一次事件发生在当时隶属于沙俄帝国的赫尔辛基（在瑞典语中也被称为赫尔兴佛斯，被张德彝音译为汉兴佛）。有一天，当张德彝在公园中与两位年长的女士攀谈时，一位男士走来打趣，称张德彝舍妙龄女子而与老妪交谈真是"不幸甚也"。张"笑而不答"。这个男士继续追问："君独不爱少艾乎？"这句问话激发出张德彝的一套长篇大论：

---

[1] Emma Teng, "The West as a 'Kingdom of Women,'" p. 118, 120.

> 爱者人之情，男女相爱尤人之至情，然爱贵不失于正。四海一同胞耳，天下女子皆无殊于姊妹，又何不可伸吾爱？但吾辈少年，操持未定，涵养未深，其能自信耶？反不若无爱慕之心，庶不至因爱生情也。况别后则天各一方，又何必于顷刻之间，而因之欣欣然为幸哉。吾对老者谈，吾中华人也，以为年高有德，可以畅所欲言，无所顾忌，汝其知之否？

据张德彝说，此人闻言后"惭愧谢去。明后询其人，系来自瑞典国之合众国人，姓察名力思［大概是 Charles］，游士也"[1]。

当时的张德彝是否能用流畅的英语滔滔雄辩地表达上述观点颇值得怀疑。但是，整段文字更引人注目的是精心记录在日记里的长篇演说中流露出来的复杂情绪；而且，张德彝在日记写作中经常省略对话，因此，这样的长篇宏论显得更加非比寻常。这篇道德说教似乎更是为了作者自己和他的国内预期读者而发。

另一次事件发生在柏林的一个公园。张德彝和同行者到来之后发现"名妓满座"。"有数妓款步而来前，故作许多娇媚引人态，而明等弗顾也。"张也注意到了她们的"娇媚"："半启樱桃之口，一捻杨柳之腰，如花解语，如玉生香。"当

---

[1] 张德彝，《航海述奇》，第549—550页，同治五年六月三日（1866年7月14日）日记。

一个英国人嘲笑他们的刻板时,引发了张德彝又一番长篇大论,批评欧洲蓄妓为世界之最,并且他听说这里的男子年满二十岁就必须宿妓云云。最后张庆幸自己从群妓中侥幸逃脱:"幸明等随斌大人是晚坐于楼上,人见者少,不然几被困矣,遂急回寓。"[1]

两件事都发生在张德彝的第一次出洋旅行中,当时他只有十九岁而已,想必对性充满幻想。在这些充满了欲望纠结、自我压抑和自我褒扬的日常喜剧性冲突中,张德彝扮演了一个贞节的英雄。他在叙述第二次事件时特别巧妙地玩了一把文字游戏,因为叙事在结构上模拟了早期文学传统中的闲情赋。[2] 在这些赋作里,对女性美色和魅力的描写至关重要,因为它们衬托出了男主人公坐怀不乱的道德坚贞。逸事中的两位游客按照张德彝的说法都劝他及时行乐,而且他们还都碰巧会说英文——张德彝当时会说的唯一语言。这两位游客也起到重要的修辞作用,因为他们的问题和张的回答构成了传统的答客难或解嘲形式,在这种亚文体中"客"对"主"发出责难,给"主"一个机会展开自我辩护。在这里,张德彝身为异乡之"客",可是他却试图在对话中保持"主"的地位,以刻意强调和那些几乎"困"住他的外国人的区分。

对西方男女社交自由与道德败坏的警惧有时和喜剧性的

---

[1] 张德彝,《航海述奇》,第564页,同治五年六月十四日(1866年7月25日)日记。
[2] 诸如系于宋玉名下的《讽赋》(《全上古三代文》卷十,第72—73页)或司马相如的《美人赋》(《全汉文》卷二十二,第245页)。

文化误解纠结在一起。比如张德彝误以为"初夜权"（droit du seigneur）是指女子在结婚日要让地方长官检查其是否为处子。他认为这一法律的废除导致了如今的情况，也就是说新郎无法知道自己的新娘是否为处女身。[1]然而，在故土，男女之间的界限被重新建立。斌椿日记的晚清刻印本对原文做出大量删除，其中多数涉及斌椿与西方女性的社交。比如说，一则日记记录了斌椿对"也姓及夫人"的拜访，可后来的版本却径直将"及夫人"删除。[2]很多处提到西方女性出现于公共社交场合的记录也被裁掉，这似乎是出版者而不是作者自己的决定。就这样，两性分隔在文本的层面上得到施行，女性被剪辑出了社会场合。

现代城市版图

泰晤士河靠近罗瑟息思教堂的一段[3]，因为运煤船的灰尘和密密麻麻排在一起的矮房冒出来的油烟，两岸的建筑最为肮脏，水中的船只也被熏染得最是黝黑。伦敦城中隐藏着很多不为人知的地区，绝大多数市民甚至都不知道它们的名字，而这是其中最龌龊、最奇怪、最

---

[1] 张德彝，《欧美环游记》，第739页，同治七年十二月二十四日（1869年2月5日）日记。
[2] 斌椿，《乘槎笔记》，第118页，同治五年四月二十七日（1866年6月9日）日记。
[3] 罗瑟息思是伦敦东南泰晤士河南岸的一个河港和船坞。

不同寻常的所在。要前往这里，游客必须穿过一个由稠密、狭窄、泥泞街道组成的迷宫。这些街道上拥挤着最贫穷和粗野的水上人家，这些街道每天就只有这些人来来往往、熙熙攘攘。

——狄更斯《雾都孤儿》

与十九世纪八十年代创作《伦敦竹枝词》的作者不同，早先的海外游客在他们的记录中对西方社会有更多的赞扬。王韬把他经过的地区和国家做出逐渐递进的语言图解：他从香港出发，一个王韬初到时感觉"几不可耐"的城市，最终到达人间天堂的巴黎和伦敦。同样，斌椿与张德彝在抵达巴黎和伦敦之后的赞叹不已与马可·波罗来到东方乐园时的惊奇赞美毫无二致。从马赛到里昂到巴黎，斌椿以比较修辞法对这些城市做出越来越奇妙的描述。地理进程与修辞层面上的渐入仙境形成了完美的呼应。

（马赛）街市繁盛，楼宇皆六七层，雕栏画槛，高列云霄。至夜则煤气燃灯，光明如昼，夜游无须秉烛。闻居民五十万人，街巷相联，市肆灯火密如繁星。他处元夕无此盛且多也。

（里昂）灯火满街，照耀如昼，繁盛倍于马塞矣。

（巴黎）街市繁华，气局阔大，又胜于里昂。闻里昂人民六十万，都城则百余万……车声辚辚，行人如蚁，皆安静无哗。夜则灯火通明如昼。[1]

张德彝对巴黎同样啧啧称美："朝朝佳节，夜夜元宵，令人叹赏不置。"[2]张德彝是一个注意细节的敏锐观察者，但当试图表达对一个城市的整体印象时，他却常常依赖已有的修辞传统，比如"朝朝佳节、夜夜元宵"早已是形容热闹市景的陈词滥调。当他两年之后重访巴黎时，他的城市素描更加清楚地展现了语言表达的惯性，这一回他几乎一字不差地重复了斌椿的描述：

街市繁华，楼台峻丽，气局阔大，昼夜车声辚辚，行人如蚁，衣履修整，安静无哗，醉人亦鲜有歌唱者。[着重点为笔者所加][3]

引文的最后一句提供了一个有趣的细节（醉人是非常人间世的现象），虽然张德彝的原始用意一定是希望用这一细节来进一步证实作者的乐园书写，而不是给它创造问题。

---

[1] 见同治五年三月十八日、二十日和二十三日（1866年5月2日、4日和7日）日记。斌椿，《乘槎笔记》，第107—109页。
[2] 张德彝，《航海述奇》，第490页，同治五年三月二十三日（1866年5月7日）日记。
[3] 张德彝，《欧美环游记》，第727页，同治七年十一月二十一日（1869年1月3日）日记。

天堂中的"醉人"和紧随其后的限定词"鲜有"云云给作者的伊甸园话语投下些许阴影。当张德彝逐渐成为欧洲都市的常客、对当地情况有了更多的了解时,他似乎开始认识到这些城市的复杂性远非黑白分明、非此即彼的论断所能涵括。但即便如此,长期旅居也并不能保证访客对西方社会的人间世层面产生真正的理解。以王韬为例,虽然他在英国居住长达两年之久,但他对英国社会的印象依然停留于一个非常理想化的图像:

> 英国风俗醇厚,物产蕃庶……尤可羡者,人知逊让,心多悫诚。国中士庶往来,常少斗争欺侮之事。异域客民族居其地者,从无受欺被诈,恒见亲爱,绝少猜嫌。无论中土,外邦之风俗尚有如此者,吾见亦罕矣。[1]

同时代的英国读者如果有机会读到这段文字,恐怕辨认不出其中描述的国家。王韬作为理雅各的朋友及其家人的上宾,处于一个受到保护的特权位置,他观察到的英国社会都经过了玫瑰色眼镜的过滤。正如"马可·波罗对东方的赞美其实无一不是当时西方世界的反差,比如西方的贫穷、派系斗争、饥荒、人口减少、缺乏香料调味的食物以及刻板严苛的性文化"[2],王韬笔下"风俗醇厚"的英国社会是他自己心目中的乌

---

[1] 王韬,《漫游随录》,第111—112页。
[2] Mary Campbell, *The Witness and the Other World*, p.111.

托邦投影,与现实基本上没有任何关系。

从另一个角度来看,用"天堂/地狱"模式来观看异域也是现代城市里阶级隔离的直接后果。1844年,恩格斯基于对曼彻斯特下层阶级苦难生活的观察,完成了著名的《英国工人阶级状况》。曼彻斯特在十九世纪是重要的工业城市和棉纺织中心。该文指出:

> 曼彻斯特奇怪的城市布局规划导致的结果是,一个人可以久居此地,每天早出晚归地去工作,但是从来都看不到工人阶级的居住区,或者和手艺人有任何交道。因公到此的访客从来都用不着看到这里的贫民窟,主要因为工人阶级居住区与中产阶级居住区截然分开。这一分隔一方面是出于刻意为之的政策,另一方面是两个社会群体本能的默契。[1]

恩格斯的评论在一位清朝官僚的曼彻斯特游记里得到印证。斌椿于1866年6月9日晚乘火车抵达曼彻斯特。他在日记中写道:"远见繁星密布,灯火相望。"第二天斌椿留在旅店记录他对这个城市了解到的情况:"闻……此地人民五十万,街市繁盛,为英国第二埠头。"使团在第三天参观了一家雇工三千余人的纺织厂,斌椿十分惊诧棉花弹纺

---

[1] Frederick Engels, "The Condition of the Working-Class in England in 1844," *Engels: Selected Writings*, p.27.

织染的速度。是晚,使团中的年轻人包括张德彝受邀前往本地的一个公园观赏焰火表演,这个公园是约翰·杰尼森(John Jennison,1793—1869)经营管理下著名的"丽景花园"(Belle Vue Gardens),被张德彝巧妙地音译为"百里游"[1]。他们午夜才回到旅店,纷纷向斌椿讲述"烟火花炮之奇妙"[2]。对于这场焰火表演,张德彝的日记给予了更加详细的描述,称其为"真目所未睹"。除此之外,张德彝还对他所参观的纺织厂、银行(在一所"富丽"的楼宇里)、法院和一家五层楼的购物中心充满了赞美之词。[3]斌椿使团似乎完全没有看到曼彻斯特工人阶级贫穷、落后、悲惨和肮脏的工作与生存环境;即使略有所见,也不构成他们的日记内容。作为重要的海外访客,他们看到的只是一个光鲜亮丽的外表。

斌椿使团在曼彻斯特下榻的旅店以及他们参观的纺织厂和银行有待进一步考证,但多亏张德彝详尽的记录,我们对使团在伦敦的行程所知甚多。1866年5月15日抵达伦敦之后,他们下榻于达特茅斯公馆(Dartmouth House),这是一座位于草市区(Haymarket area)查尔斯街(Charles Street)上的豪华宅邸。[4]查尔斯街在摄政街

---

[1] 关于这座公园的兴衰,见 Robert Nicholls, *The Belle Vue Story*。
[2] 斌椿,《乘槎笔记》,第119页。见同治五年四月二十七、二十八、二十九日记。
[3] 张德彝,《航海述奇》,第529—530页。
[4] 见同治五年(1866)四月二日日记。张德彝,《航海述奇》,第501页。张德彝把查尔斯街音译为"茶饵街",把草市翻译为"草厂"。斌椿(转下页)

(Regent Street)西边、皮卡迪利(Piccadilly)和圣詹姆士公园(St. James's Park)北面。圣詹姆士公园是伦敦最古老的皇家公园，位于首都的心脏地带。它周围是所有时尚的汇集之地：格罗夫纳广场(Grosvernor Square)、邦德街(Bond Street)、圣詹姆士街和蓓尔美尔(Pall Mall)。旅行团刚刚到达伦敦便被带往水晶宫进行参观。第二天，爱德华·包腊邀请张德彝去观赏叶森赛马场(Epsom Downs Racecourse)和叶森赛马大会(Epsom Derby)。清使团所参观的名胜包括大英图书馆、大英博物馆、摄政公园中的动物园、圣保罗教堂、皇后剧院、伦敦塔、威斯敏斯特教堂、国会、温莎城堡和白金汉宫。

张德彝在1868年秋天重访伦敦时同样住在名区。蒲安臣使团下榻于格罗夫纳旅店，毗邻1862年刚刚开放的维多利亚火车站。格罗夫纳旅店在当时号称英京第一，如今改名西瑟维多利亚(Thistle Victoria)，依然是一家四星酒店。它在圣詹姆士公园正南方，白金汉宫和国会的步行范围之内。[1]张德彝在这次旅行中被安排向一位艾德林

（接上页）则把查尔斯街翻译为"叉尔思忒力忒"。因为"叉"和"义"在字形上相近，现代版本误把"叉耳思"印成"义耳思"。见斌椿《乘槎笔记》，第120页。达特茅斯公馆的地址为查尔斯街三十七号。雷弗尔斯托克勋爵(Lord Revelstoke)在十九世纪九十年代对它进行了翻修整新，二十世纪二十年代被英语联合会(English Speaking Union)买下。达特茅斯公馆作为历史名迹，在今天经常被租用于举办婚礼、会议等公开活动。

[1] 见同治七年八月四日(1868年9月19日)日记。张德彝，《欧美环游记》，第697页。

(Eidlin？)先生学习英语，于是搬进了他的英语教师在柏灵坦街（Burlington Street）上的寓所。[1]旧日的柏灵坦街和张德彝第一次访问伦敦期间入住的酒店相距不远，在摄政街的西边，伦敦时尚街区西区（West End）的中心。

这些方位和地名都说明了什么？弗兰科·莫雷帝（Franco Moretti）曾对十九世纪英国小说中的伦敦地图做出精彩分析，以他的话来说，十九世纪二十到四十年代之间兴起的"银叉子小说"中的伦敦其实是"作为西区的伦敦"："它实际上不是一个城市，而是一个社会阶层。"西区是"这个城市第一个'居住'区。这里的居民不工作（不像是住在恩惠街上[Gracechurch Street]的那些人），而仅仅只是'住'着"。[2]在阅读斌椿和张德彝日记的时候，我们会着迷于他们眼中所见"道路平坦、园林茂盛、街巷整齐、市廛繁盛"[3]的伦敦；但我们也意识到，这些游客的眼界基本上局限于摄政街之西，而摄政街恰恰构成了银叉子小说靓丽世界的边界。我们不禁要像莫雷帝那样发问："那么伦敦其余的部分呢？在摄政街的东边有什么？那里又有什么样类型的故事？"[4]

---

[1] 张德彝称柏灵坦在海大圈（Hyde Park，海德公园）之北。事实上Burlington街在圣詹姆士公园北面、海德公园之东。张说摄政公园在柏灵坦北面，这证实张所说的"柏灵坦"就是Burlington街。张德彝，《欧美环游记》，第708—709页。

[2] Franco Moretti, *Atlas of the European Novel*, p. 79.

[3] 张德彝，《航海述奇》，第501页。

[4] Franco Moretti, *Atlas of the European Novel*, p. 83.

在清朝旅客的游记里，我们无法找到这些问题的答案。他们的行动范围局限于一个特殊的社会前往空间，这一空间属于有闲和有产的阶级。张德彝初访英国时几乎没有离开过西区，唯一的一次越界是前往切普赛德（Cheapside）附近的圣保罗教堂进行参观。这个街区在简·奥斯丁的小说《傲慢与偏见》里是伦敦上层人士大为藐视的所在。[1]然而，当张德彝从大教堂远眺伦敦时，他却只看到"宫殿之巍峨，城池之雄壮，市廛之繁杂，人烟之稠密"[2]。住在柏灵坦街寓所的时候，张德彝如此描述西区和伦敦城：

> 此地系伦敦新城（伦敦城有新旧之别）之西南，市廛少而人烟多，房宇整齐，华而不陋，楼似蜂窠，不知几千万落。街道宽阔，树木连阴，虽经风雨，永无湫溢嚣尘之患矣。[3]

"旧伦敦城"——伦敦东区贫穷的死巷、城市的苦难与肮脏图景——在这一记录中无迹可寻。张德彝并非完全不知道伦敦的穷人和失业者，但他的城市素描展现出了一个近乎完美的社会，充满了大睁双眼的惊叹赞扬：

---

[1] 小说角色宾利和达西之间有一段常被引用的著名对话："'就算她们有数不清的舅舅填满了整个切普赛德，'宾利大叫，'那也丝毫不减损她们的可爱。''可是如果她们想嫁给有地位的男人，'达西回答道，'机会可就大大减少了。'"《傲慢与偏见》第八章。
[2] 张德彝，《航海述奇》，第 511 页。
[3] 张德彝，《欧美环游记》，第 710 页。

伦敦居民不足三百万，日用浩繁，贫者一人每日亦必需七八钱银始可度活。而每日有三四万人，游手无事，不知可以得食。虽然，街无乞丐，野无强盗，跣足科头者更无一人。[1]

张德彝笔下的巴黎也同样停留于光鲜的外表。只有在随蒲安臣使团重访时他才对十九世纪之都不太亮丽的一面略有窥察。巴黎的西北是富豪区，在乔治-尤金·豪斯曼（Georges-Eugène Haussmann，1809—1891）大规模城市重建之后更是成为市中心。但当张德彝把视线从西北移到东南时，他看到一幅不同的市景：

法京东南有述梦园。近园一带，闾巷狭窄，房屋鄙陋，风则扬尘蔽目，雨则泥泞难行。居民率皆贫苦。大半囚首丧面，终日男女喧哗，孩童泣笑，较之凯歌路、马达兰等处，迥不相同矣。

考虑到"Chaumont"在读音上与"述梦"相近，我怀疑张德彝其实是指"秀蒙丘公园"（Parc des Buttes-Chaumont）。秀蒙丘公园是豪斯曼1867年所建，但它位于巴黎东北而非东南。这座公园位于工人阶层居住区，在被改造成公园之前一直是公共垃圾场。

---

[1] 张德彝，《欧美环游记》，第721页。

尘土与喧哗：这是我们在斌椿和张德彝的早期巴黎游记里找不到的东西，而它们正是人类生存状态的标志。在若干年之后的一则日记里，张德彝记载了巴黎"穷人"的暴动，这一事件成为1871年巴黎公社的预兆。[1] 在其后一次巴黎之行中，张德彝甚至亲身遭遇到巴黎公社运动，见证了这一暴力的政治运动带来的混乱。然而，他早期的欧洲见闻却基本上落入人间乐园的话语框架：没有地狱，只有天堂。

斌椿和张德彝的叙述直接受到传统观看异域模式的影响。同时，这个叙述也是现代城市版图构建的结果：在那里，天堂和地狱往往只有一街之隔。采取二分法来观看异域——福地、恶土，或两者兼有——是相当容易做到的；但是，超越这个或神仙或鬼怪的二分模式，用人间和人性的视角来观看和理解西方，这对于十九世纪的中国游客来说是困难的挑战。"要前往这里"，就像狄更斯所说的那样，"游客必须穿过一个由稠密、狭窄、泥泞街道组成的迷宫"。

---

[1] 张德彝，《欧美环游记》，第786—787页，同治八年五月二日（1869年6月11日）日记。

第五章 十九世纪的诗歌与经验

但是除了"嗷!"或者"哎唷!"——疼痛的呻吟,高潮的嘶号,恐惧的喘息,愤怒的吼叫,悲哀的啜泣,或是搔痒的大笑——它们可以便利地称作对于所感事物不经媒介的表达——除此之外,我坚持认为大部分被称作表达(expression)的事实上是再现(representation)……诗歌的任务不是试图说"哎唷",或者贺拉斯的"呀呸"(eheu),或者古希腊人的"吁乎巇"(pheu!)——或者"唉唉""喔""啊""喂"——不是那么纯粹或真实地"说"。诗歌可以从一个由渠道、瀑布和水池组成的复杂结构中浮现出来,这一结构乃是精心设计的,但总是会让位于构造行为引起的意外发现。从无助的中介人口中漏出来的东西绝非诗歌。

——约翰·霍兰德（John Hollander）

在1847年与1849年之间，来自福建的林针以翻译的身份赴美旅行。他在返回福建厦门的时候作了一首五言长诗，题为《西海纪游诗》。诗前还有以非常程式化的骈体文书写并夹有散体注释的长篇叙述作为导言。这些文字以《西海纪游草》为题发表。[1] 在二十世纪，林针的游记被学者作为传统诗歌形式不足以表达现代经验、因此必须被新诗或白话诗替代这一论点的例证加以引用。论者认为，林针在诗中用了太多传统语汇来指称国外的新事物，以至于读者必须依靠骈文诗序才能完全理解诗歌的意义；即便如此，骈文诗序还是无法有效解释所有的新事物，因此还必须加入散文的注释才能使意义通达。[2]

这一批评所讲述的是一个我们再熟悉不过的现代白话诗起源的故事，它甚至可以当作那些为了现代白话诗"替代"旧体诗歌努力寻求合理性的学术著作的总结词。然而，寻求

---

[1] 这一《西海纪游草》印本还包括另外两项内容：一是关于林针何时以及如何在美国帮助了被英国人贩子欺骗的二十六名广东商人的叙事，还有一篇林针祖母的传记。印本还包括数篇序言、题跋以及题诗。这些文字的写作时间从1849到1866年也就是斌椿踏上海外行程的那一年。《西海纪游草》在钟叔河"走向世界"丛书中重印，见第1册，第25—59页。关于这部游记的英语翻译和研究，参见 Marion Eggert, "Discovered Other, Recovered Self"。
[2] 例如林岗《海外经验与新诗的兴起》一文，《文学评论》2004年第4期，第21—29页。

合理性这一做法本身恰恰透露出白话诗学者的焦虑。这是从最早开始写作白话诗和声讨旧体诗的"五四"一代那里继承下来的焦虑,到今天这种焦虑曾经起到的作用早已经消弭。近年来,中国现代文学研究者已经大体上成功地拆解了用魏爱莲的话来说是"五四时期有时过度简化的类别划分"[1]。时至今日,我们必须有一个新的理论模式来处理现代中国诗歌的历史。这是一项迫切的任务,因为传统诗歌体裁并没有凭空消失,反而在遍布全世界为数众多的汉语社群中不断被阅读和书写。[2] 在旧体诗和现代白话诗共同繁荣这一背景下,学者必须把二者放在相互关联的角度来进行考察,而不是把它们视作各自独立的形式。只有当我们将旧体诗与白话诗放到一起进行考察,我们才能够检讨在现代与后现代生活中这一共存如何同时影响了两种形式。

在这一章中,我主要关注的是对传统诗歌形式的批评中针对诗歌及诗歌语言性质的一个潜在预设。这一预设可上溯至传统中国文学话语中的一个经典陈述:"言以足志"[3]。有时,在对传统诗歌的批评中,语言和事物的简单对应关系(比如说为照相、电报等新发明寻找表达方式),和传统诗歌

---

[1] Ellen Widmer, "Foreign Travel through a Woman's Eyes," p. 787. 如王德威的著作 *Fin-de-siècle Splendor* 有效地驳斥了现代中国文学论述的"五四"范式;胡志德(Theodore Huters)的《把世界带回家》(*Bringing the World Home*)一书则展现了1919年以后的激进主义如何埋没了1895至1919年这段独特时期的贡献。
[2] 参见田晓菲,《隐约一坡青果讲方言》。
[3] 这据说是孔子的话。《春秋左传正义·襄公二十五年》卷二十九,第623页。

语言是否足以表达个人情感经验的问题被联系在一起，甚至混淆起来，而后者是一个比前者复杂得多的议题，而且远远没有那么黑白分明。我们可以追问到底怎么算是"足"，又是由谁来做出判断？此外，因为我们只能通过诗人的写作来获知他的"经验"，我们又如何断定诗人没能用诗歌传达出他的经验？

当然，重新考量这些针对传统诗歌的论断有更简单的方法。我们可以首先从文体入手。林针的骈文诗序与赋十分相似。[1] 到十九世纪时，作者为自己的赋作注在中国文学史中已有一个漫长的传统，开其先河的正是谢灵运。诗人为自己的诗附短注自唐代以来也很常见，对于古代读者来说是司空见惯的。传统诗歌往往还拥有可能比诗歌文本本身更长的叙事标题，或者可以独立成篇的冗长诗序。事实上一些诗序甚至比诗作本身更加著名。因此，被一些当代学者视作显示了旧体诗歌或者骈文缺陷的诗文共存形态只不过是文体传统的延续罢了。

这里还有另外一个问题，比延续文学传统重要得多。一首诗及其所有的散体成分——从絮叨的标题、冗长的诗序到详尽的作者自注——在传统文学话语中一直被视为一个有机的整体，散体部分从未被单独挑出来成为问题。如果在中国文学传统中人们接受这一事实，也就是说一首诗有时必须通

---

[1] 参见尤静娴，《越界与游移：晚清旅美游记的域外想象与书写策略》，收入王德威和季进主编，《文学行旅与世界想象》，第108页。

过附注来获得当代及后代的读者的更好理解，那么诗歌的功能就不可能仅仅是对经验的表达。关于林针的《西海纪游草》，一个十分明显的问题是：为什么林针觉得有必要把他的美国经验叙说三次——一次用骈文、一次用诗、一次用散文？如果经验的表达是他唯一的目的，一篇直截了当的散体叙事文不就足够了吗？在这样的情况下，诗歌起到的作用是什么？林针是不是如有些学者所说的，仅仅想要向读者展示他作品的"文学价值"，并表明他在"文——他的文化传统的中心"占据了一席之地？[1]如果是这样，那么繁缛的骈文本身为什么不足以满足"文学装点的功能"？再说，文，尤其是散体的"古文"，不也正和诗歌一样处于"文化传统"的核心位置，而且在中华帝国晚期很多受到新儒家思想影响的作者们看来，比诗歌更有利于"载道"吗？我们必须提出这些问题，因为正如郑毓瑜在她关于黄遵宪《日本杂事诗》的论述中所说："我们不能仅仅讨论黄遵宪所描绘的现代事物，却对他的描述媒介以及选择这一媒介的原因不加审视。"[2]

在这一章中，我希望展示传统诗歌形式具有功能上的灵活可塑性，可以帮助我们理解普遍意义上的诗歌性质。十九世纪关于海外经历的诗歌在这一方面尤其能够说明问题，因为当中国旅客踏入远远超出他们传统活动范围的异域，他们

---

[1] Marion Eggert, "Discovered Other, Recovered Self," p.78.
[2] 郑毓瑜，《旧诗语的地理尺度》，第253页。

与世界发生了猛烈的碰撞。散体和诗歌语言、文体与经验的相互作用变得更加复杂，更充满了在平常视角下被掩盖的问题，并且更具创新意义。

文与诗之间的张力，
或曰："恐惧与厌恶"在伦敦[1]

一首诗的附注一般来说很简短，它们为诗歌文本服务，帮助读者理解诗作意义。张祖翼的《伦敦竹枝词》却呈现出不一样的局面。在他的这一组诗中，短小的诗歌与冗长的附注在内容和语气方面都形成了强烈的对比，创造出一种奇异的交叉，反映了作者对异域充满矛盾和暧昧的态度。[2]

第五十七首诗咏自来水，这对十九世纪的中国旅客来说是全新的事物。[3]诗注写道：

> 大家小户饮濯皆用自来水，其法于江畔造一机器，吸而上之，复以小铁管埋入地中或墙腹，达于各

---

[1] "恐惧与厌恶"的原文是"fear and loathing"，这个英文词因美国作家 Hunter S. Thompson（1937—2005）的著名小说《恐惧与厌恶在拉斯维加斯》（*Fear and Loathing in Las Vegas*，或译为《赌城风情画》）而出名。
[2] 此前几年，黄遵宪发表了154首带有详尽注释的绝句《日本杂事诗》。与黄遵宪不同，张祖翼在诗中很少使用复杂或博赡的典故，而是遵循竹枝词的惯例，展现出更为口语化、更带有"民间色彩"的风格。值得注意的是，黄遵宪并没有将他的组诗命名为《日本竹枝词》。关于黄遵宪的这组诗歌，可参考郑毓瑜的精到论文《旧诗语的地理尺度》。
[3] 张祖翼，《伦敦竹枝词》，第14b页；《清代海外竹枝词》，第220页。

户,昼夜不竭。皆用机法沥去渣滓,倍常清洁,每月收费也甚轻。

这一附注是描述性的,语气中立。读者甚至可以觉察到他对这一提供"倍常清洁"的饮用水而且每月收费"甚轻"的发明颇为赞赏。诗作本身相当朴实地开头,却以令人惊讶的藐视和批判结束:

> 水管纵横达满城,竟将甘露润苍生。
> 西江吸尽终何益,秽俗由来洗不清。[1]

如此一来,附注所描绘的技术便利突如其来地被诗中提到的社会道德风气的败坏抵消了。

张祖翼的《伦敦竹枝词》经常使用这种有意创造对比与震惊的修辞策略。第六十首诗咏伦敦动物园,诗后附注流露出情不自禁的惊叹和赞美[2]:

> 有万生园蓄各种珍禽异兽,周围可数里,真有《山海经》《尔雅》所不载者,不知其何处得来也。

---

[1] 最后一联是基于一句俗语而成的,这句俗语有各种不同的形式,但大体上如此:"即使用尽整条西河的水,也洗不清人们所经历的耻辱。"在中国有数条以"西河"为名的大河,这里诗人所指的是泰晤士河,当然正好是"西方的河"。
[2] 张祖翼,《伦敦竹枝词》,第15a页;《清代海外竹枝词》,第220—221页。

然而诗作本身再次把惊叹转化为匪夷所思的厌恶：

> 黄狮白象紫峰驼，怪兽珍禽尽网罗。
> 都道伦敦风景好，原来人少畜生多。

最后一联在修辞层面颇为有力，因为它暗暗化用了晚唐诗人韦庄《菩萨蛮》的著名开篇："人人都道江南好，游人只合江南老。"[1]这一联让读者先形成对正面收尾的期待，然后出其不意地做出翻案，从而强化了最后一句的颠覆性效果。

第五十八首诗的附注描绘了一座"机器厂"[2]。

> 机器厂其大无比，凡制造大小各物，无不有机器成之。精微奥妙，非深造者莫能细述。中国人自诩为通晓机器者，皆欺人之语。彼其学虽一艺之微，亦非寝馈十数年不能得其要领，悉其利弊。若但见其机轮旋转，便自命行家，窃取牙慧著为论说，东涂西抹，奇才自负，人亦遂以奇才目之，呜呼难矣。

在这则附注中，诗人不加掩饰地表现出对西方科学技术之"精微奥妙"的公开赞赏。然而在诗中，他却做出了动摇

---

[1]《韦庄集笺注》，第410页。
[2] 张祖翼，《伦敦竹枝词》，第14b—15a页；《清代海外竹枝词》，第220页。

上述赞赏的负面评判：

> 炉锤水火夺天工，铁屋回环复道通。
> 十丈轮回终日转，总难跳出鬼途中。

这首诗展现了一幅典型的佛教地狱图景：炉与锤，水与火，还有如迷宫一般回还往复的铁屋。这一景象的地狱属性在第二联中得到明确的强化：操作机械转盘的工人们被比作无从逃离轮回、在地狱中永受煎熬的鬼魂。作者耍了一点文字花巧，把"洋鬼子"的形象叠加在地狱里的悲惨鬼魂形象之上。

地狱式工厂的形象对于十九世纪的欧洲人来说并不陌生。马克思在《资本论：政治经济学批判》中就曾使用这个词，他的小女儿埃莉诺·马克思（Eleanor Marx）撰写的一份谴责工厂恶劣环境的宣传册于1891年出版，题目正是《工厂地狱》。[1] 但是身为清朝官员的张祖翼不是什么同情工人阶级的马克思主义者。对他来说，是这些工人的异国性构成了他们的非人性质。他的诗依然维持着天堂/地狱的异域观看模式，但也把这一模式进一步复杂化了：比起天堂地狱二选其一，我们看到天堂和地狱在同一个文本中不安地并置，在形式上呈现为散体附注与诗作本身之间的张力。

---

[1] 见《资本论》，第307页。"工厂地狱"的形象仍然在西方社会媒体和流行文化中频繁出现。

《伦敦竹枝词》第六十七首描写泰晤士河的水底隧道，为天堂/地狱模式提供了又一个范例[1]：

> 玳米司江底辟路一条，往来可通人行。上为桥，中为水，下又有隧道，真奇想也。

"奇想"一般用来指那些出乎意料但是新颖和非凡的想法，流露出惊叹与崇敬。正如玛丽·坎贝尔称马可波罗游记具有"叹奇的特质"："一个奇观是另一种'自然'的一部分……而且这种奇观在本质上总是正面的。"[2]然而，诗作本身再一次表现出截然相反的态度：

> 水底通衢南北运，往来不唤渡头船。
> 灯光惨淡阴风起，未死先教赴九泉。

和组诗中的很多其他诗作一样，第二联中冷气森森的阴间景象抵消了技术奇迹带来的福利。考虑到在原始文本中注解总是附录于诗作之后，张祖翼可能是有意用诗注来缓和诗作的尖刻，但是归根结底，诗作仍将胜出，因为诗歌的视觉意象容易给人留下深刻印象，而且押韵的诗行带有节奏感，比散体描述更朗朗上口和容易记诵。在这个例子中，诗与文之间的角力不仅仅映射出诗人自身的矛盾态度，也在形式上

---

[1] 张祖翼，《伦敦竹枝词》，第 16b 页；《清代海外竹枝词》，第 222 页。
[2] Mary Campbell, *The Witness and the Other World*, pp.104-105.

实现了描摹异域之时天堂模式与地狱模式之间的张力。

虽然张祖翼敬佩外国人的"巧"（在中国文学传统中"巧"这个字本身就是很暧昧的价值判断），但"厌恶"却是他的基本心态。即使是"巧"也可以从负面角度进行感知。张祖翼在访问杜莎夫人蜡像馆时对蜡像的栩栩如生感到惊叹，但却把它们视为不祥之兆：

古来作俑犹无后，[1]此地将亡必有妖。[2]

第九十首诗把一个天真的情景转化为阴森森的图像。诗注告诉我们：

英人呼中国人曰莱尼斯。凡中国人上街遇群小儿，必皆拍手高唱请请莱尼斯，不知其何谓也。[3]

这一段口气客观的叙述到了诗作里摇身一变，成为不加掩饰的军事威胁：

一队儿童拍手嬉，高呼请请莱尼斯。
童谣自古皆天意，要请天兵靖岛夷。

---

[1] 孔子反对陶俑殉葬，他说："始作俑者，其无后乎？"《孟子注疏》，第14页。
[2] 张祖翼，《伦敦竹枝词》，第20b页；《清代海外竹枝词》，第225页。
[3] 张祖翼，《伦敦竹枝词》，第22a页；《清代海外竹枝词》，第227页。

第五章 十九世纪的诗歌与经验

这首诗诉诸童谣乃谶语的中国传统观念。对于"qing-qing"的语音，张祖翼选择性地听到了表示邀请的"请"，而不是更为显而易见的清朝之"清"。这样一来，他从对他来说不可解的"岛夷"之啁哳中"读出了"意义，并再次匪夷所思地把它扭曲为对清军攻占英国的"邀请"。

在这里，我们又一次看到诗与注之间有趣的断裂。注解不再仅仅提供关于诗歌情境的信息，而成为使诗歌得以生效的衬托和铺垫。诗歌通过意象、韵律及节奏打动读者，因此，口气较为严肃和中性的散体附注最终被诗中对"岛夷"的恐惧与厌恶所埋没。

诗歌叙事与诗歌形式

写作，如德里达所说，是一种暴力行为。中国文学传统对诗歌的经典定义是"诗言志"。在这一简单的公式里，诗歌的表达功能成为后世历代作者视作理所当然的理论原则。但事实上，诗歌乃是诗人对其眼中所见世界的一种组织方式，而且，诗人的视界能够以奇特的方式改变世界。

让我们暂时回到十七世纪的历史学家和诗人尤侗与他的文本漫游。在第四章中，我们谈到尤侗写了两首关于爪哇的竹枝词。[1]其中第一首是这样的：

---

[1]《清代海外竹枝词》，第11页。

> 种传罔象变猕猴，生小衔刀不剌头。
> 并驾塔车坐妻小，竹枪会上斗风流。

这首诗从尤侗参考的历史资料中引用了四个各自独立的片段，散见于巩珍、费信和马欢的游记。第一句诗涉及爪哇土著民起源的传说。马欢的版本是：

> 旧传鬼子魔王，青面红身赤发，止于此地与一罔象[1]相合，而生子百余，常啖血食，人多被食。忽一日，雷震石裂，中坐一人，众称异之，遂推为王，即令精兵驱逐罔象等众而不为害，后复生齿而安焉。所以至今人好凶强。[2]

费信的版本大致相同，唯有一个细节除外：马欢对魔王的描写——青面、红身、赤发——在费信故事中被转移到了"罔象"身上。[3]巩珍的版本则偏离最远：他对土著民祖先的身份语焉不详，并称石中人在被推举为王之后臣服于罔象。[4]这一差异有可能就是尤侗诗中所说的土著民为罔象后

---

[1] "罔象"本是古代传说中的水怪，马欢用它来指代当地传说中的象神。大象（印尼语 *Gajah*）被认为是力量的象征，与满者伯夷帝国有很深的渊源。十四世纪满者伯夷帝国的权臣被称作"Gajah Mada"，意思近于"盛怒的大象"。
[2] 马欢，《瀛涯胜览校注》，第12页。
[3] 费信，《星槎胜览校注》，第13页。
[4] 巩珍，《西洋番国志》，第8页。

人的来源。

尤诗首句的后半部分"变猕猴"则涉及当地的猕猴崇拜。马欢与巩珍讲述的故事一致,仅简单记述了当地女性祭拜猴神祈求生育之事。[1]费信的记载则包含了相当不同的成分,尤侗在写诗时一定参照了这一版本:

> 有洲聚猢狲数百。传闻于唐时,其家五百余口,男妇凶恶。忽一日有僧至其家,乃言吉凶之事。其僧取水噀之,俱化为猕猴,止留其老妪不化。今存旧宅。本处及商者常设饮食槟榔花果肉类而祭之,不然则祸福甚有验也。[2]

尤诗第二行里的"不剌头"指当地男子携带的一种波状单刃短剑(kris),在三种游记中都有大同小异的文字记载。诗的第三、四句则指每年初春的节庆。国王与王后都会乘坐马拉的"塔车"参加庆典。会上设有竹枪比赛,参赛者用削尖的竹竿枪相互挑战。他们的妻子都在场,比赛进行三轮之后,她们用木棍把参赛双方隔开。若其中一人死亡,国王会拿一枚金币赐予死者的家庭,之后他的妻子便跟随胜利者而去。这一风俗在马欢和巩珍的游记中有类似记载,费信的游记则缺而未录。

---

[1] 马欢,《瀛涯胜览校注》,第9—10页;巩珍,《西洋番国志》,第7页。
[2] 费信,《星槎胜览校注》,第14—15页。

尤侗的诗将四则分散在长篇游记各处的独立片段贯穿起来，构成一个连贯的关于爪哇土著生活的线性叙述：土著民的起源、童年以及成年，都以某种野性力量及凶猛作为标志。为了呈现这样一种叙述，尤侗对他的原始文本资料进行了精心挑选和取舍。诗的首句关于土著人种起源的故事是用于展现岛国人的"兽性"，也"合理地解释"了第二句中他们鼓励男孩从小随身带刀这一尚武习俗；诗的最后一联再度加强了读者对他们凶猛好战本性的印象。散体游记所遵循的是完全不同的叙事原则，它基于作者游览过的物理空间；竹枝词却因其高度精练的绝句形式而可以很容易地在原本没有关联之处构建关联。换句话说，诗行只要把两种原本毫不相干的事物并置在一起就可以在它们之间创立关系；文——尤其是游记——却需要更具备显而易见之逻辑的连接。

尤侗关于爪哇的第二首诗也采取了相同的修辞，这一首突出了岛国生活的声色之娱。

新村市舶圣泉清，喜听番歌步月行。
更喜彩禽能倒挂，闻香时向夜深鸣。

"彩禽"云云写的是当地的一种长尾小鹦鹉，游记中被称作"倒挂鸟"。诗第二句指当地女子在月圆之夜步月歌唱的习俗。这一细节马欢和巩珍也有所记述，但未出现在费信的游记中。诗歌首句在对原材料的删除和移置方面最值得注意。"新村"距离图班东部需要大约半天的船程，这是一个中国移民社区,因此取名"新村"。很多外国商人在此进行交易。[1]

至于"圣泉"却出自游记中一个完全不同的部分,而且指岛国的另外一个区域。根据这三部游记的记载,圣泉位于图班海岸。1292 年,元朝将领史弼、高兴入侵爪哇,士兵在海上干渴欲死。[2] 据说这两位将领在海岸上祈祷后把长矛插入地面,一股清泉突然喷涌而出。费信的游记还讲述了元军如何打败"番兵",并"生擒番人,烹而食之,至今称中国能食人也"[3]。

这一关于"中国能食人"的细节在马欢与巩珍的游记中却完全看不到,当然也没出现在尤侗的诗中。在尤侗诗里,明明远隔两处的"新村"与"圣泉"这两个地名被并置在同一行诗中。诗歌语言不需要实用的路线图,也无须丈量物理距离,更不需要动词来为两个名词成分制造出任何关系:只要把它们放到一起,就自然建立起了某种关系。这两个地点之间的隐秘关联是他们与汉人的关系:新村的主要居民是汉人移民,而圣泉则为汉人军队(虽然是由蒙古皇帝派遣的)喷涌。通过在语言层次上把两个在现实中相隔遥远但是共有同一汉文化联系的地点并置一处,这首诗巧妙地把读者带入了一个富有声色感性的场景,呈现出爪哇岛较为"柔和"的一面。尤侗视他的原始历史材料如同七巧板的零片,他从中

[1] 马欢,《瀛涯胜览校注》,第 9 页。巩珍,《西洋番国志》,第 6—7 页。
[2] 关于史弼和高兴对爪哇的入侵,参见《元史》卷二一○,第 4665 页。
[3] 费信,《星槎胜览校注》,第 15 页。

拣选、挪移，拼贴出他的诗歌。不过他倒的确加入了一个自己创造的细节，也就是倒挂鸟的深夜鸣唱，这个细节在三部游记原材料中都未出现。这当然有可能是诗人为了满足押韵的需要，但通过添加这一特定细节，尤侗在步月歌唱的当地女子和深夜鸣叫的当地鸟类之间创建了一种平行的关系，以唤起读者对"蛮夷"及其"鸟语"的联想。

在游记里，空间是一个关键的组织原则。游记作者常常给出如何从此地到彼地的实用说明。尤侗对爪哇的诗歌叙事则以时间原则代替了空间原则：一个关于土著人起源的故事，一个关于满者伯夷男子一生历程的虚构叙事，还有对某一个夜晚——在诗人看来原始岛屿混沌未分的环境让此夜代表了所有的夜晚——当地声色娱乐的记述；在诗人的大汉族文化视角看来，原始岛国的社会生活带有鸟兽天真肉欲和残忍野蛮的特性。诗歌也许不管行路指南的琐碎枝节，但这并不意味着诗歌在整饬世界方面没有扮演一个重要的角色。

熟稔化：王韬的苏格兰之行

在上一节我们探讨了诗人如何通过筛选并重组原始文本材料来整饬世界。原始文本材料是稳定的，在一首完全基于文本经验而创作出来的诗里，更能展现诗歌语言运作的人工性质。对一位亲身经历过异域的诗人来说，尤其是在他的本土文学传统中还没有积累起文本历史的异域，写诗同样是整饬和组织世界的手段——虽然是以不同的方式。简言之，诗歌以熟悉的、为诗人提供了观看世界之基本框架的修辞格和意象，对异域做出反异化；它意味着诗人不仅试图以熟悉的概念来理解陌生的文化与人民，而且也企望可以成功地把他的经验传达给本土读者。

既然"观看"与"用语言表达的观看"难解难分，任何坚持说某首诗"不足以"表达诗人眼中所见（或者心中所感）的论调都相当徒然。如果说"好奇"心态以及对异国情调的猎奇心理使人在异域只能看见"奇"与"异"，而这恰好构成了理解异域的最大障碍，那么反过来说，"熟稔化"这一修辞策略自有正面意义：诗人以熟悉可解的语汇把异域呈现给本土读者，以此为异域赋予人性，使其亲切可感。但是，从另一方面来说，这么做也有抹除文化差异的危险。这恰恰彰显出对外国文化达成一种较为平衡的理解，不把自己的价值观念强加于人、不作评判、不将之妖魔化，有多么困难。

王韬的数首诗作很好地体现了"熟稔化"作为修辞策略的暧昧性。与走马观花的斌椿不同，王韬在英国住了两年多。如历史学家保罗·柯恩（Paul Cohen）所说："在近代，王韬大概是第一位在西方生活过相当一段时间的中国传统学者。"[1]他与苏格兰汉学家理雅各及其家人，尤其是被王韬在游记中称作"媚梨女士"的三女儿玛丽（Mary）交往甚深。1868年，王韬接受理雅各邀请来到苏格兰并在杜拉镇（Dollar）逗留。杜拉镇附近有个叫行雷桥（Rumbling

---

[1] Paul Cohen, *Between Tradition and Modernity*, p. 67.

Bridge）的小村，由于德文（Devon）河水冲击岩石形成一系列声如雷鸣的瀑布以及河上奇特的双桥而得名。在行雷桥下游约一英里处有著名的 Cauldron Linn 瀑布，被王韬译为"大镬"瀑布。一部在王韬到访之前不久重印的流行导游书《布莱克版苏格兰之画境旅人》这样描述大镬瀑布：

> 河水在此处突然落入一道深沟，受到限制的水流通过不断拍打推挤两壁而冲击出一个类似大镬的凹洞。这道深沟以后，河水接着从地表下的缝隙中找到路径，流入一个较低的洞穴，那里水沫氤氲。河水继续奔流，进入第三只大镬，从那里出来后便从四十四英尺的高度直落而下。欣赏这一壮阔景观的最佳位置是瀑布底部。[1]

1868年7月，理雅各和女儿玛丽带王韬出游行雷桥，王韬写了一首七言长诗来纪念这段旅行。[2] 诗一开始即交代写作的日期和背景：

> 同治戊辰夏五月，我来英土已半年。

这样一个开头让人想到杜甫（712—770）的《北征》：

---

[1] Adam Black and Charles Black, *Black's Picturesque Tourist of Scotland*, p. 194.
[2] 本章中的王韬引文来自《漫游随录》，第124—126页。

> 皇帝二载秋，闰八月初吉。
> 杜子将北征，苍茫问家室。[1]

杜甫在"安史之乱"爆发后写下此诗，描写诗人旅途中和到家后的所见所闻所感。用年月日领起叙事是正史中常见的叙事手法，而杜甫的文学范本可能是班昭（约49—约120）的《东征赋》。[2] 杜甫以长达二百行的鸿篇巨制对动乱的年代进行了史诗般的刻画，这样一个开头为他的叙事赋予了庄严肃穆的色彩。

在这一语境下，王韬这首夏日出游诗的开头可能显得近乎滑稽的宏大——虽然这也并非没有先例。[3] 然而这一开头最引人注目的效果在于它和《北征》一样用纪年方式表现诗人的忠心。虽然王韬身居比任何唐代诗人所能想象的还要更遥远的异地，他选择用同治年号纪年，以此确认自己大清国臣民的身份。

> 眼中突兀杜拉山，三蜡游屐听鸣泉。
> 岩深涧仄势幽阻，飞泉一片从空悬。
> 我临此境辄叫绝，顿洗尘俗开心颜。
> 居停主人雅好事，谓此不足称奇焉。

---

[1]《杜诗镜铨》，第159页。
[2] 班昭的赋以此开篇："惟永初之有七兮，余随子乎东征。"见《全后汉文》卷九十六，第987页。
[3] 另一位唐代诗人白居易（772—846）的诗《游悟真寺》也有相似的开头。

> 去此十里有名胜，风潭广斥万顷田。
> 上有飞瀑如匹练，下有杂树相娟鲜。
> 爰命巾车急往访，全家俱赋登临篇。
> 其日佳客践约至，遂与同载扬轻鞭。

上面这一节诗让人想到西方文学中称为 priamel 的修辞手法：用一系列事物引出诗歌真正的主题，使此前所引事物全部相形见绌。这里诗人表达他对杜拉山水的赞叹，然而立刻就被"好事"的"居停主人"泄了气，主人告诉他一个更为壮美的所在：

> 初临犹未获奇境，渐入眼界始豁然。
> 意行不惮路高下，疏花密荫如招延。
> 洞穷路尽更奇辟，忽如别有一洞天。
> 水从石窍急喷出，势若珠雪相跳溅。
> 至此积怒始奔注，一落百丈从峰巅。
> 侧耳但觉晴雷喧，声喧心静地自偏。
> 径穿荦确蹑涧石，独从正面观真诠。
> 四顾几忘身世贱，来往忽希逢飞仙。

这段诗的开头几句显然化用了陶渊明的名作《桃花源记》：渔人在穿过一个小山洞后，眼前顿时豁然开朗，别有洞天，而离开以后再也无法重返。在王韬诗中，我们同样看到一个意外发现和渐入佳境的过程，大镬瀑布被赞为人间仙境,一处可能遇到"飞仙"的"洞天"。

另一个陶诗典故出自著名的《饮酒》其五:

> 结庐在人境,而无车马喧。
> 问君何能尔,心远地自偏。[1]

王韬的诗句,"声喧心静地自偏",似乎暗示诗人和陶渊明一样也是自动地选择了隐居生活,并且也同样达到了内心的宁静,这使得外界所有的喧嚣与愤怒都显得渺小和无谓。虽然行雷桥是异域景色,却处在"人境"中心,仅因为诗人的"心静"才显得偏僻。

而且,就像他的先辈一样,诗人也宣称他获得了山景的"真诠":"径穿荦确蹑涧石,独从正面观真诠。"在这两句诗里我们分明听到唐代诗人韩愈(768—824)的《山石》,诗作描述入山观访佛寺,首句为"山石荦确行径微"[2]。诗人在寺庙住宿一晚后,于次日清晨入山,由此见识到了一番奇境:

> 山红涧碧纷烂漫,时见松枥皆十围。
> 当流赤足踏涧石,水声激激风生衣。
> 人生如此自可乐,岂必局束为人羁。

---

[1] 见本书第一章。
[2]《韩愈全集校注》,第107页。

众所周知，描写登山或者寻访佛寺的诗通常都以诗人"得"山水之真髓以及精神体悟作为结尾。韩愈遵循了这一传统，王韬亦然。陶诗、韩诗的典故构成了王韬诗的潜文本，强化了精神自由的意味。诗人称自己"观真诠"的时候，他也是在用"心眼"来观照山水自然。

在体悟的高潮之后，诗人把注意力转向理雅各的家庭。诗作下一段称赞了主人之女，那天她随身带来画具，为山水作素描。诗人则表示他会用语言的媒介对风景做出同样的勾画：

> 万山拥翠忽环合，中有一朵芙蓉妍。
> 惜非胸中具丘壑，坐使腕底生云烟。
> 媚梨女士工六法，定能写此图其全。
> 胜情妙墨发奇想，盍将造化形神传。
> 嗟予穷厄世所弃，胸贮万斛忧愁煎。
> 山灵出奇为娱悦，令以文字相雕镌。

此前王韬已谈到自己"身世贱"，此处他再次哀叹自己的"穷厄"。在这些诗句背后，有着遭受贬谪的中国文人在远离中心的异地山水中寻求安慰的漫长传统。但是，王韬的情况有所不同：他并未停留于清帝国四境之内，而是自愿旅行到异国土地，比在他之前的任何一个中国诗人都走得更远。

> 我乡岂无好山水，乃来远域穷搜研。

> 昨日家书至海舶，沧波隔绝殊可怜。
> 因涉名区念故国，何时归隐江南边。

在这首诗及其长序中，一个反复出现的字是"奇"。行雷桥被描述为"幽奇可喜"；主人告诉诗人杜拉镇山水"不足称奇"；行雷桥一带山川被指为"奇境"，越是前行则越"奇辟"，而这一切都源自山灵之"出奇"。连玛丽小姐的山水素描都受到了"奇想"的激发。但是这些都是自然山水之奇，因此与中国文学传统中频繁用"奇"与"妙"等词语描绘的"佳山水"并无差别。而且，这首诗还进一步通过对早期诗歌的引用，代换和消解了苏格兰山水中的任何异质元素。从这一意义上来说，"奇"已经被完全驯化了。事实上，王韬在杜拉镇极有宾至如归的感受，他的散文游记以这样的语句作结：

> 噫，余处境虽厄，而游览之奇，山水之胜，诗文之娱，朋友之缘，亦足以豪，几忘身之在海外也。

此处的关键词是"几"。在早期中古时代发展起来的"思归"叙事中，总会有一个时刻，仙境的魔力告罄，主人公突然在天堂乐园里感到闷闷不乐。对于王韬来说，这发生在他收到家书之时。家书抵达的具体时间是模糊的。诗中有一句提到"昨日家书至海舶"，然而围绕此诗进行的散体记述却说：

诗成,忽得家书,复缀二绝句于后。

第一首绝句与我们对"奇异"之熟稔化与驯化的讨论直接相关:

一从客粤念江南,六载思乡泪未干。
今日掷身沧海外,粤东转作故乡看。

这套用了一首著名的唐诗《渡桑干》:

客舍并州已十霜,归心日夜忆咸阳。
无端更渡桑干水,却望并州是故乡。[1]

在诗中,诗人渐行渐北:从咸阳到陕西,再到并州(今山西省境内),之后渡过了桑干河(今河北省境内)。然而在王韬的例子中,诗人则是南行——至少在刚开始的时候,从江南前往广东。在这两首诗中,渡水都构成了一个重要的转折点:诗人一旦渡过,他早先的经验就被浪漫化,而在水的另一岸曾经显得陌生并且难以忍受的土地,现在变成了追思的对象,同时,自己最早的出发点则退入更遥远的背景中。

---

[1]《贾岛诗集笺注》,第336—337页。此诗通常系于贾岛(779—843)名下,然而很多学者认为诗的真正作者是刘皂,题为《旅次朔方》。

但王韬不是渡河,而是渡海。从河到海的转变,标志着中古诗人经验与近代诗人经验之间的鸿沟。中古诗人在同一国、同一个帝国之内的不同区域之间旅行,而十九世纪的诗人则在国与国、帝国与帝国之间旅行。站在英格兰的角度看,曾经是士大夫流放地的广东就褪去了它的"蛮荒"属性而变成"中国"的一部分。在某种程度上,我们可以辨识出历史的重复性,因为这就好比是我们在本书第一部分谈到的,江南在早期中古时代完成了从"瘴疠地"向"佳丽地"的转变。然而其间的差异也是深刻的,因为王韬的诗是对新形成的民族国家观念的典型表现。诗人失去了"地方"感,但通过渡海而获得了"国家"感。但是,通过套用一首关于"地方感"的早期绝句,王韬掩盖了他这段经历根本上的奇异之处并把它熟稔化了。

同一位诗人的不同声音

熟稔化以多种形式、在各式文体中出现。比如说清朝使臣志刚,曾写下一部迥异于斌椿和张德彝的观察日记。严肃而充满忧虑的志刚,他的好奇心谨小慎微,他的世界观归根结底趋于保守,总是在不断地反思,对异域的一切都尽量做出理性的合理化解释,试图从文化与技术两个层面来理解西方世界。不过,虽然熟稔化这一修辞并非诗歌这一体裁所独有,诗歌作为古代的"特权文体"在文化版图中具有极大的影响力。一位前现代诗人会抱着有朝一日他的诗歌被人广为传诵的希望，正如张德彝评论斌椿诗作："斌大人诗传于五洲，当亦传于千古也。"[1]他对自己的日记似乎没有这么大的期望，虽然是他的日记——而非斌椿的诗歌——在二十世纪被译为英语且近十年来在中国被数次重印。[2]

在这一节，我讨论诗歌功能的另一个面向，这一面向与志刚游记中散文化的平淡和理性截然相悖。诗人反思，他的诗歌也激发反思，这并不在于诗人说的是什么，而在于他说的方式。我将把注意力主要集中在黄遵宪的作品，因为在所有那些从十九世纪六十年代以来出国访问的华人游客中，黄遵宪把诗歌这一文体的特性与潜质发挥得最为淋漓尽致。黄遵宪的诗歌体现并涵括了众多矛盾的情感和态度，这些情感和态度正是由十九世纪末发生在中国的巨变造成的。

黄遵宪是一位风格多样化的诗人。在他最好的作品中，他一方面娴熟地操纵诗歌传统，一方面对之进行宛转和颠覆。他的《伦敦大雾行》是一首典型的"地狱"作品，充满了"漫漫劫灰黑"和"楼台蜃气中含腥"之类阴风惨惨的描绘。[3]诗人随意组合描述恶魔的佛教词语：

忽然黑暗无间堕落阿鼻狱，
又惊恶风吹船飘至罗刹国。

---

[1] 张德彝，《航海述奇》，第539页。
[2] J. D. Frodsham trans., *The First Chinese Embassy to the West;* Simon Johnstone trans., *Diary of a Chinese Diplomat: Zhang Deyi*.
[3] 黄遵宪，《人境庐诗草》，第183—184页。

在另外一些时候,黄遵宪在观看伦敦时会采取天堂模式,但只是为了挑战这一主题,把它变得复杂化。《感事》其一记述了维多利亚女王宫廷的盛大宴会。[1]诗以一幅辉煌豪华的场景开始:

> 酌君以葡萄千斛之酒,赠君以玫瑰连理之花,
> 饱君以波罗径尺之果,饮君以天竺小团之茶,
> 处君以琉璃层累之屋,乘君以通幰四望之车,
> 送君以金丝压袖之服,延君以锦幔围墙之家。

这呼应了早期中古诗人鲍照(约414—466)《行路难》其一的开头:

> 奉君金卮之美酒,玳瑁玉匣之雕琴。
> 七彩芙蓉之羽帐,九华葡萄之锦衾。[2]

把自己的诗句放置在早期诗歌的词语框架中,一方面是一种"熟稔化"的修辞策略,一方面也更唤起读者对新变之处的注意。在这里,我们看到这些奢侈之物的异国情调,无论是葡萄酒、玫瑰花、菠萝、天竺茶、琉璃窗还是墙上的挂毯等等都是异域新奇之物。黄诗的开篇不仅有鲍诗开篇的两

---

[1] 黄遵宪,《人境庐诗草》,第188—189页。
[2] 鲍照,《鲍参军诗注》,第53页。

倍长,而且还具有更为浓郁的异国风情。

接下来的几行对"诸天人龙"的盛会进行戏剧化的描摹:

> 红氍贴地灯耀壁,今夕大会来无遮。
> 褰裳携手双双至,仙之人兮纷如麻。[1]
> 绣衣曳地过七尺,白羽覆髻腾三叉。
> 襜褕乍解双臂袒,旁缀缨络中宝珈。
> 细腰亭亭媚杨柳,窄靴簇簇团莲华。
> 膳夫中庭献湩乳,乐人阶下鸣鼓笳。
> 诸天人龙尽来集,来自天汉通银槎。
> 衣裳阑斑语言杂,康乐和亲欢不哗。

这段描述中大量使用了被 J. D. 施米特称作"天堂典故"的词语,看起来好像是斌椿宫廷宴会日记的诗体再现。[2] 但正当这段华丽描述以及盛宴本身在"康乐和亲欢不哗"的一刻达到高潮之时,这首诗却突然以感伤的语调戛然而止:

> 问我何为独不乐,侧身东望三咨嗟。

结尾的突如其来加强了它的震撼效果。对盛大宴会的描写成

---

[1] 这句诗几乎原样照搬了李白(701—762)《梦游天姥吟留别》中的句子。《李白集校注》,第 899 页。

[2] J. D. Schmidt, *Within the Human Realm*, p. 120.

第五章 十九世纪的诗歌与经验

为诗人异化疏离感的烘托。天堂被毁掉了。

《感事》组诗的下面两首揭示了诗人伤感的原因：他所熟悉的传统世界秩序受到新知识的冲击，诗人敦促他的同胞抛弃"宋明诸儒"的"虚论"，致力于从眼前的新世界获得真知：

> 古今事变奇到此，彼已不知宁毋耻？[1]

黄遵宪对这些天翻地覆的"古今事变"非常敏感。和志刚一样，他试图理解这些巨变并找出对待新现实的方法。但是在这个过程中，黄遵宪自己也在改变，这从他按照年代排序的诗集中可以窥见端倪。诗人的变化并非发生在一夜之间，也不是从 A 到 B、线条清晰的直接转化，而是随着诗人年纪渐长、见闻越来越广、对世界了解日益加深，在智识与情感方面逐渐变得深厚和复杂。

1874 年，二十六岁的黄遵宪决定赴京赶考。他首先乘蒸汽轮船到达天津港口，之后经陆路到北京。这是年轻的诗人第一次离开家乡踏入世界。他非常不快地发现自己必须和很多外国人一起同船共渡，而且，对外进行开放贸易的港口城市天津也是洋人遍布。黄遵宪写下《由轮舟抵天津作》一诗[2]：

---

[1] 黄遵宪，《人境庐诗草》，第 191 页。
[2] 同上书，第 44—45 页。

遥指天河问析津,茫茫巨浸浩无垠。
华夷万国无分土,人鬼浮生共转轮。
敌国同舟今日事[1],太仓稊米自家身。
大鹏击水南风劲,忽地吹人落软尘。

第三句诗化用了陈恭尹(1631—1700)《崖门谒三忠祠》中的一联:"海水有门分上下,江山无地限华夷。"[2]陈恭尹是明遗民之子,诗题中的"三忠"指文天祥(1236—1283)、陆秀夫(1236—1279)和张世杰(?—1279),三位抗元而死的南宋忠臣。崖门是广东地名,陆秀夫背着南宋小皇帝跳海之处。陈恭尹以这一联诗句对满清征服中国表示悲叹,但对于身为清朝臣子的黄遵宪来说,他诗句里的"华夷"不是指满汉之分,而是指在一片没有边界标志的浩大水域上,中国人与西方人同乘一艘客轮的混杂。黄诗第四句使用了一个巧妙的双关语:"转轮"一方面指轮船,另一方面也指佛教意义上的轮回转世——诗人在感叹人(中国人)与鬼(外国人)共乘一"轮"。

孙子曾说:"夫吴人与越人相恶也,当其同舟而济,遇风,其相救也如左右手。"[3]然而,对初次离乡的年轻诗人来说,和他一起同舟共济的外国人却只是"鬼"与"敌"。被

---

[1] 吴起曾劝告魏侯:"若君不修德,舟中之人尽为敌国也。"《史记》卷六十五,第2167页。
[2] 刘斯奋等,《岭南三家诗选》,第181页。
[3] 《孙子今注今译》卷十一,第197页。

第五章　十九世纪的诗歌与经验

这些陌生的异乡人与无垠的大海所包围的黄遵宪感觉疏离而渺小:"太仓稊米自家身。"这句诗的潜文本是《庄子·秋水》,其中北海之神对河伯说:"计中国之在海内,不似稊米之在太仓乎?"[1]诗人在反省自身之微小的同时,也在反思他的国家在"万国"中的相对位置。

诗人强烈的渺小感引出了最后一联有力然而暧昧的意象:

大鹏击水南风劲,忽地吹人落软尘。

大鹏也来自《庄子》,当它徙于南冥,"水击三千里,抟扶摇而上者九万里"。[2]一眼看去,大鹏似乎代表了诗人自己,然而最后一句又把这种解读变得复杂起来:诗人不是大鹏,而是那个被强劲的南风吹入"软尘"的人。"软尘"指谓大都市的生活——也暗示诗人离舟登陆;它又是佛教词语,指谓红尘世界。陆机曾感叹都城洛阳的风尘玷污了诗人的素衣;此时,只身赴京的年轻诗人黄遵宪同样面对都市生活的未知与诱惑、官场的种种复杂,必定会同样感到焦虑不安。庄子的大鹏原本化自巨鲲,因此当诗人援引大鹏的典故,我们也期待着在诗歌文本里看到某种转变。变化确实发生了,但却发生在玷污与坠落的意义上。被夸大为鹏鸟的自我意识终于瘪气:鸟可以翱翔,人却落入了一个泛滥混杂的

---

[1]《庄子集释》卷十七,第563—564页。
[2] 同上书,卷一,第1页。

世界。

十六年后，1890年初，黄遵宪作为大使薛福成（1838—1894）的随员踏上前往欧洲的旅程。此时的诗人已四十二岁，且已拥有出使日本和美国的经验。他从香港踏上了斌椿、张德彝和王韬等前人航行过的海路。在离港之际，他写下这首《自香港登舟感怀》[1]：

> 又指天河问析津，东西南北转蓬身。
> 行行遂越三万里，碌碌仍随十九人。[2]
> 久客暂归增别苦，同舟虽敌亦情亲。
> 龙旗猎猎张旆去，徒倚阑干独怆神。

这首诗以"又"字开篇，明明指向过去的经历。在《由轮舟抵天津作》一诗中，"问津"一词的含义带有一点摆谱的味道：任何一个受过基本教育的前现代读者都会立即辨认出《论语》中子路问津的典故。[3] 但在这首诗中，"又"字缓和了这一典故的严肃性，甚至让诗句带上一丝冷幽默。"天津"诗第二句描写茫茫无垠的海水，继续了与《论语》问津故事的关联（隐者称天下滔滔）；但"香港"诗的

---

[1] 黄遵宪，《人境庐诗草》，第161页。
[2] 赵国都城被围，平原君前往楚国求救。他想要寻找二十个有才之士随同，但只找到十九人。这时候一个平素鲜为人知的门客毛遂自荐于平原君，平原君同意带他前往。见《史记》卷七十六，第2366页。
[3] 《论语注疏》卷十八，第165页。

第二句却转而引用了另一个孔子典故:"今丘也东西南北之人也。"[1]这里的视角转变——从前诗广阔无垠的海水,到此诗以有限的"转蓬"为喻的诗人自身——对一个堕入软红尘的人来说可以说非常恰当。这个堕落的男子在经历了与亲朋久别等种种辛苦之后,开始以更加友善的目光看待"虽敌亦情亲"的同船旅客。"软尘"的世界把诗人变得更加人性化——换句话说,更为复杂,也更为矛盾。

一首关于插花的长诗展现了诗人的复杂与矛盾。1891年,黄遵宪被任命为新加坡总领事,他在那里居留到1894年。有一段时间他患了疟疾,在当地一位富翁的家中疗养。在这期间,他从花园中摘了一些不同种类的花供养在一个花瓶中。这些花的每一种在中国都代表了一个不同的季节,但在新加坡的热带气候之下却同时开放了。黄遵宪就此经历写下《以莲菊桃杂供一瓶作歌》。[2]诗作劈头一句,一语惊人:

　　南斗在北海西流——

南斗在北意味着新加坡的极南方位;海西流则引用了元好问(1190—1257)的诗句:"古今谁见海西流?"[3]这一反问本来旨在表示"海西流"乃是不可能出现的情况,但在黄遵宪的诗里,"海西流"却被用来正面陈述一个事实:世界

---

[1]《礼记注疏》卷六,第112页。
[2] 黄遵宪,《人境庐诗草》,第214—216页。
[3]《元好问全集》卷八,第233页。

秩序已经颠倒；过去认为不可能的事情已然发生。接下来，反常的情景继续出现，空间上的错乱伴随着时间感的模糊：

> 春非我春秋非秋。
> 人言今日是新岁——百花烂熳堆案头。

诗人在这里对"我"/"人"做出了明确的区分。虽然"我"对节序感到迷惑，他者作为本地人却对时间有清晰的度量。

> 主人三载蛮夷长，足遍五洲多异想。
> 且将本领管群花，一瓶海水同供养。

"蛮夷长"大概是戏谑之语，然而其幽默性却被实有的中国中心主义情绪与当时具有讽刺性的政治局势削弱了。这里一个奇特的词语是黄遵宪用以自指的词——"主人"，因为他从哪一方面来看都算不上"主人"：他不在中国，而在当时属于英国殖民地的新加坡；而且，他正住在佘先生家中休养。事实上，在另一首诗的序言中，诗人恰如其分地称自己为"借居"者，并把佘先生称为"主人"。[1]

归根结底，诗人只能对他插在瓶里的鲜花自称"主人"。J. D. 施米特认为"海"字一定是"清"字的误印，因为"花

---

[1] 黄遵宪，《人境庐诗草》，第298页。

第五章　十九世纪的诗歌与经验

放在海水中会枯萎"[1]。这个观点当然有理，然而我颇疑心此处我们面对的不是什么"现实主义"描述。韩愈曾说："海于天地间为物最巨。"[2]因为海通常被认为是世间众水的最大容器，那么一个盛有海水的小小花瓶正好可以成为容纳不同植物种类和不同人种的合适意象。

> 莲花衣白菊花黄，夭桃侧侍添红妆。
> 双花并头一在手，叶叶相对花相当。
> 浓如栴檀和众香，灿如云锦纷五色。
> 华如宝衣陈七市[3]，美如琼浆合天食。
> 如竞笳鼓调筝琶，蕃汉龟兹乐一律。
> 如天雨花花满身，合仙佛魔同一室，
> 如招海客通商船，黄白黑种同一国。

诗人用了一连串涉及各个感官——听觉、视觉、嗅觉、触觉甚至味觉——的比喻，描写栖身于同一个花瓶中的各种鲜花。这些比喻就和花一样是精心安插布置的，并且从语言上模拟鲜花的繁盛与多样。"蕃汉龟兹乐"，来自世界各地的海客，还有"仙、佛、魔"等，都为末句的惊人意象——"黄白黑种同一国"——构成了铺垫。如此一来，花瓶的维

---

[1] 黄遵宪，《人境庐诗草》，第278页。
[2] 《韩愈全集校注》，第2407页。
[3] 七市是佛经语，指谷米市、衣服市、众香市、饮食市、花鬘市、工巧市、淫女市。

度和意义被突然间放大了。在另一首同题材的诗里,黄遵宪在诗注中列举了第四种花——梅花,但在这首诗中略去了,也许因为这里三种花的三种颜色正好完美地代表了时人基于肤色做出的种族划分。

诗人随即从花"种"与人"种"的多样性,转向脾性、态度、信仰、情绪的多样性:

> 一花惊喜初相见,四千余岁甫识面。
> 一花自顾还自猜,万里绝域我能来?
> 一花退立如局缩,人太孤高我惭俗;
> 一花傲睨如居居,了更妩媚非粗疏。
> 有时背面互猜忌,非我族类心必异。
> 有时并肩相爱怜,得成眷属都有缘。
> 有时低眉若饮泣,偏是同根煎太急?
> 有时仰首翻踟躇,欲去非种谁能锄?
> 有时俯水瞋不语,谁滋他族来逼处?
> 有时微笑临春风,来者不拒何不容。

"非我族类其心必异"是一句古语。在公元前六世纪的原始语境里,"族类"指宗族或亲属,但从那以后词义逐渐扩展,可以用来指同类、同种、同民族。[1] 很多说法在时间的长河中逐渐获得了普遍真理的地位,这句古语就是其中一

---

[1]《春秋左传正义·成公四年》卷二十五,第439页。

例。然而，它的真实性却被下一联中"得成眷属都有缘"的佛教信念打上了问号。对"非我族类"的厌恶，因意识到有时"同根生"也会"相煎急"而缓和；对"逼处"之"他族"的恐惧与憎恨，也被"来者不拒"的宽容大度所反拨。这些态度与观念既矛盾又互补，它们都被写入同一文本，就好像众花杂供一瓶。

接下来，诗人强调天下万花一家，都共享"花"之属性。他扮演了花神的角色，将它们"位置无差池"，并希望众花赞同他的安排：

众花照影影一样，曾无人相无我相。
传语天下万万花，但是同种均一家。
古言猗傩花无知，听人位置无差池。
我今安排花愿否？拈花笑索花点首。
花不能言我饶舌，花神汝莫生分别。

随后，诗人的思绪转向故土，希望他的同胞也能看到这样的奇观，并且能和他一样从众花共生一瓶获得启示。下文中的第一句使用了谐音双关语——中国人又称"唐人"，而温室中早开的花朵也被称为"堂花"：

唐人本自善唐花，或者并使兰花梅花一齐发。
飙轮来往如电过，不日便可归支那。
此瓶不干花不萎，不必少见多怪如橐驼。

由于现代世界充满了像迅捷的蒸汽轮船那样奇怪的新事物,诗人开始考虑新变的其他可能性。在诗的末尾,整个世界变为一个巨大的转世再生之轮,以令人目眩的速度愈来愈快地转动。诗人想象有朝一日"我变为花、花变为我",希望未来由花变成的我,会在我变成的花前,朗诵这首由"今我"所作的诗。

地球南北倘倒转,赤道逼人寒暑变。
尔时五羊仙城化作海上山,亦有四时之花开满县。[1]
即今种花术益工,移枝接叶争天功。
安知莲不变桃桃不变为菊,回黄转绿谁能穷?
化工造物先造质,控抟众质亦多术。
安知夺胎换骨无金丹,不使此莲此菊此桃万亿化身合为一?
众生后果本前因,汝花未必原花身。
动物植物轮回作生死,安知人不变花花不变为人?
六十四质亦么麽,我身离合无不可。
质有时坏神永存,安知我不变花花不变为我?
千秋万岁魂有知,此花此我相追随。
待到汝花将我供瓶时,还愿对花一读今我诗。

---

[1] 五羊城即广州。

在诗的开头,诗人对世界秩序的颠倒表示困惑;然而到诗的末尾,他歌颂变化、创造和新生。受到新的科学发明与发现的鼓舞,诗人让想象力自由驰骋,把佛教的轮回转世信仰、现代科学概念以及中国传统中的沧海桑田巨变意象全都融合在这首诗里,使诗作变成了一个来者不拒的文本容器,承载着相互对照甚至互相矛盾的成分,在文本的层次上模拟了容纳不同花种的花瓶。

不同的声音、态度和信仰并不总是那么容易调和,然而诗歌为诗人提供了一个灵活、富有弹性、对上演暧昧歧义来说最为理想的形式。黄遵宪写于1895年的《台湾行》是一个极好的例子。[1] 在这首诗里,王朝与帝国、种族、亲族以及领土主权的问题重重交织,对这些问题,诗作巧妙地利用了乐府传统中虚构角色的叙述声音,传达了诗人的矛盾态度。我们发现,这首诗中存在着众多声音与众多视角,诗人自己的声音直到结尾处才加入进来,但它埋没在一干嘈杂争喧豗的声音里,不一定具有最高权威。

诗的开篇即充满"喧嚣与愤怒":雷霆般的鼓声、求诉苍天的呐喊、充满激情的公共演讲和眼泪。这些声音的背景是清政府在甲午战争失败后被迫割让台湾的决定。

> 城头逢逢雷大鼓,苍天苍天泪如雨。
> "倭人竟割台湾去!当初版图入天府,

---

[1] 黄遵宪,《人境庐诗草》,第245—247页。

天威远及日出处。我高我曾我祖父,
芟刈蓬蒿来此土。糖霜茗雪千亿树,
岁课金钱无万数。天胡弃我天何怒?
取我脂膏供仇虏。眈眈无厌彼硕鼠,
民则何辜罹此苦?亡秦者谁三户楚,
何况闽粤百万户,成败利钝非所睹。
人人效死誓死拒,万众一心谁敢侮?"
一声拔剑起击柱——"今日之事无他语,
有不从者手刃汝!"

这篇慷慨激昂的演讲词诉诸历史和祖先以及开垦蓬蒿的辛劳,以此来捍卫对这块土地的拥有权。具有讽刺意味的是,发言者是汉族移民的后代,是视清王朝为"天"的"闽粤百万户"的一员。台湾当地的少数民族大可以对这些汉族移民统治者说相同的话:"眈眈无厌彼硕鼠。"

这首诗接着写道:

堂堂蓝旗立黄虎,倾城拥观空巷舞。
黄金斗大印系组,直将总统呼巡抚!
"今日之政民为主,台南台北固吾圉,
不许雷池越一步。"

为了抵抗日本的占领,1895年5月25日,一批台湾官员宣布成立"台湾民主国",并由台湾巡抚唐景崧(1841—

1903）出任总统。"台湾民主国"的国旗蓝地黄虎，国玺上刻"民主国之宝印"。诗句第四行"直将总统呼巡抚"的"直"值得注意：这里的语气是否带有讽刺，还是惊讶？

　　一只绣虎终究无法与日本军队抗衡，这个短命的"民主国"在1895年秋天即宣告灭亡。唐景崧和他的诗人将军丘逢甲（1864—1912）各自分头逃往大陆。

> 海城五月风怒号，飞来金翅三百艘，
> 追逐巨舰来如潮。前者上岸雄虎彪，
> 后者夺关飞猿猱。村田之铳备前刀，
> 当辄披靡血杵漂。神焦鬼烂城门烧，
> 谁与战守谁能逃？

讽刺的语气在下面一段描绘台湾投降的诗句里强化：

> 一轮红日当空高，千家白旗随风飘。
> 搢绅耆老相招邀，夹跪道旁俯折腰。
> 红缨竹冠盘锦条，青丝辫发垂云髾。
> 跪捧银盘茶与糕，绿沉之瓜紫蒲桃。
> "将军远来无乃劳，降民敬为将军犒。"

　　首句的"一轮红日"暗示日本国旗当空飘扬，而表示投降的白旗则替代了"台湾民主国旗"的黄与蓝。"搢绅耆老"纷纷出门，夹跪在路旁欢迎日本军队，这一幕情景与先前民众庆祝"台湾民主国"成立之"倾城拥观空巷舞"形成了具有讽刺意味的对比。

接下来,我们听到日本将军的一番说辞,这与诗一开头台湾官员的慷慨陈词构成了完美的对照:

> 将军曰来呼汝曹,"汝我黄种原同胞,
> 延平郡王人中豪,实辟此土来分茅。
> 今日还我天所教,国家仁圣如唐尧,
> 抚汝育汝殊黎苗,安汝家室毋谎谎。"
> 将军徐行尘不嚣,万马入城风萧萧。

这番演说词同样诉诸"天",并提出历史和祖先,来为日本在台湾的殖民统治正名。此外,这位日本将领还意味深长地提到"延平郡王"也即"国姓爷"郑成功(1624—1662),郑成功曾经打败荷兰,攻下台湾,还曾作为明朝遗民抗击清军。郑成功之母田川氏是日本人,死于抵抗清军。日本将领的演说特别提出"黄种"的概念,旨在强调日本人不同于荷兰殖民者,是和中国人一样的亚洲人。如此一来,这个日本将领依靠巧妙的修辞术,提醒台湾的汉人他们本来有着种族和亲属的渊源,对他们来说日本人事实上要比满洲人亲近得多,日本现在对台湾的占领不过是取回原本就属于日本的领土罢了。最后,他把日本天皇比作唐尧,许诺说他给予这些台湾的汉人移民的待遇一定会比对台湾少数民族的待遇更为优厚。

日人的安抚之词似乎相当有效。民众被劝服了:

> 呜呼将军非天骄，王师威德无不包。
> 我辈生死将军操，敢不归依明圣朝？

匈奴单于曾写信给汉武帝说："南有大汉，北有强胡。胡者，天之骄子也。"[1]这里，台湾的民众承认日本人不同于"胡"（不是白种人也不是满洲人），看来日本将领对"黄种"的强调似乎起到了作用。此外值得注意的是用"朝"来指日本，这一方面当然是趁韵，但另一方面也暗示日本占领台湾不过是改朝换代而已。换句话说，在"黄种"与"白种"相争的大背景之反照下，台湾统治者的更替不再被视为汉人与"倭人"的较量，而仅仅只是一个王朝替代另一个王朝。一切都是相对的！

日军入城时的安静和秩序，与此前情感激烈民众喧嚣的场面形成了鲜明对照。这首诗最不寻常的地方，在于几乎所有争夺台湾的力量都被给予一个机会来陈述各自的观点。无论是台湾官员还是日本将军的演说都没有被诗人漫画化，而是基本上以新闻报道式的客观呈现给读者。这在中国古代诗歌传统中是相当可观的。

但是，我们终于在诗歌的末尾听到了诗人自己的声音：

> 噫哦吁，悲乎哉，
> 汝全台！

---

[1]《汉书》卷六十四，第3780页。

> 昨何忠勇今何怯，万事反覆随转睫。
> 平时战守无豫备，曰忠曰义何所恃？

作为总结，诗人对台湾的境况表达悲痛与惋惜，批评了台湾官府的反复无常和疏于战备。然而，这样的结尾对整个事件来说，对整首诗中呈现的多方面观点与声音来说，显得令人奇怪地欠缺。值得注意的是，诗人作为叙事者发出的声音，不过是诗作中众多的声音之一，因此，叙事者的声音也就成为诗人传达出来的众多声音之一种，这些声音包括诗作开始时慷慨激昂的演讲，日本将军振振有理的安抚，还有对"台湾民主国"成立的叙述，对战事的叙述，以及台湾民众对日军的接纳与表示臣服的诺诺之声。由于诗歌叙事在表现事件时可以跳过某些关联环节和留下空隙，诗歌比散体文字更容易上演含混暧昧与模棱两可。黄遵宪选择以"行"为诗题，意谓在乐府诗的传统中写作，而在中国古典诗歌中，乐府是一个可以允许诗人借用一个特定角色比如士兵或游侠的声口进行叙事和抒情的诗体。但即便如此，我们也很少在一首乐府之内听到如此复杂的众声交响，更不用说是以这样一种在感情上与道德上都相当含糊暧昧的方式。

在这首诗里唯一缺席的，是台湾少数民族的声音。这些少数民族被称为"黎苗"，其身影只在汉人所芟刈的"蓬蒿"之中隐约闪现。对台湾领土主权的争夺发生在"黄种"与"白种"之间，后者包括曾经占领或曾经垂涎台湾的荷兰人、法国人和英国人；但是，这场争夺战的参与者不包括岛上的少数民族在内,虽然发生在他们和日本人之间的一次冲突原本是这一系列事件的导火线。[1] 虽然黄遵宪是一位更加出色的诗人,也是一个思想更为复杂的人,但他与斌椿和张德彝一样,在地缘政治观点方面,对世界做出了带有等级差别的整序。

有时候,在黄遵宪的诗作中,众多嘈杂的声音完全淹没了诗人叙事者自己的声音。在一首题为《春夜招乡人饮》的杰作中,诗人利用诗歌的长度,从形式的层面模拟了压倒性的众声喧哗。这首诗写于1885年,当时诗人结束了在日本和美国的八年海外生活回到故乡。[2] 诗的开篇犹如一幕舞台布景,交代了时间、地点和场合:

> 春风漾微和,吹断檐前雪。
> 寒犬吠始停,众客互排闼。
> 出瓮酒子釅,欹壁烛奴热。
> 花猪间黄鸡,亦足供铺啜。
> 团坐尽乡邻,无复苛礼设。
> 以我久客归,群起争辩诘。

"辩诘"随之而来,第一个邻居针对日本提问:

> 初言日本国,旧是神仙窟。

---

[1] 《清史稿》卷一五八,第 4623—4624 页。
[2] 黄遵宪,《人境庐诗草》,第 147—150 页。

珊瑚交枝柯，金银眩宫阙。
云余白傅奁，锦留太真袜。[1]
今犹骖鸾来，眼见非恍惚。
子乘仙槎去，应识长生诀。
灵芝不死药，多少秘筐箧？

这个邻居对旧有蓬莱仙岛之称的日本做出一段传奇性的描绘，但他宣称这些奇妙传说"眼见非恍惚"，询问诗人可曾从仙岛带来长生不死的灵丹妙药。另一位邻居则大谈哥伦布（"可伦坡"）如何发现美洲：

或言可伦坡，索地始未获。
匝月粮惧罄，磨刀咸欲杀。
天神忽下降，指引示玉牒。
巨鳌戴山来[2]，再拜请手接。
狂呼登陆去，炮响轰空发。
人马合一身，手秉黄金钺。

---

[1] 白傅即唐代诗人白居易，他的诗歌对日本古代文学产生了重大的影响。太真即唐玄宗的宠妃杨玉环（719—756），在"安史之乱"中被赐死，但也有人传说她实际上没有死，而是秘密渡海前往日本，在那里度过余生。据说马嵬店媪拾得杨妃锦袜一只，"过客每一借玩则须百钱，前后获利极多，媪因至富"。见李肇（九世纪人），《唐国史补》，收入《唐五代笔记小说大观》，第165页。
[2] 指大海中的仙岛由巨鳌承载这样的中国古传说。见《楚辞·天问》、《列子集释》卷五等。

> 野人走且僵，惊辟鬼罗刹。
> 即今牛货洲，利尽西人夺。
> 金穴百丈深，求取用不竭？

对于1885年的中国士人来说，哥伦布不再是完全陌生的人物。这段描述呼应了十九世纪末在中国社会上流传的数部有关海外的著作。魏源（1794—1857）曾写道："墨利加洲当为释典之西牛货洲，非臆度也。"[1]关于"人马合一身"的说法可参考徐继畬的《瀛寰志略》，此书自1847年初版以来多次重印："其地〔美洲〕旧无牛马羊豕犬猫。〔西班牙人〕初到时，骑马登岸。岸上人望见，以为与人一也，皆惶骇奔避。"[2]在关于美洲的一节，徐继畬还记录了南美安第斯山因银矿丰富而被称作"金穴"。[3]

还有一本可能启发了黄遵宪邻居的著作是日本学者冈本监辅（1839—1904）所著的世界历史，题为《万国史记》。此书以汉文撰写，1879年在日本出版后很快传到中国，在中国多次重印。黄遵宪自己不仅读过此书，而且还曾就其内容发表评论。[4]这部著作对哥伦布发现新世界的叙述要比其他两书都更为详尽，例如它讲到水手们一开始曾诅咒哥伦布

---

[1] 魏源，《海国图志》卷七十四，收入《续修四库全书》第744册，第343页。
[2] 徐继畬，《瀛寰志略校注》，第293页。
[3] 同上书，第292页。
[4] 黄遵宪关于这部著作的观点可参见刘雅军的讨论，《晚清学人"世界历史"观念的变迁》，第98页。

的误导，但在最后终于看到陆地时，他们都对哥伦布再拜致敬；也讲到为了威慑当地土著，哥伦布用枪炮发出巨响，使土人辟易惊散。[1]天神降临及巨鳌戴山都是神话传说材料，但哥伦布本人正是第一个神化自己探险经历的人。[2]黄遵宪诗中关于美洲的一节是对哥伦布的传奇性描绘，而它的来源是文本知识。

另一个邻居向诗人询问太平洋里神奇的海鱼：

> 又言太平洋，地当西南缺。
> 下有海王宫，蛟螭恣出没。
> 漫空白雨跳，往往鱼吐沫。
> 曾有千斛舟，随波入长舌。
> 天地黑如磐，腥风吹雨血。
> 转肠入轮回，遗矢幸出穴。
> 始知出鱼腹，人人庆复活。

这段诗真可以说是志怪的素材，但它记述的内容可以在斌椿关于海外经历的日记和诗歌中找到。斌椿回国后出版的日记（三篇序中有两篇写于1869年）非常有名，很快就传播到日本并于1872年在日本翻刻，在本国也因大受欢迎而

---

[1] 冈本监辅，《万国史记》卷十九，第 2a—b 页。
[2] 参见 Mary Campbell 在 The Witness and the Other World 一书第五章对此所做的讨论。

得到重印。[1]有一则日记记录斌椿在瑞典时曾看到过"巨鱼"之骨,"长六丈有奇"。斌椿详述他如何缘梯而上"入鱼口少坐"。[2]他还写了一首题为《观大鱼》的诗来纪念这一奇观:

> 巨鱼闻说可吞舟,皮化为船六丈修。
> 今日九人鱼腹坐,宛然游泳在中流。[3]

黄遵宪诗中询问太平洋的邻居似乎受到了类似记载的启发。

另一位邻居对海外经历的想象完全可以通过摘抄早期海外游记来做注解,包括当时已经印行的斌椿和张德彝的日记:

> 传闻浮海舟,尽裹十重铁。
> 叠床十八层,上下各区别。
> 牛羊豕鸡狗,万物萃一筏。
> 康庄九达间,周庐千户辟。
> 船头逮船尾,巡行认车辙。

---

[1] 日版《乘槎笔记》(*Jōsa hikki*)于明治五年(1872年)由袋屋龟次郎(Fukuroya Kamejirō)在东京出版,目前哈佛燕京图书馆善本书室藏有此版。有学者以为清朝使臣的日记很少印行,无论士人阶层还是一般读者都不轻易得见,张德彝的日记是其中唯一流传于书市的。情况似乎未必如此。参见吕文翠的讨论,"Transcultural Travels," pp. 24—25。

[2] 斌椿,《乘槎笔记》,第127页,同治五年五月二十九日(1866年7月11日)日记。

[3] 同上书,第174页。

张德彝日记对远洋客轮有详细描述。其中一则日记写道:"[客轮]前半,有二等客之叠起铁床一千五百,左右则羊厩鸡埘,秽味不堪其扰。"[1]

又一位邻居问到西方的建筑:

> 其人好楼居,四窗而八达。
> 千光壁琉璃,五色红鞾鞨。
> 杰阁高入云,明明月可掇。

这里我们必须再次引用张德彝日记:"墙则一色白石,窗则一色玻璃。"[2]另一则日记写道:"法京大小楼房,不下千万间,而窗牖皆嵌玻璃,绝不糊纸张,内外洞见,一律晶莹,可免风雨飘摇之患矣。"[3]最早一批出访海外的中国游客都对玻璃窗印象深刻,因为当时在中国窗户仍然是纸糊的。他们也无不惊诧于楼房的高度。王韬在《漫游随录》中说:"都[伦敦]中屋宇,鳞次而栉比。高至数层者,干霄入云。凭栏远眺,几疑为天际真人,可望而不可即。"[4]

接下来,话题转向海外生活的另一方面:

> 出入鬼仙间,多具锁子骨[5]。

---

[1] 张德彝,《欧美环游记》,第629页。
[2] 张德彝,《航海述奇》,第491页。
[3] 张德彝,《欧美环游记》,第779页。
[4] 王韬,《漫游随录》,第103页。
[5] "锁子骨"被视为得道者的身体特征。

> 曾见高缅伎，行绳若飞越。
> 犁鞬善眩人，变态尤诡谲。
> 常闻海客谈，异说十七八。
> 太章实亲见[1]，然否待子决。

对外国马戏杂技表演的浓厚兴趣在中国源远流长。"犁鞬"是罗马帝国的中文名字，以其"善眩人"的表演负有盛名。[2] 访问欧美的中国游客以夸张的语言记录了很多观看戏剧以及马戏表演的经历。在黄遵宪诗中，这位邻居希望诗人以自己的目击叙述来见证那些奇闻。

另一位邻居对外国食物特别感兴趣。值得注意的是，下面这段诗里提到的每一种食物都可以追溯到早先的文学作品，"苜蓿"和"葡萄"更是被当作代表了异国风味的典型"外国"食品，虽然它们早在大约两千年前就已经由中亚引进了中国。

> 诸胡饱腥膻，四族出饕餮。[3]
> 饤盘比塔高，硬饼藉刀截。

---

[1] 太章是传说中大禹时的善行走者，禹派他自东极步行至西极。《淮南鸿烈集解》卷四，第132页。

[2] 参看公元三世纪鱼豢《魏略》中对大秦国的描述。见陈寿《三国志》裴松之注（卷三十，第860页）。《史记》也记载条枝国"善眩"。见《史记》卷一二三，第3163页。

[3] 指尧把包括饕餮在内的"四凶族"流于四裔事。见《春秋左传正义·文公十八年》卷二十，第355页。

菜香苜蓿肥，酒艳葡萄泼。
冷淘粘山蚝，浓汁爬沙鳖。[1]
动指思异味[2]，谅子固不屑？

又一位邻居开始语涉不逊地对诗人蓄须表示不满，认为他大概是在效仿洋人：

古称美须眉，今亦夸白皙。
紫髯盘蟠虬，碧眼闪健鹘。[3]
子年未四十，鬑鬑须在颊。
诸毛纷绕涿，东涂复西抹。[4]
得毋逐臭夫，习染求容悦？[5]
子如夸狄强，应举巨觥罚。

值得注意的是诗人还没有开口，这个邻居已经明白告诉诗人不可以"夸狄强"，否则便会罚以巨觥。

另一位邻居对海外诸国的大小表示怀疑：

---

[1] 此借硬饼、苜蓿、葡萄、冷淘、山蚝、爬沙鳖等代指各种异味。
[2] 食指动表示将享用美食。见《春秋左传正义·宣公四年》卷二十一，第368页。
[3] "紫髯碧眼"在这里被用来描写一切洋人的"典型"相貌（虽然这也是孙权的容貌特征）。这种不分青红皂白的概括至今仍十分常见，特别在不熟悉一个外国民族的时候，根本不能辨别具体个人的长相。
[4] 此用刘备以"诸毛绕涿居"嘲人多须事。《三国志》卷四十二，第1021页。
[5] 这里邻居用海上逐臭夫的典故（见《吕氏春秋新校释》卷十四，第816页）嘲笑黄遵宪效仿洋人。

第五章　十九世纪的诗歌与经验

> 谬称夜郎大,能步禹迹阔?
> 试披地球图,万国仅虮虱。
> 岂非谈天衍[1],妄论工剽窃?

禹为治理洪水而行游四境,"禹迹"在后世便常常用来代表中国的疆域。这个邻居的质疑让人想到一个关于清朝官员拒绝相信世界各国之存在的流行笑话。在十九世纪六十年代初担任兵部尚书的万青藜(1821—1883),据说曾经愤愤然地质问:"天下那有如许国度?想来只是两三国,今日称'英吉利',明日又称'意大利',后日又称'瑞典',以欺中国而已!"[2]

到此时,诗人和乡邻的饮宴就和这首诗一样达到了高潮。诗开始时有春风扇"微和",此刻"和"已消失在越来越嘈杂吵闹的众声喧哗之中。犬吠声被震裂了屋瓦的大笑声代替。酒醉后大呼小喝的客人打翻了酒杯,碰掉了筷子,原先只说不设"苛礼",此时此刻则是一派混乱。然而相比之下,诗人自己却缄口无言。

> 一唱十随和,此默彼又聒。
> 醉喝杯箸翻,笑震屋瓦裂。

---

[1] "谈天衍"指战国时期的齐人邹衍,据说喜欢谈论宏大话题,他称"中国"是世界上的九州之一。见《史记》卷七十二,第 2348 页。随着十九世纪清人世界知识的增长,邹衍的大九州说被频繁提到。
[2] 见汪康年(1860—1911),《庄谐选录》卷三,第 30a 页。

平生意气颇，滔滔论不歇。
到此穷诘屈，口钳舌反结。
自作沧溟游，积日多于发。
所见了无奇，无异在眉睫！
山经伯翳知，坤图怀仁说。[1]
足迹未遍历，安敢遽排讦？
大鹏恣扶摇，暂作六月息。
尚拟汗漫游，一将耳目豁。
再阅十年归，一一详论列。

这个精彩结尾使这首诗成为一篇杰作，因为此诗最重要的一点，就在于主、客视角之间的有意对比和微妙平衡。从未出过国的乡邻们很明显怀着强烈的好奇在贪婪阅读当时的海外游记。通过阅读和传闻，他们对外部世界"了解"得如此之多，以至于让在座唯一一个拥有真正海外经验的人陷入了沉默。然而，如果仔细检视，我们会发现他们的大部分"知识"不是来自对异域的传统想象和传统描述套路，就是对海外生活的异域风情层面过分关注，最终落入了天堂／地狱的旧有观看模式，在"鬼／仙"之间游移。这样的知识可

---

[1] 伯翳是传说中舜的臣子，和禹一起"驱禽兽、命山川、类草木、别水土"。见刘歆（约公元前 53—23），《上山海经表》，《全汉文》卷四十，第 346 页。南怀仁即著名的传教士 Ferdinand Verbiest（1623—1688），他 1659 年来到中国，是 1674 年出版的《坤舆图说》一书的作者，参见 Richard J. Smith, "Mapping China's World," p.72。

以轻易讲说,因为已经有章可循;相比之下,诗人从长年累月的亲身经历中获得的知识非常复杂,反而使他哑口无言。由于在海外的漫长居留,一方面他已对海外之"奇"感到过于熟悉和习惯而不再觉得"奇";另一方面,越来越深的了解剥去了海外风情的梦幻性,诗人最终看到异国之人性与本国无甚差异,"无异在眉睫"。这是对"好奇"精神的拆穿与破解,但并非像王韬那样通过"把异国熟稔化"的方式,而是通过解构"奇"本身。

诗人当然没有真的沉默。他通过写下这首诗而获得最后的发言权。这首诗有意识地反省了这样一个问题:在书写异域时,有没有可能跳出那些已有的修辞套路和主题陈规?它使用了传统的观看修辞模式,以求质疑并挑战这一模式。在这首诗中,那些曾经显得奇异的东西(诗人借邻居之口提出的种种问题)变得熟悉和老套,完全丧失了原先的奇异;而真正的奇异,其实正是不同文化传统之共有的人性之境况。然而这一真正奇异的面向是不可言说的,正因为它已超越了传统的观看世界的模式。

十九世纪是全世界都在经历剧变的世纪。在这个世纪,中国经历了历史上第二次由于和海外世界接触而发生的文化及思想巨变。在早期中古时代,佛教宇宙更近乎一个抽象原则而不是具体可感的现实,而且,世界上那些遥远的国度,不像是中国的近邻,更多属于传闻而不是面对面的遭逢。但在十九世纪,情况完全不同了。不仅仅是商人、水手、翻译和底层官吏,就连向来少越国门的士大夫也漂洋过海,亲眼看到了"外面"的新奇世界。同时，西方列强也进入中国，带来了新的技术、知识和观念。

在著作《把世界带回家》(*Bringing the World Home*)中，胡志德讨论了"中国的接纳危机如何在文学领域内得到解决——尤其是在小说叙事以及1895年后伴随小说这一文体的自觉转变而出现的批评著作之中"[1]。如其所言，在清末民初出现了对"文"尤其是小说的自觉的理论阐述，这是救国大业的一个中心策略。我更感兴趣的，则是在中国与新世界秩序的交涉之中诗歌所扮演的角色。由于"新小说"被视作"动员全国的关键"，小说在文学领域占有越来越突出的位置；诗歌在晚清没有如小说那样获得广泛而深切的关注，这一局面直到二十世纪初"五四"知识分子们为宣传白话新诗而攻击传统诗歌形式时才有所改变。黄遵宪常常与"诗界革命"这一观念并提，但正如学者已指出的，从他的现存著作来看，诗人自己从未使用过这个词。[2]总而言之，在世纪之交，与小说所担负的沉重责任相比，写诗基本上成为一种相当私人的行动，成为诗人个人借以应对异化境况的尝试。黄遵宪对诗歌表达作用的反复强调，所突出的是作为个人表达的诗歌，而不是诗歌对公共生活和社会生活的影响。[3]这在我们考虑十九世纪晚期诗歌时不失为一个有意思的切入点。

---

[1] Theodore Huters, *Bringing the World Home*, p. 15.
[2] J. D. Schmidt, *Within the Human Realm*, p. 47.
[3] Ibid., pp.53-55.

在这一章中,我对诗歌角色的兴趣并不在于对这一文体的研究批评,而更多关注于这一文体的实际运作方式。在肯尼斯·伯克(Kenneth Burke)的经典文论中,他提出把诗歌看作是对挑战性境遇的"策略性回答"。"这些策略对境况做出估量,命名其结构和突出成分,而且命名的方式表现出一种鲜明的态度。"[1]十九世纪描绘海外经验的诗歌正是对一种既熟悉又新鲜的景况做出的策略性回答——熟悉,因为这并非中国历史上第一次与异域产生了有深远影响的接触;新鲜,因为这一境况的内涵已然改变。对诗歌形式的选择,包括诗歌中常见的对早期文学作品的典故进行引用和响应,正是诗人与外界强加于其身的疏离异化感进行角力的手段。正如珀耳修斯依靠观看美杜莎的镜像来斩杀这个不可直视的女妖一样,诗人的风格,他的形式,就是"这样一面镜,使诗人得以在镜像的庇护之下面对挑战"[2]。用"格式化"或者传达信息"不准确"等指控来围攻诗歌,完全误解了文学研究的目的。文学研究不仅追问"什么",而且要追究"怎样"。换句话说,形式就是内容。

早期文学中观看异国的天堂/地狱模式使人们具备了理解陌生未知事物的基本框架。然而,虽然这个模式能给人带来安慰并提供表达困难经验的话语手段,但对于像黄遵宪那样能够看到异域之复杂性的旅客来说却显出不足。

---

[1] Kenneth Burke, *The Philosophy of Literary Form*, p. 4.
[2] Ibid., pp.53-55.

诗歌因其特定的文体特征而赋予作者特别的能力。一首成功的诗可以把难以调和甚至不可能调和的复杂与冲突包容在内,因为传统诗歌形式的紧密性允许相异甚至相互矛盾的元素交错并置,而交错并置的方式在散体书写中就未必行得通。这种并置在各元素之间创造出一种新的关系。在高超的作品里,这种关系具有弹性和激发性,而且富于阐释潜力。阐释是文本与读者之间的相互作用,但并非所有文本都生而平等:在给读者提供阐释资源方面,有的文本丰富,有的文本贫瘠。

本节最后所要讨论的一首诗集中体现了以上谈到的这些问题。黄遵宪的《小女》写于1885年,与《春夜招乡人饮》大致同时。[1] 在漂泊万里、离乡八载之后,诗人和久别重逢的家人一起共享一段安静时光:

> 一灯团坐话依依,帘幕深藏未掩扉。
> 小女挽髻争问事,阿娘不语又牵衣。
> 日光定是举头近?海大何如两手围?
> 欲展地球图指看,夜灯风幔落伊威。

与黄遵宪很多其他作品不同,这首诗仅仅在第五句用了一个典故,这个典故再次把我们带回早期中古时代。四世纪初,晋元帝曾把当时年纪还小的儿子——未来的晋明帝——

---

[1] 黄遵宪,《人境庐诗草》,第151页。

抱在膝上，问他长安与太阳相比之远近。明帝回答说太阳更远，因为"不闻人从日边来"。元帝叹其聪慧，次日，就像天下所有为自己的孩子感到骄傲的父母一样，"集群臣宴会告以此意，更重问之"，可是这一次明帝却回答说太阳更近。元帝变了脸色，问他为何改口，明帝答道："举头见日，不见长安。"

这是一个有名的故事，任何一个读者都会立刻识别出这是描写儿童早慧的熟悉模式。但紧接着的下一句诗却并无先例："海大何如两手围？"其实，这里我们并不知道到底哪一句诗真的曾经是小女孩对父亲提出的问题："日光定是举头近"虽然用了典，但也很可能确是小女孩曾经说出的话，而下一句诗才是诗人为作诗而想象出来的妙语。我们不可能找回这两句诗所指向的那个诗外的"真实"世界。我们只知道熟悉与新奇是一对相互依存的概念：上一句诗作为描写儿童早慧的传统修辞，向读者展现了久已建立起来的文化—语言编码；而下一句诗则通过表现非标准的现象以及个人化和私人化的现象与上句形成反差，从而创造出一种"现实效果"。这两句诗一方面通过既有的话语给读者带来安慰，一方面又给读者带来震动和冲击。这么做的结果是把我们的注意力引向这两句诗本身的构建性，以及诗中所呈现的想象空间的构建性。

这是一个封闭的空间：傍晚时分，可能是用过晚餐之后，帘幕已经拉上，一家人围着一盏灯团团而坐。这是一个属于家庭生活、属于女性的空间：妻子在场，小女喋喋饶舌。诗人从一开始就划分出界线，分隔开内与外、家与世界、女性家属的家庭空间与男子的公共空间。前者亲密、温暖而祥和，与外面的世界相比是那么小而脆弱；在这里，即使是世界地图的展开也被打断，因为它和这样一个女性化的空间显得格格不入。

然而诗人划出的这道界线并不刻板，缝隙随处可见。诗的第二句告诉读者，门还是开着的：风吹进来，烛火摇曳，烧死了一只扑在火上的灯蛾。亲密、温暖与祥和的场面以一幕小小的暴力与死亡结束。外面的世界以具有威胁性的力量隐约浮现：从外面的黑暗中突然刮进来的一阵强风。

即使在此之前，外面的世界已然侵入，这只消看诗人的小女儿如何纠缠着爸爸询问各种问题，对世界表现出强烈的好奇心：外国和太阳比起来哪个远？如果我把两只手臂都展开，是否就能把大海围抱起来呢？这里引人注意的是女孩的纤小与海洋的浩瀚之间的对比。小女孩的天真在巨大、坚硬的世界面前显出令人揪心的脆弱。如果诗人描写的不是小女儿而是小儿子，诗作的氛围恐怕会非常不同：对十九世纪的中国人来说，男孩长大成人后会投身于外面的世界，学父亲的样子"大鹏恣扶摇"，女孩却不能指望这样的远大前程。在这一语境下，"阿娘"的沉默不语显得意味深长。这是那种胜过千言万语的沉默，与飞蛾死亡的最终沉寂构成文本上的巧合。

突然间，诗人在这个家庭空间里显得难堪和别扭。家庭是海洋与政治风波的避难所，可是他本人即代表了外面世界的力量,成为这个女性空间的侵犯者,暌违八年的陌生人。处处可见他的男性标记:被小女儿抚玩的胡须,卷在行李箱中的世界地图。他并不是奥德修斯——没有什么求婚者需要他屠戮,但他的确用他带回来的新知识、图表以及关于海洋和新世界的种种奇闻异事,干扰了家里的秩序与平和。在打算给小女展示世界地图时,他用的词——很有意思的——是"指看"。他似乎在表示,只有当她自己亲眼看到,才能理解世界有多么巨大;然而就在此刻,一阵风吹来,烛火闪烁,灯蛾坠落,打断了他的话头。诗人无法和家乡人,无论是邻居还是妻女,交流自己新得到的知识和经验,他被关锁在这份孤独之中,正如妻子受限于家庭生活的空间、女儿受限于她的天真。在这首诗里,就和在《春夜招乡人饮》中一样,诗人就其关于海外经验的无语和失语,做出了口才动人的表达。

在过去,人们常常用来给自己定位的一个词是"家国";但现在这个词却必须改成"家世界"。在很多层面上,诗人在《小女》中描绘的家庭空间,可以被视作当时处在民族主义和国际主义时代前夕的中国的寓言。但是,诗结尾处那个神秘有力的意象,那只焚身于烛火、分散了小女孩注意力、打断了地球图指看的灯蛾,却属于诗歌,最好的诗歌,它在诗人和他所遭逢的异域之间做出介入和干预。

结　语

我写这本书有两个主要目的。一个目的是唤起读者对中国历史上两个阶段之间可比性的注意。在很多方面，早期中古时代和十九世纪存在着惊人的相似，而它们之间的差异也同样启人深思。

人们（至少是在西方社会里）对古代中国常常有一种误解，以为它在西方列强迫使中国打开国门之前是相当封闭的。这种想法有一个预设，也即中国古代传统在漫长的几千年里一直保持固定不变，而这和事实相差甚远。在早期中古时代，人们常常出门远行，他们对观看世界和用新眼光观看世界抱有强烈的欲望。在此时，一个观看与再现世界的范式得以确立，并一直延续到十九世纪，同时承载了大量的压力和张力。两个历史阶段的不同之处在于它们各自的特定社会条件和情境，以及它们分别针对这些具体条件和情境做出的对应策略。

一个重要的不同点在于技术的影响力。这在十九世纪改变了全世界。与早期中古时代在技术方面的均衡局势相比，西方国家在科学技术方面取得的长足进展及随之而来的军事和经济利益彻底改变了中国和西方的权力平衡。在中古时代,本土文化传统发生了巨大的变化,但这些变化的发生是逐渐的,也基本上是自愿的;到了十九世纪,变化的发生则前所未有地急速而紧迫。出于现实需要,中国的士大夫阶层不得不远离帝国疆域,即便他们在开始时仍想维持原有的天堂/地狱模式,特别是在他们刚刚接触到西方世界的时候,但他们看到的东西却越来越难以被局限在这一模式之中了。

谢灵运和黄遵宪之间的对比非常具有启发性。谢灵运是一个热切的游客,但他从未离开过南朝的疆域——他的最后一站地是广州。他属于四、五世纪之交的那一代人,他们不但迫切地渴望看到世界上前所未见的领域,而且更重要的是,他们对使用新的视角观看世界引以为荣。谢灵运的时代有意识地努力拓展地理、文化和智识的疆域,但是这一拓展发生在空间层面,时间层面的宇宙结构基本上保持稳定。然而,在我们都十分熟悉的关于现代性的故事里,多样化的世界空间被强行嵌入一个关于进步与进化的直线性叙事。[1]黄遵宪的旅行既发生于空间,也发生在时间的维度,而时间上的错位远远比早期游客所经历的空间错位更难以适应。

谢、黄二人都把诗歌当作应付变化的手段,这把我们带到本书的第二个主要目的,也即检视人们对文化巨变做出

---

[1] 如唐小兵所说:"世界地理经由时间化被系统地叙事化并赋予等级差异,世界历史只能在欧洲——'旧世界的中心和尽头'——达到顶点,而欧洲是和'现下'毗连的。"*Global Space and the Nationalist Discourse of Modernity*, p. 230。

的种种不同反应,其中特别着眼于诗歌在这一过程中起到的作用。一方面,本书探讨了一系列分属不同文体、不同学科疆域的各类文本,旨在探讨同一个历史时期的社会成员在面对当前现实时共同关心的问题;另一方面,也希望把诗歌和一些常常被文学研究者忽略的其他类型的文本并置,以求更好地探索诗歌这一文体的特质。中国的诗歌研究太多注意于诗歌生产的语境而较少注意诗歌文本本身,注意诗歌说什么而不是怎么说。作为自我保护行为,作为干预手段,作为诗人对自身复杂处境的思索过程,诗歌究竟如何运作?诗歌就是行动,而且是在一个人遭遇世界时所能采取的最优雅的行动。

在某种意义上,研究晚清诗歌本身也是一个具有象征意义的行动。和晚清小说比起来,晚清诗相对来说较少受到注意,其中一个原因也许就像本书最后一章里所说的,研究者认为这一时期的古典诗歌已告消乏,这一观念很容易和新诗之应运而生的叙事联起手来。其中不言而喻的预设是,文学形式也依从欧洲现代话语中的进化模式。

在早期中古时代,大量翻译文本的主体是佛经。虽然这些文本对于中国文学来说是丰富的资源,也产生了重大影响,但是这一点从未得到过自觉的承认,它们也不构成"文",无论在观念上还是在图书分类系统里,"文"都和佛教经典(以及道教典籍)互相隔离。到了十九世纪末,对中国士人来说,外国文学首次作为"文学"浮出历史地表,虽然欧美诗歌的影响力直到二十世纪初才发挥作用。比起早期中古时代,这在中国和异域的遭逢里是一个全新的因素,带来了令人深思的后果。文学变成了"中国文学",和其他国家文学并立,它面临的一个重任,是把自身的沉重传统和它在民族国家建设过程中需要和过去一刀两断的新角色想办法结合起来。诗歌是在中国文学传统中具有特别地位的文体,它比白话小说具有更长的历史,也背负着更沉重的负担,因此,在二十世纪初期,似乎只有索性和过去决裂才能建构"现代"诗歌的身份。

在这样的情形里,古典诗歌形式或者被人忽略,或者遭到批判。时至今日,中国现代诗歌的概念仍然牢牢恪守着早已不再有效的"五四"时期"新/旧"二分法。王德威在讨论晚清小说时曾发问:"什么样的现代文体、风格、主题和人物形象被现代中国文学话语压抑下去了?"[1]这一富于启发性的问题同样适用于现代旧体诗。但是,我对旧体诗歌的辩护不是说传统形式具有弹性、"旧瓶"可以装"新酒",因为"新与旧"这种二分法本身就困于"虚伪的本质主义框架"里[2],它是在一个特定历史时期为了一个特定的意识形态的目的而设计出来的,没有必要也不应该作为普遍有效的原则。相反,我提出这样的论点:把现代中国诗歌视为一个以混杂性与多样化为标志的空间,在这个空间里被压抑的多元化现代性可以得到施展。换句话说,

---

[1] David Der-wei Wang(王德威), *Fin-de-siècle Splendor*, p. 15.
[2] Partha Chatterjee, *The Nation and Its Fragments*, p. 134.

使这一诗歌具有现代性的，不是用一个被老形式负面定义的新形式来代替老形式[1]，而是不同形式的同时并存和交错交叉。这种交叉本身正构成了中国现代性的特色。

在这里，我们可以回想一下黄遵宪的插花意象。在他的鲜花杂供诗里，错位发生在几个不同层面上。从小处着眼，诗人寄居在他人家中养病；从大处着眼，他远离故国，在另一个帝国的殖民地做客，这里的人口除了其他亚洲人之外还包括汉人、马来人、印度人和白人。不同的空间结构安排导致了不同的时间感，位近赤道的新加坡以其热带气候使莲、菊、桃同时开放，这些花只有在一个不同的地理位置才被视为是不同季节的标志。它们的并置交错造成了去熟稔化的效果，使得诗人可以用新的眼光看待它们。换句话说，虽然每种花本身仍保持原样，却因为和其他花种的并置而改变了。

在诗作中，诗人扮演起主人的角色，把不同种花放到一起，以富有远见的目光凝望和想象未来。早期中古时代的中国人强调在观照山水自然时，必须使用心眼才能发现其中隐含光彩的文与理；而十九世纪末的诗人同样以他的神游之旅，立足于他的现在和我们的过去，看到一个理想中的未来。

---

[1] 我在这里用"负面定义"特指一种现象，现代白话诗，也即是所谓的自由诗，可以用任何形式写作，除了古典形式之外。因此，一首新诗可以押韵也可以不押韵，每一行字数不限，诗作也可以任意长短，从一个字到数百上千行，但是唯独不可以——举例来说吧——写成每行五个字的四句诗，因为那就变成了"五言绝句"。对现代旧体诗的探讨，参见田晓菲，《隐约一坡青果讲方言》。

引用书目

一　原始文献

班固，《汉书》，北京：中华书局，1962

宝唱，《比丘尼传校注》，王孺童校注，北京：中华书局，2006

宝唱、僧豪、法生，《经律异相》，《大正新修大藏经》第 53 册

鲍照，《鲍参军诗注》，黄节校注，香港：中华书局，1972

斌椿，《乘槎笔记》，王锡祺编，《小方壶斋舆地丛钞》，上海著易堂版，1891

斌椿，《乘槎笔记》，钟叔河主编，"走向世界"丛书第 1 册，长沙：岳麓书社，1985

斌椿，《乘槎笔记》（外一种），长沙：湖南人民出版社，1981

斌椿，《海国胜游草》《天外归帆草》，钟叔河主编，"走向世界"丛书第 1 册，长沙：岳麓书社，1985

曹雪芹，《重校八家评批红楼梦》，冯其庸编校，南昌：江西教育出版社，2000

《长阿含经》，《大正新修大藏经》第 1 册

陈森，《品花宝鉴》，济南：齐鲁书社，1993

陈尚君，《全唐诗补编》，北京：中华书局，1992

陈寿，《三国志》，北京：中华书局，1959

《楚辞补注》，洪兴祖注，北京：中华书局，1983

道世，《法苑珠林校注》，周叔迦、苏晋仁校注，北京：中华书局，2003

《道行般若经》，支娄迦谶译，《大正新修大藏经》第 8 册

道宣，《广弘明集》，《大正新修大藏经》第 52 册

杜甫，《杜诗镜铨》，杨伦笺注，上海：上海古籍出版社，1962

《放光般若经》，竺法兰、无罗叉译，《大正新修大藏经》第 8 册

房玄龄等，《晋书》，北京：中华书局，1974

法显，《法显传校注》，章巽校注，上海：上海古籍出版社，1985

足立喜六，《法显传考证》，何健民、张小柳译，上海：商务印书馆，1937

法显，《新译佛国记》，杨维中注释，台北：三民书局，2004

冯惟讷，《古诗纪》，《景印文渊阁四库全书》第 1379 册，台北：商务印书馆，1983

费信，《星槎胜览校注》，冯承钧校注，上海：商务印书馆，1938

《佛说般舟三昧经》，《大正新修大藏经》第 13 册

《佛说无量清净平等觉经》，支娄迦谶译，《大正新修大藏经》第 12 册

傅亮、张演、陆杲，《观世音应验记三种译注》，董志翘译注，南京：江苏古籍出版社，2002

葛洪，《抱朴子内篇校释》，王明校释，北京：中华书局，1985

葛洪，《抱朴子外篇校笺》，杨明照校笺，北京：中华书局，1991

巩珍，《西洋番国志》，向达校注，北京：中华书局，1961

龚自珍，《龚自珍诗选》，刘逸生选注，杭州：浙江大学出版社，1982

郭茂倩，《乐府诗集》，北京：中华书局，1979

《国语》，上海：上海古籍出版社，1978.

韩愈，《韩愈全集校注》，屈守元、常思春校注，成都：四川大学出版社，1996

黄遵宪，《人境庐诗草》，钱仲联注，香港：中华书局，1963

慧皎，《高僧传》，汤用彤校，北京：中华书局，1992

慧远、鸠摩罗什，《鸠摩罗什法师大义》，《大正新修大藏经》第 45 册

贾岛，《贾岛诗集笺注》，黄鹏笺注，成都：巴蜀书社，2002

江淹，《江文通集汇注》，胡之骥注，北京：中华书局，1984

《老子校释》，朱谦之校释，北京：中华书局，1984

李白，《李白集校注》，瞿蜕园、朱金城校注，上海：上海古籍出版社，

1980

郦道元，《水经注疏》，杨守敬纂疏、熊会贞注，段熙仲、陈桥驿点校，南京：江苏古籍出版社，1989

李昉等，《太平广记》，北京：中华书局，1981

李昉等，《太平御览》，台北：商务印书馆，1975

李颀，《李颀诗评注》，刘宝和评注，太原：山西教育出版社，1990

李延寿，《南史》，北京：中华书局，1975

李肇，《唐国史补》，见《唐五代笔记小说大观》，上海：上海古籍出版社，2000

《列子集释》，杨伯峻集释，北京：中华书局，1979

刘安，《淮南鸿烈集解》，刘文典注，北京：中华书局，1989

刘斯奋等选注，《岭南三家诗选》，广州：广东人民出版社，1980

刘义庆，《世说新语笺疏》，余嘉锡笺疏，上海：上海古籍出版社，1993

刘义庆，《幽明录》，见《汉魏六朝笔记小说大观》，上海：上海古籍出版社，1999

刘珍等，《东观汉记校注》，吴树平校注，郑州：中州古籍出版社，1987

柳宗元，《柳宗元集》，北京：中华书局，1979

陆机，《文赋集释》，张少康集释，北京：人民文学出版社，2002

逯钦立辑校，《先秦汉魏晋南北朝诗》，北京：中华书局，1983

吕不韦，《吕氏春秋新校释》，陈奇猷校释，上海：上海古籍出版社，2002

马欢，《瀛涯胜览校注》，冯承钧校注，上海：商务印书馆，1935

孟郊，《孟郊诗集笺注》，华忱之、喻学才笺注，北京：人民文学出版社，1995

欧阳询等，《艺文类聚》，台北：文光出版社，1974

裴启，《语林》，周楞伽辑注，北京：文化艺术出版社，1988

《清史稿》，北京：中华书局，1977

《山海经校注》，袁珂校注，上海：上海古籍出版社，1980

僧祐，《出三藏记集》，苏晋仁、萧炼子校注，北京：中华书局，1995

僧肇，《注维摩诘经》，见《大正新修大藏经》第38册

沈约，《宋书》，北京：中华书局，1974

《十三经注疏》，台北：艺文印书馆，1955

《十三经注疏补正》，台北：世界书局，1982

司马光，《资治通鉴》，北京：古籍出版社，1956

司马迁，《史记》，北京：中华书局，1959

宋濂等，《元史》，北京：中华书局，1976

苏轼，《苏轼诗集》，北京：中华书局，1982

孙武，《孙子今注今译》，魏汝霖注译，台北：商务印书馆，1972

《太公六韬今注今译》，徐培根注译，台北：商务印书馆，1976

《大正新修大藏经》，台北：石化企业有限公司，1990

陶渊明，《搜神后记》，汪绍楹校注，北京：中华书局，1981

汪大渊，《岛夷志略校释》，苏继庼校释，北京：中华书局，2000

汪康年，《庄谐选录》，上海：中外日报馆，1904

王嘉，《拾遗记》，齐治平校注，北京：中华书局，1981

王仁裕，《开元天宝遗事》，见《唐五代笔记小说大观》，上海：上海古籍出版社，2000

王慎之、王子今辑，《清代海外竹枝词》，北京：北京大学出版社，1994

王韬，《蘅华馆诗录》，《续修四库全书》第1558册，上海：上海古籍出版社，1995—1999

王韬，《漫游随录》，长沙：湖南人民出版社，1982

王琰，《冥祥记》，北京：中华书局，1981

魏收，《魏书》，北京：中华书局，1974

魏源，《海国图志》，《续修四库全书》第743—744册，上海：上海古籍出版社，1995—1999

韦庄，《韦庄集笺注》，聂安福笺注，上海：上海古籍出版社，2002

《维摩诘经》，鸠摩罗什译，《大正新修大藏经》第14册

文庆、贾祯、宝鋆，《筹办夷务始末》，《续修四库全书》第419册，上海：上海古籍出版社，1995—1999

萧统,《文选》,上海:上海古籍出版社,1994

萧统,《六臣注文选》,北京:中华书局,1987

萧子显,《南齐书》,北京:中华书局,1972

谢伯阳主编,《全明散曲》,济南:齐鲁书社,1994

谢灵运,《谢灵运集校注》,顾绍柏校注,郑州:中州古籍出版社,1987

谢灵运,《谢灵运集》,李运富校注,长沙:岳麓书社,1999

谢灵运,《谢灵运诗选》,叶笑雪选注,北京:古典文学出版社,1957

徐继畬,《瀛寰志略校注》,宋大川校注,北京:文物出版社,2007

姚察、姚思廉,《梁书》,北京:中华书局,1973

严可均编,《全上古三代秦汉三国六朝文》,北京:中华书局,1987

《阴持入经注》,陈慧注,见《大正新修大藏经》第33册

俞剑华主编,《中国画论类编》,香港:中华书局,1973

元好问,《元好问全集》,姚奠中、李正民主编,太原:山西古籍出版社,2004

张德彝,《稿本航海述奇汇编》,北京:北京图书馆出版社,1997

张德彝,《航海述奇》、《欧美环游记》(《再述奇》),钟叔河主编,"走向世界"丛书第1册,长沙:岳麓书社,1985

查志隆,《岱史》,胡道静、陈莲笙、陈耀庭主编,《道教要籍选刊》第7册,上海:上海古籍出版社,1989

张廷玉等,《明史》,北京:中华书局,1974

张彦远,《历代名画记》,《津逮秘书》第七卷,上海博古斋,1923

张祖翼,《伦敦竹枝词》,徐士恺辑,《观自得斋别集》,光绪戊子(1888)年刻本

志刚,《初使泰西记》,钟叔河主编,"走向世界"丛书第1册,长沙:岳麓书社,1985

周达观,《真腊风土记校注》,夏鼐校注,北京:中华书局,2000

朱熹,《四书章句集注》,北京:中华书局,1983

《庄子集释》,郭庆藩集释,北京:中华书局,1961

Black, Adam, and Charles Black. *Black's Picturesque Tourist of Scotland*. 15th edition. Edinburgh: Adam and Charles Black (Firm), 1861.

Cosmas Indicopleustes. *The Christian Topography of Cosmas, An Egyptian Monk*. Trans. J. W. McCrindle. London: The Hakluyt Society, 1897.

de Gobineau, Joseph Arthur. *The Inequality of Human Races*. Trans. Adrian Collins. New York: G. P. Putnam's Sons, 1915.

Egeria. *Egeria's Travels to the Holy Land*. Trans. John Wilkinson. Revised edition. London: Ariel Publishing House, 1981.

Engels, Frederick. *Engels: Selected Writings*. Ed. W. Henderson. Harmondsworth, England: Penguin, 1967.

Goethe, Johann Wolfgang von. *Italian Journey: 1786-1788*. Trans. W. H. Auden and Elizabeth Meyer. New York: Pantheon Books, 1962.

Lugard, Frederick John Dealtry. *The Dual Mandate in British Tropical Africa*. London: W. Blackwood and Sons, 1922.

Marx, Karl. *Capital: A Critique of Political Economy*. New York: Random House, 1901.

Nicholls, Robert. *The Belle Vue Story*. Manchester: Neil Richardson, 1992.

二 参考书目

蔡振丰,《顾恺之论画的美学意义试探》,《中国文学研究》第9期（1995）

蔡宗宪,《中古前期的交聘与南北互动》,台北：稻乡出版社,2008

曹文柱,《中国流民史》,广州：广东人民出版社,1996

岑仲勉,《中外史地考证》,北京：中华书局,2004

陈传席,《六朝画论研究》,台北：学生书局,1991

陈佳荣、钱江、张广达主编,《历代中外行纪》,上海：上海辞书出版社,2008

陈金凤,《魏晋南北朝中间地带研究》,天津：天津古籍出版社,2005

郑毓瑜，《旧诗语的地理尺度：以黄遵宪日本杂事诗中的典故运用为例》，王瑷玲主编，《空间与文化场域：空间移动之文化诠释》，台北：汉学研究中心，2009

傅抱石，《晋顾恺之画云台山记之研究》，见叶宗镐编，《傅抱石美术文集》，南京：江苏文艺出版社，1986

葛剑雄、吴松弟、曹树基，《中国移民史》，福州：福建人民出版社，1997

侯旭东，《东晋南北朝佛教天堂地狱观念的传播与影响》，《佛教研究》1999

堀内淳一，《南北朝间的外交使节和经济交流——马匹与柑橘》，《魏晋南北朝史研究：回顾与探索——中国魏晋南北朝史学会第九届年会论文集》，武汉：湖北教育出版社，2009

李剑国，《唐前志怪小说史》，天津：天津教育出版社，2005

李剑农，《魏晋南北朝民户大流徙》，武汉：武汉大学编译委员会，1951

李雁，《谢灵运研究》，北京：人民文学出版社，2005

林岗，《海外经验与新诗的兴起》，《文学评论》第4期（2004）

林文月，《潘岳陆机诗中的"南方"意识》，《台大中文学报》第5期（1992）

刘雅军，《晚清学人"世界历史"观念的变迁》，《史学月刊》第10期（2005）

刘苑如，《涉远与归返：法显求法的行旅叙述》，王瑷玲主编，《空间与文化场域：空间移动之文化诠释》，台北：汉学研究中心，2009

刘跃进，《六朝僧侣：文化交流的特殊使者》，薛天纬、朱玉麒主编，《中国文学与地域风情》，北京：学苑出版社，2005

吕文翠，《晚清上海的跨文化行旅：谈王韬与袁祖志的泰西游记》，《中外文学》第34：9期（2006）

梅新林、俞樟华主编，《中国游记文学史》，上海：学林出版社，2004

钱锺书，《七缀集》，上海：上海古籍出版社，1985

任继愈主编，《中国佛教史》，北京：中国社会科学出版社，1985

尚永琪，《3—6世纪僧人的流动与地理视阈的拓展》，《魏晋南北朝史研

究：回顾与探索——中国魏晋南北朝史学会第九届年会论文集》，武汉：湖北教育出版社，2009

沈杰，《三言中道教神仙故事的叙事主题模式》，《河北大学学报（哲学社会科学版）》第2期（2004）

石云涛，《三至六世纪丝绸之路的变迁》，北京：文化艺术出版社，2007

苏瑞隆，《论谢灵运的〈撰征赋〉》，《文史哲》第5期（1990）

汤用彤，《汉魏两晋南北朝佛教史》，北京：北京大学出版社，1997

唐长孺，《读〈抱朴子〉推论南北学风的异同》，见氏著《魏晋南北朝史论丛》，石家庄：河北教育出版社，2000

王青，《魏晋南北朝时期的佛教信仰与神话》，北京：中国社会科学出版社，2001

王青，《西域文化影响下的中古小说》，北京：中国社会科学出版社，2006

王重民，《冷庐文薮》，上海：上海古籍出版社，1992

阎宗临，《中西交通史》，桂林：广西师范大学出版社，2007

尤静娴，《越界与游移：晚清旅美游记的域外想象与书写策略》，季进、王德威主编，《文学行旅与世界想象》，南京：江苏教育出版社，2007

宇文所安，《下江南：关于东晋平民的幻想》，王尧、季进编，《下江南——苏州大学海外汉学演讲录》，上海：复旦大学出版社，2011

张可礼，《东晋文艺综合研究》，济南：山东大学出版社，2001

郑诚、江晓原，《何承天问佛国历术故事的源流及影响》，《中国文化》第25—26期（2007）

钟叔河，《记钱锺书作序》，《中国编辑》第5期（2004）

钟叔河，《走向世界：近代知识分子考察西方的历史》，北京：中华书局，1985

周瀚光、戴洪才主编，《六朝科技》，南京：南京出版社，2003

Atwell, R. R. "From Augustine to Gregory the Great: An Evaluation of the Doctrine of Purgatory." *Journal of Ecclesiastical History* 38 (1987)

Bakhtin, M. M. *The Dialogic Imagination: Four Essays*. Trans. Caryl Emerson and Michael Holquist. Austin: University of Texas Press, 1981.

Baochang. *Lives of the Nuns: Biographies of Chinese Buddhist Nuns from the Fourth to Sixth Centuries*. Trans. Kathryn Ann Tsai. Honolulu: University of Hawaii Press, 1994.

——. *Biographies of Buddhist Nuns*. Trans. Li Rongxi. In *Lives of Great Monks and Nuns*. Berkeley, CA: Numata Center for Buddhist Translation and Research, 2002.

Beal, Samuel, trans. *Si-yu Ki: Buddhist Records of the Western World*. London: Motilal Banarsidass, 1884.

Boulton, Nancy Elizabeth. *Early Chinese Buddhist Travel Records as a Literary Genre*. Ph.D. dissertation, Georgetown University, 1982.

Burke, Kenneth. *The Philosophy of Literary Form: Studies in Symbolic Action*. New York: Random House, 1957.

Bush, Susan, and Hsio-yen Shih, eds. *Early Chinese Texts on Painting*. Cambridge, MA: Harvard University Press, 1985.

Bryson, Norman. *Looking at the Overlooked: Four Essays on Still Life Painting*. Cambridge, MA: Harvard University Press, 1990.

Campany, Robert F. "Return-from-Death Narratives in Early Medieval China." *Journal of Chinese Religions* 18 (1990).

——. "To Hell and Back: Death, Near-Death, and Other Worldly Journeys in Early Medieval China." In *Death, Ecstasy, and Other Worldly Journeys*, eds. John J. Collins and Michael Fishbane. Chicago: University of Chicago Press, 1995.

——. *To Live as Long as Heaven and Earth: A Translation and Study of Ge Hong's Traditions of Divine Transcendents*. Berkeley: University of California Press, 2002.

——. "Two Religious Thinkers of the Early Eastern Jin: Gan Bao and Ge Hong in Multiple Contexts." *Asia Major* 18.1 (2005).

Campbell, Mary. *The Witness and the Other World: Exotic European Travel Writing, 400-1600*. Ithaca: Cornell University Press, 1988.

Chatterjee, Partha. *The Nation and Its Fragments: Colonial and Postcolonial Histories*. Princeton, NJ: Princeton University Press, 1993.

Chen, Jack W. "On the Act and Representation of Reading in Medieval China." *Journal of American Oriental Society* 129.1 (January-March 2009).

Cohen, Paul. *Between Tradition and Modernity: Wang T'ao and Reform in Late Ch'ing China*. Cambridge, MA: Harvard University Press, 1974.

Collins, John J., and Michael Fishbane, eds. *Death, Ecstasy, and Other Worldly Journeys*. Chicago: University of Chicago Press, 1995.

Derrida, Jacques. *Of Grammatology*. Trans. Gayatri Chakravorty Spivak. Baltimore: John Hopkins University Press, 1998.

Dikötter, Frank. *The Discourse of Race in Modern China*. Stanford: Stanford University Press, 1992.

Drake, Fred W. *China Charts the World: Hsu Chi-yu and His Geography of 1848*. Cambridge, MA: Harvard East Asian Research Center, 1975.

Eggert, Marion. "Discovered Other, Recovered Self: Layers of Representation in an Early Travelogue on the West (*Xihai jiyou cao*, 1849). In *Traditions of East Asian Travel*, ed. Joshua A. Fogel. New York: Berghahn Books, 2006.

Elsner, Jaś, and Joan-Paul Ribiś, eds. *Voyages and Visions: Towards a Cultural History of Travel*. London: Reaktion Books, 1999.

Farmer, Michael J. *The Talent of Shu: Qiao Zhou and the Intellectual World in Early Medieval Sichuan*. Albany: State University of New York Press, 2007.

Faxian. *Das Gaoseng-Faxian-Zhuan als religionsgeschichtliche Quelle: der älteste Bericht eines chinesischen buddhistischen Pilgermönchs über seine Reise nach Indien mit Übersetzung des Textes*. Trans. Max Deeg. Wiesbaden: Harrassowitz, 2005.

———. "The Journey of the Eminent Monk Faxian." Trans. Li Rongxi. In *Lives of Great Monks and Nuns*, trans. Li Rongxi and Albert A. Dalia. Berkeley,

CA: Numata Center for Buddhist Translation and Research, 2002.
——. *A Record of Buddhistic Kingdoms*. Trans. James Legge. New York: Paragon Book Reprint Corp, 1965.
——. *The Travels of Fa-hsien (399-414 A.D.), or, Record of the Buddhistic Kingdoms*. Trans. Herbert A. Giles. London: Routledge & Kegan Paul, 1959.
Fei Xin. *Hsing-ch'a-sheng-lan: The Overall Survey of the Star Raft*. Trans. J.V.G. Mills; revised, annotated and edited by Roderich Ptak. Wiesbaden: Harrassowitz, 1996.
Fogel, Joshua A., ed. *Traditions of East Asian Travel*. New York: Berghahn Books, 2006.
Frodsham, J. D., trans. *The First Chinese Embassy to the West: The Journals of Kuo Sung-t'ao, Liu Hsi-hung, and Chang Te-yi*. Oxford: Clarendon Press, 1974.
——. *The Murmuring Stream: The Life and Works of the Chinese Nature Poet Hsieh Ling-yün (385-433), Duke of K'ang-Lo*. 2 volumes. Kuala Lumpur: University of Malaya Press, 1967.
Gallagher, Catherine, and Stephen Greenblatt. *Practicing New Historicism*. Chicago: University of Chicago Press, 2000.
Gilles, Sealy. "Territorial Interpolations in the Old English Orosius." In *Text and Territory: Geographical Imagination in the European Middle Ages,* eds. Sylvia Tomasch and Sealy Gilles. Philadelphia: University of Pennsylvania Press, 1998.
Hawkes, David, trans. *The Songs of the South: An Ancient Chinese Anthology of Poems by Qu Yuan and Other Poets*. Harmondsworth & New York: Penguin Books, 1985.
Hostetler, Laura. *Qing Colonial Enterprises: Ethnography and Cartography in Early Modern China*. Chicago: University of Chicago Press, 2001.
Hu Ying. "'Would That I Were Marco Polo': The Travel Writing of Shan Shili (1856-1943)." In *Traditions of East Asian Travel*, ed. Joshua A. Fogel. New

York: Berghahn Books, 2006.

Huters, Theodore. *Bringing the World Home: Appropriating the West in Late Qing and Early Republican China*. Honolulu: University of Hawai'i Press, 2005.

Johnson, M. Dujon. *Race and Racism in the Chinas: Chinese Racial Attitudes toward Africans and African-Americans*. Bloomington, IN: Author House, 2007.

Kao, Karl S.Y., ed. *Classical Chinese Tales of the Supernatural and the Fantastic: Selections from the Third to the Tenth Century*. Bloomington, IN: Indiana University Press, 1985.

Knechtges, David R. "Poetic Travelogue in the Han *Fu*," in *Proceedings of the Second International Conference on Sinology*. Taibei: Academia Sinica, 1989.

——. "Sweet-peel Orange or Southern Gold? Regional Identity in Western Jin Literature," In *Studies in Early Medieval Chinese Literature and Cultural History: In Honor of Richard B. Mather and Donald Holzman*, ed. Paul W. Kroll and David R. Knechtges. Provo, UT: T'ang Studies Society, 2003.

Knechtges, David R., trans. *Wen xuan or Selections of Refined Literature*. Vol. 1. Princeton, NJ: Princeton University Press, 1982.

——. *Wen xuan or Selections of Refined Literature*. Vol. 2. Princeton, NJ: Princeton University Press, 1987.

Kobayashi Taichirō 小林太一郎. *Chūgoku kaigashi ronkō*《中国绘画史论考》. Kyōto: Ōyashima, 1947.

Kristeva, Julia. *Strangers to Ourselves*. Trans. Leon S. Roudiez. New York: Columbia University Press, 1991.

Le Goff, Jacques. *The Birth of Purgatory*. Trans. Arthur Goldhammer. Chicago: University of Chicago Press, 1984.

Lee, Sherman E. *Chinese Landscape Painting*. Ohio: The Cleveland Museum of Art, 1954.

Liu Yiqing. *Shih-shuo Hsin-yü: A New Account of Tales of the World*. With commentary by Liu Jun. Trans. Richard B. Mather. Minneapolis: University of Minnesota Press, 1976.

Ma Huan. *Ying-yai sheng-lan: The Overall Survey of the Ocean's Shores*. Trans. J.V.G. Mills. Cambridge, UK: Hakluyt Society, 1970. Reprint, Bangkok: White Lotus Press, 1997.

Mather, Richard B. "A Mystical Ascent of the T'ien-t'ai Mountains: Sun Ch'o's *Yu-T'ien-t'ai-shan Fu*." *Monumenta Serica* XX (1961).

McClenon, James. "Near-Death Folklore in Medieval China and Japan: A Comparative Analysis." *Asian Folklore Studies* 50.2 (1991).

Michihata Ryōshū 道端良秀. *Chūgoku Bukkyō shisōshi no kenkyū: Chūgoku minshū no Bukkyō juyō*(《中国仏教思想史の研究：中国民众の仏教受容》). Kyōto: Heirakuji Shoten, 1979.

Moretti, Franco. *Atlas of the European Novel, 1800-1900*. London: Verso, 1998.

Needham, Joseph. *Science and Civilization in China*. Vol. VI, Pt. 3: Civil engineering and nautics with the collaboration of Wang Ling and Lu Gwei-Djen. Cambridge, UK: Cambridge University Press, 1971.

Okamura Shigeru 冈村繁,《历代名画记译注》, 俞慰刚译, 上海：上海古籍出版社, 2002

Okamoto Kansuke 冈本监辅,《万国史记》, 华国堂光绪庚子（1900）年本

Owen, Stephen. *The End of the Chinese "Middle Ages": Essays in Mid-Tang Literary Culture*. Stanford: Stanford University Press, 1996.

——. "The Librarian in Exile: Xie Lingyun's Bookish Landscapes." *Early Medieval China* 10-11.1 (2004).

——. *Readings in Chinese Literary Thought*. Cambridge, MA: Harvard University Asia Center, 1992.

Owen, Stephen, ed. and trans. *An Anthology of Chinese Literature: Beginnings through 1911*. New York: W. W. Norton, 1996.

——, ed. *The Cambridge History of Chinese Literature, Volume I: To 1375*. Cambridge, UK: Cambridge University Press, 2010.

Perdue, Peter. "Comparing Empires: Manchu Colonialism." *International History Review* 20.2 (June 1998).

Rockhill, W. W. "Notes on the Relations and Trade of China with the Eastern Archipeligo and the Coasts of the Indian Ocean during the Fourteenth Century, Part II." *T'oung Pao* 16.2 (1915).

Sakanishi Shiho 坂西志保, trans. *The Spirit of the Brush*. London: Butler and Tanner Ltd., 1939.

Sarkar, Debarchana. *Geography of Ancient India in Buddhist Literature*. Calcutta: Sanskrit Pustak Bhandar, 2003.

Schafer, Edward. "Empyreal Powers and Chthonian Edens: Two Notes on T'ang Taoist Literature." *Journal of the American Oriental Society* 106.4 (October-December 1986).

Schmidt, J. D. *Within the Human Realm: The Poetry of Huang Zunxian: 1848-1905*. Cambridge, UK: Cambridge University Press, 1994.

Smith, Richard J. "Mapping China's World: Cultural Cartography in Late Imperial Times." In *Landscape, Culture and Power in Chinese Society*, ed. Wen-hsin Yeh. Berkeley: Institute of East Asian Studies, 1998.

Spurr, David. *The Rhetoric of Empire: Colonial Discourse in Journalism, Travel Writing, and Imperial Administration*. Durham: Duke University Press, 1993.

States, Bert O. *Dreaming and Storytelling*. Ithaca: Cornell University Press, 1993.

Strassberg, Richard E., ed. and trans. *Inscribed Landscapes: Travel Writing from Imperial China*. Berkeley, CA: University of California Press, 1994.

Sullivan, Michael. *The Birth of Landscape Painting in China*. Berkeley: University of California Press, 1962.

Tang, Xiaobing 唐小兵. *Global Space and the Nationalist Discourse of Modernity:*

The Historical Thinking of Liang Qichao. Stanford: Stanford University Press, 1996.

Tao Yuanming. *The Poetry of T'ao Ch'ien*. Translated with commentary and annotation by James Robert Hightower. Oxford: Clarendon Press, 1970.

Teiser, Stephen F. *The Scripture on the Ten Kings and the Making of Purgatory in Medieval Chinese Buddhism*. Honolulu: University of Hawaii Press, 1994.

Teng, Emma Jinhua. *Taiwan's Imagined Geography: Chinese Colonialist Travel Writing and Pictures, 1683-1895*. Cambridge, MA: Harvard University Asia Center, 2004.

——. "The West as a 'Kingdom of Women': Woman and Occidentalism in Wang Tao's Tales of Travel." In *Traditions of East Asian Travel*, ed. Joshua A. Fogel. New York: Berghahn Books, 2006.

Tian, Xiaofei 田晓菲. *Beacon Fire and Shooting Star: The Literary Culture of the Liang (502-557)*. Cambridge, MA: Harvard University Asia Center, 2007.

——. "Muffled Dialect Spoken by Green Fruits: An Alternative History of Modern Chinese Poetry"《隐约一坡青果讲方言：现代中国诗歌的另类历史》,*Modern Chinese Literature and Culture* 21.1 (Spring 2009).

——. *Tao Yuanming and Manuscript Culture: The Record of a Dusty Table*. Seattle: University of Washington Press, 2005.

Tindall, Gillian. *Countries of the Mind: The Meaning of Place to Writers*. London: Hogarth Press, 1991.

Thompson, Laurence G. "On the Prehistory of Hell in China." *Journal of Chinese Religions* 17 (1989).

Tomasch, Sylvia and Sealy Gilles, eds. *Text and Territory: Geographical Imagination in the European Middle Ages*. Philadelphia: University of Pennsylvania Press, 1998.

Turner, Victor, and Edith Turner. *Image and Pilgrimage in Christian Culture*.

New York: Columbia University Press, 1995.

Walkowitz, Judith R. *Prostitution and Victorian Society: Women, Class, and the State*. Cambridge, UK: Cambridge University Press, 1982.

Wang, David Der-wei 王德威. *Fin-de-siècle Splendor: Repressed Modernities of Late Qing Fiction, 1849-1911*. Stanford: Stanford University Press, 1997.

Watson, Burton, trans. *The Complete Works of Chuang Tzu*. New York: Columbia University Press, 1968.

Westbrook, Francis A. "Landscape Description in the Lyric Poetry and 'Fuh on Dwelling in the Mountains' of Shieh Ling-yunn," Ph.D. diss., Yale, 1972.

——. "Landscape Transformation in the Poetry of Hsieh Ling-Yün." In *Journal of the American Oriental Society* 100.3 (July-October 1980).

Wheatley, Paul. *The Golden Khersonese: Studies in the Historical Geography of the Malay Peninsula before A.D. 1500*. Kuala Lumpur: University of Malaya Press, 1961.

Widmer, Ellen. "Foreign Travel through a Woman's Eyes: Shan Shili's *Guimao lüxing ji* in Local and Global Perspective." *The Journal of Asian Studies* 65.4 (2006).

Yu, Ying-Shih. "'O Soul, Come Back!' A Study in the Changing Conceptions of the Soul and Afterlife in Pre-Buddhist China." *HJAS* 47.2 (December 1987).

Zeitlin, Judith T. *Historian of the Strange: Pu Songling and the Chinese Classical Tale*. Stanford: Stanford University Press, 1993.

Zhang Deyi. *Diary of a Chinese Diplomat: Zhang Deyi*. Trans. Simon Johnstone. Beijing: Beijing Literature Press, 1992.

Zürcher, Erik. *The Buddhist Conquest of China: The Spread and Adaptation of Buddhism in Early Medieval China*. Leiden: Brill, 1959.